드라마극본

연변동서방문화연구회 편찬

연변아가씨

드라마극본

연변동서방문화연구회 편찬

연변아가씨

리광수 著

한국학술정보(주)

차 례

연변아가씨

나오는 사람

향옥: 연변택시아가씨

미화: 연변택시아가씨

명호: 한국유학생

창수: 한국유학생

희래: 한국부산아가씨

향옥 어머니: 시골농민

향옥 아버지: 시골농민

명호 아버지: 한국부산 시민

아줌마: 연변아줌마

제1회

1. 도시 전경(새벽)

* 그다지 크지는 않으나 현대화의 기분이 차분하게 넘쳐나는 변강의 작은 도시다.
* 바야흐로 피어나는 아침노을이 도시를 아름답게 비쳐주고 있다.
* 그 속에서 20층짜리 아파트단지가 유난히 유표하게 시선을 끌고 있다.

2. 아파트 안(새벽)

* 미화 아직 이불속에 있는데 향옥 이미 화장을 다하고 옷매무시를 다듬고 있다.
* 거울 속에 비껴드는 향옥의 아름다운 얼굴과 미끈한 체형
* 미화 이불을 밀치며 반쯤 일어나 눈을 비빈다.

미화: 언니, 오늘은 첫새벽부터 무슨 일이요? 장도 손님이 생겼소?

향옥: 아니, 오늘은 시골집에 갔다 와야겠다.

미화: 시골집에? 거긴 왜?

향옥: 일본에 있는 언니한테서 전화가 왔는데 금년에 부모님 환갑잔치를 치러 드리자더라. 그래서 나더러 먼저 가서 부모님 의향을 들어보라는 게 아니니?

미화: 언니 부모님 벌써 환갑연세가 됐소?

향옥: 응! 금년에 딱 제 환갑 해다. 쇨 바엔 제 해에 쇠야지. 밀려서 쇨게 있니? 언니도 면바로 시간이 있고 해서.

미화: 야, 세월도 빠르다.

* 미화 이불을 젖히고 일어난다.

미화: 나도 같이 가기요. 언니 부모자 내 부모 아니요? 잠간만 기다리
오. 내 제꺽 치장을 간단하게 하고…

* 미화 위생실로 뛰어 들어간다.

향옥: 가겠으면 빨리 서둘러라. 안 그러면 나 혼자 간다.

* 향옥 다시 거울을 보며 얼굴을 다듬는다.

3. 거리(새벽)

* 명호와 창수 저마다 손에 가방을 들고 거리로 뛰어나와 택시를 잡느라
고 손을 흔든다.
* 택시 몇 대 그냥 지나간다.

창수: 보오. 좀 더 일찍 나오자는데… 여행사 차가 떠나가면 어쩌오?
명호: 우리 여행사까지 뛰어갈까?
창수: 되겠소? 시간이 얼마 없는데…
명호: 저기 택시 한 대 온다. 이번엔 우리 둘이 무조건 길을 가로막고
세운다는 게다. 알았지?
창수: 알았소!

* 명호와 창수 동시에 거리 중간에 뛰어가 손을 흔든다.
* 택시 오다가 급정거를 한다.
* 명호와 창수 무작정 달려가 택시에 오른다.

미화: 안됩니다. 오늘은 손님을 태우지 않습니다. 다른 차를 타시오.
창수: 급해서 그럽니다. 그저 여행사까지만 태워다 주십시오. 사정합니
다. 그렇게 해주십시오.

미화: 여행사? 완전히 다른 방향인데 안됩니다. 우리도 시간이 급해서…
향옥: 미화야, 까짓 잠간 돌아가자. 일 있니?
미화: 언니? 흥!
명호: 감사합니다.

  * 씽 속도를 내며 달려가는 택시.

4. 여행사 앞(새벽)

  * 택시가 여행사 앞에 와 멈춰서고 명호와 창수 뛰어내린다.

명호, 창수: 감사합니다. 감사합니다.

  * 명호 10원짜리 돈을 주려하나 향옥 받지 않는다.

향옥: 오늘은 영업시간이 아니기에 돈을 받지 않겠습니다. 빨리 가보시
    오. 차가 떠나는 것 같습니다.
명호: 그런 법이 어디 있습니까?

  * 명호 돈을 미화의 손에 쥐여주고 달려간다.
  * 창수 달려가며 자꾸 손을 흔든다.
  * 향옥 그들의 차가 떠나는 것을 보고야 차머리를 돌린다.

5. 여행버스 안

  * 여행사 가이드가 행사를 선포하고 있다.

가이드: 오늘 목적지는 훈춘 방천입니다. 세 시간가량 달리면 방천에
    도착하게 되는데 방천은 중국, 조선, 러시아 삼국지대에 위치하
    고 있어 세 나라를 동시에 바라볼 수 있답니다…

명호: 창수, 카메라랑 제대로 가져왔지? 세 나라를 한 렌즈에 담을 수 있단 말이다. 이런 곳이 세상에 또 어디 있니?

창수: 양, 다른 건 다 잊어버려도 카메라야 내… 아야, 형님… 내 가방이 없소.

명호: 뭐라니? 가방? 호텔에서는 가져왔니?

창수: 형님도 못 봤소? 내 들고 내려오는 걸…

명호: 그럼 어디 갔겠니? 잘 찾아봐라.

창수: 다른 짐이라곤 원래 없는데…보오, 없소.

명호: 그럼 택시에 두고 내렸단 말이니?

창수: 글쎄… 거기 밖에 둘 데 없는데…형님, 이걸 어쩌오? 카메라도 카메라지만 여권이랑 돈이랑 다 가방에 있는데…

명호: 너 왜 항상 그렇게 덤벙북청이니? 구경이고 뭐고 가방부터 찾아야지 어쩌니? 내리자.

창수: 그런데 찾을 만 하겠소? 바다에서 바늘 찾기지 어디 가서 어떻게 찾소?

명호: 너 그 택시 번호를 기억할 만 하니?

창수: 그 바쁜 판에 언제 번호를 다 기억했겠소? 택시 색깔도 무슨 색깔이던지 잘 모르겠는데…

명호: 그럼 그 택시아가씨는 보면 알만하니?

창수: 양. 택시아가씨는 너무나 곱게 생겨서 내 한번 봤지만 알만하오. 내 고운 여자는 한번 보면 영 잊어버릴 줄 모르는 결함이 있다는 걸 형님 잘 알지 않소?

명호: 그럼 매일 큰길에 나가 서서 기다려라.

6. 산향길

* 택시가 산향길을 달리고 있다.
* 미화 10원짜리 돈을 향옥에게 준다.

미화: 언니, 옛소. 새벽 형세 좋은걸 보니 언니 오늘 일이 잘 되겠소.

향옥: 네가 받은 거니깐 너나 가져라. 받지 말라고 했는데 왜 받니?

미화: 왜 안 받겠소? 그런 게 불요백불요(不要白不要)라는 게요. 10원은 돈이 아니랍데?

향옥: 그런 돈은 안 받는 게 더 좋다. 요불개심(要不開心)이란 말 들어봤지?

미화: 그럼 다음번에 만나면 돌려주기요. 불개심한 노릇을 할 게 있소? 그런데 그 남자들 한국사람 같습데… 한국말을 하는 게 제대롭데.(뒤를 돌아보며) 두 분 한국분이십니까?

  ＊ 미화 돌아보다가 가방을 발견한다.
  ＊ 미화 돌아서서 엎드려 가방을 들어본다.

미화: 언니, 이게 언니 가방 아니지?

향옥: 가방? 무슨 가방?

미화: 여기 무슨 가방이 하나 있소. 그 남자들 가방이 아니요?

향옥: 열어봐라. 뭐가 있는가?

  ＊ 미화 가방을 열어본다.

미화: 언니, 카메라! 디지털카메라요. 그리고 언니, 여기 돈지갑도 있소. 어마야! 달러… 천 달러 넘소.…

  ＊ 향옥 길옆에 차를 세운다.

향옥: 신분을 밝힐만한 서류나 증명은 없는가 잘 봐라.

미화: 언니, 여기 여권이 있소. 한국 사람이 옳구만. 이름이 창수라오.

향옥: 창수?

7. 고속도로

* 여행사 버스가 차츰 속도를 죽이다가 한 정류소 앞에 와 멈춰 선다.
* 명호와 창수 뛰어내린다.

명호: 안됐습니다. 미안합니다.

* 버스 다시 떠나간다.

창수: 형님, 오늘 여행 나 때문에 개판이 됐구만.
명호: 여행이야 후에 다시 하면 되지. 그런데 가방을 어떻게 찾니? 좌우간 돌아가서 보자. 방법이 나지겠지.

* 이때 반대방향으로 가는 버스가 온다.
* 명호와 창수 버스에 오른다.
* 떠나가는 버스.

8. 산향길

* 향옥 택시를 돌려세운다.

미화: 언니, 왜 차를 돌리오? 시골집에 안가겠소?
향옥: 그 가방 임자 얼마나 속이 타겠니?
미화: 그래서?
향옥: 가방임자를 찾아야지!
미화: 창수라는 이름자 하나를 가지고 임자를 어떻게 찾소?
향옥: 글쎄…방법이 있을 게다. 가자!
미화: 부모님 환갑잔치 토론은 그럼 언제 하오? 먼저 가서 토론하고 와서 다시 보기오.
향옥: 그 사람들 지금 속이 바질바질 타겠는데 언제 꾸물거릴 새가 있니?

미화: 우리 안 꾸물거린다고 될 일이요? 우리 어떻게 그 사람들을 찾소? 택시파출소에 가서 광고를 내도 그 사람들이 듣지 못할 게지…

향옥: 텔레비전엔 못 내니?

미화: 텔레비전에 내면 그 사람들이 보오? 지금 어디 여행 중에 있겠는데…

향옥: 그 사람들이 혹시 먼저 택시파출소에 가서 광고를 낼지도 모르지 않니?

미화: 그럼 우리 그 광고를 듣고 가면 되지 않소?

향옥: 그러다가 차를 세워놓고 집에 들어가서 토론하는 사이에 광고를 하면 못 듣지 않니? 잔말 말고 가자.

  * 향옥 택시에 발동을 건다.

9. 여행사 앞

  * 명호와 창수 오가는 택시를 유심히 살펴보고 있다.
  * 한번은 딱 향옥이 같은 운전사가 있어서 창수 마구 달려가 들여다본다.
  * 향옥이 아니자 창수 머리를 저으며 돌아선다.

창수: 쎼쎼! 쎼쎼!

  * 운전수 영문을 몰라 머리를 흔들며 지나간다.

명호: 창수야, 우리 그저 여기서 이렇게 기다리는 게 수가 아닌 것 같다. 중국에도 택시를 관리하는 그런 기구가 있을 테니깐 우리 거기로 찾아가서 협조를 구해보자.

창수: 그러기요. 그런데 중국말이라곤 통 털어 "쎼쎼" 한마디밖에 모르는 게 어떻게 그런 데를 찾아가오?

명호: 조선족과 물어보면 되는 게지 하필 한족과 물어볼게 있니?

창수: 그런데 여기서는 누가 조선족이고 누가 한족인지 잘 모르겠습데…

* 창수 한 나그네가 지나가는 것을 붙잡고 물어본다.

창수: 조선족입니까?
나그네: 한족말로 하시오.
창수: 틀렸군! 쎄쎄! 쎄쎄!

* 나그네 싱겁다는 듯 제 갈 길을 가버린다.

10. 거리

* 향옥이 택시를 천천히 몰고 있다.

향옥: 미화야, 너는 그 남자들을 보면 알아볼만 하니?
미화: 내 고운 남자들 보는 데는 이름이 있지 않고 뭐요? 근심 마오. 내 앞으로만 지나가면 인차 아오.
향옥: 괜히 미남은 알아가지고…찬찬히 봐라. 그 남자들이 여행사에 아니면 택시를 타던 곳에 있을 수 있다. 그러니 너는 여행사에 내려서 지켜봐라. 내 그들이 택시 타던 곳에 가서 지킬 테니 정황이 있으면 전화로 연계하자.

11. 여행사 앞

* 명호와 창수 사위를 두리번거린다.

창수: 형님, 저기 저 아가씨 틀림없이 조선족 아가씨요. 내 이제 말을 걸거든 보오.

* 창수 한 아가씨 앞으로 달려가서 인사를 꾸벅한다.

창수: 안녕하십니까?

* 아가씨 자기 뒤에 사람과 말하는가 해서 뒤를 한번 돌아다보고는 제
  갈 길을 간다.
* 창수 다시 달려가 아가씨의 앞을 막아선다.

창수: 아가씨 조선족이 맞지요? 조선족 아가씨…조선족 아가씨 말입
니다.

아가씨: 아가씨?

창수: 네. 아가씨! 이거 정말 반갑습니다.

* 창수 얼결에 아가씨의 손을 잡는다.
* 아가씨 비명을 지르며 달아난다.

창수: 또 중국 아가씬 모양이지? 젠장 그런데는 누가 잡아먹겠다나?
생매소리를 줴지르면서…

* 이때 저 멀리에 택시 멈춰서고 미화 내린다.
* 미화 내리자 택시 인차 떠나간다.
* 미화 사위를 둘러보다가 창수네를 발견한다.
* 미화 먼 곳을 바라보며 천천히 그들 앞으로 걸어간다.
* 이때 창수도 미화를 알아본다.

창수: 형님, 찾았소. 택시아가씨…택시아가씨 옆에 앉았던 그 아가씨요.

명호: 자꾸 헤덤비지 말고 좀 진정을 해라. 가방 잃어버리더니 정신까지
한 절반 잃어버린 게 아니니?

창수: 그런데 이번만은 틀림없소. 형님 보오. 저기 저 아가씨…

* 미화 색안경을 꺼내 쓴다.

창수: 안경이 아니라 탈을 써도 내 다 알아본다는 게요. 형님 잘 보오.
옳지?

명호: 글쎄…

* 둘은 미화의 뒤로 살금살금 접근해간다.
* 미화 한 벤치에 가 앉는다.
* 명호와 창수도 그 옆에 가 앉는다.
* 미화 못 본체 손거울을 꺼내 화장을 다듬으며 거울로 둘의 거동을 살
  펴본다.

명호: 옳니?

창수: 옳단데!

* 그럼 말을 건너보라고 명호 창수를 툭 친다.
* 창수 마음을 가다듬고 말을 건다.

창수: 안녕하십니까?

미화: 한족말로 하시오.

명호: 봐라, 또 한족이지?

창수: 또 틀렸소! 쎄쎄! 쎄쎄!

* 명호와 창수 일어나려는데 미화 알은체를 한다.

미화: 잠깐만요!

* 명호와 창수 어리둥절해 굳어진다.

미화: 한족말도 아시는군요. 쎄쎄라는 말 제일 듣기 좋은 말입니다.

명호, 창수: 아가씨 조선족이 옳지요?

창수: 형님 보오. 내 본 게 틀렸소? 반갑습니다. 또 만나서…

미화: 또 만나다니요? 언제 또 만났게요?

창수: 새벽에 택시를 같이 탔던 걸로 아시는데요?

미화: 새벽에 택시 탄 일이 없는데요?

창수: 다른 사람의 눈은 속여도 제 눈은 못 속입니다. 특히 미인을 보는 눈 하나만은 더구나 못 속이지요. 새벽에 제가 10원을 내고 아가씨의 택시에 탄 건 분명하지 않습니까?

미화: 아! 이제 생각나는군요. 나도 손님으로 기사 옆에 앉았던 건데 손님이 나를 택시 기사로 여기고 10원짜리를 나한테 주었었지요.

     * 미화 10원짜리를 꺼내 준다.

미화: 이 돈 맞지요? 받으세요.

창수: 아니, 그걸 달라는 게 아니고…그건 택시기사 아가씨가 가져야 할 돈인데 그 기사아가씨 어디 있습니까? 지금?

미화: 그걸 제가 어떻게 알아요? 지금 어디에 있는지? 무슨 급한 일이 있습니까?

창수: 네. 기실은 제가 원래 덜렁하는 성격이 돼서 그만 택시에다 가방을 두고 내려서…

미화: 가방요? 못 봤는데요. 가방에 중요한 물건이라도 있는 겁니까?

창수: 중요하다기보다는 요긴한 데에 써야할 물건이 있어서 그럽니다.

미화: 네. 그렇다면 꼭 찾아야지요. 그런데 그새 숱한 손님이 오르고 내리고 해서 그대로 있을까요? 그 가방이…

12. 다른 거리

     * 향옥 택시를 세워놓고 혹시 누가 오나 하고 기다리고 있는데 휴대폰이 울린다.

향옥: 여보세요? 응. 미화! 만났다구? 응, 그래서? 넌 그저 아무 때나 장난이구나! 처음 만나는 사람들과…내 인차 간다.

* 향옥 택시 유문을 밟는다.

13. 여행사 앞

* 택시 씽하니 달려와 미화 앞에 멈춰서고 향옥 가방을 들고 내린다.

향옥: 어느 분…이 분들이니? 이거 늦어져서 미안합니다. 그새 얼마나 속을 태웠겠습니까? 자, 안에 물건이 제대로 다 있는지 검사해 보십시오.

창수: 고맙습니다. 감사합니다. 이렇게 고마운 사람을 만났는데 검사해 볼 필요가 있습니까?

향옥: 그래도…우리가 시름 놓게 한번 검사해 보시오.

* 창수 가방을 열고 데꺽 백 원짜리 달러 다섯 장을 꺼내 향옥에게 준다.

창수: 참말로 감사하다는 말씀 어떻게 다 했으면 좋을지 모르겠습니다. 아버님 환갑 때문에 가시던 걸음도 멈추고 이렇게 찾아주어 감사합니다. 수고비라 생각하고 약소하지만 받아주십시오.

향옥: 이건 절대 안됩니다. 물건을 본 임자한테 돌려줬는데 수고비란 무슨 말입니까? 안됩니다. 미화야, 우린 빨리 가자!

* 향옥 먼저 택시에 올라탄다.

향옥: 미화야, 빨리! 뭘 하니?

* 명호 택시 앞을 막아서고 창수 창문에 붙어 서서 돈을 주려하나 향옥 창문을 열지 않는다.

* 앞으로 나갈 수 없자 향옥 뒤로 들어갔다가 옆으로 돌아간다.
* 명호 황급해서 소리친다.

명호: 창수야! 차 번호…차 번호를 적어라…

* 확대되는 차번호!

14. 산향길(저녁)

* 서산에 석양이 붉게 탄다.
* 산야가 온통 붉은 옷을 곱게 입고 석양을 축복한다.
* 택시가 석양빛을 가르며 달려가고 있다.
* 이번에는 미화가 택시를 운전하고 향옥이 그 옆에 앉아있다.

향옥: 미화야, 너 가방을 돌려주겠으면 고스란히 돌려줄 게지 왜 그렇게 사람을 놀리고야 돌려주니?
미화: 놀리기는? 내 어디 놀렸소? 좀 놀았지!
향옥: 넌 풋면목인 사람들과도 그렇게 막 노니?
미화: 첫 번은 초면이고 두 번째는 구면이랍데. 우리 그 남자들과도 두 번째 만났으니 구면이 아니요? 구면이면 풋면목이 아니지 않소? 그래서 슬쩍 놀아본 게요. 놀아보니깐 좀 재미있는 친구들이더구만…
향옥: (황급히) 야, 미화야…

* 택시 앞으로 소 한마리가 길을 가로 질러 건너가고 있다.

미화: 엄마야!

* 급히 정거를 하는 미화의 눈이 크게 확대된다.

15. 택시파출소 앞(저녁)

* 명호와 창수 파출소 앞으로 걸어온다.

창수: 형님, 여기요. 보오. 택시파출소!

명호: 조선글이구나, 무슨…

* 명호 창수를 가로보고는 먼저 파출소 안으로 들어간다.

16. 택시파출소 안(저녁)

* 한 사무원이 사무를 보고 있는데 명호와 창수 들어온다.

명호: 안녕하십니까?

창수: 안녕하십니까?

사무원: 네. 무슨 일로 오셨습니까? 앉으시오. 앉아서 얘기하시오.

명호: 한 택시기사를 찾으려고 그러는데…(차번호를 꺼내주며) 이 아가
　　씨의 전화번호를 알려줄 수 없습니까?

사무원: 무슨 사연이 있습니까?

* 명호 말하기에 앞서 창수 앞질러 말한다.

창수: 오늘 우리가 그 아가씨의 택시를 탔었는데 내릴 때 그만 가방을
　　두고 내렸습니다. 그런 걸 그 아가씨가 우리를 찾아서 돌려주었
　　단 말입니다. 그래서 우리가 인사를 좀 내려고 했는데 어디 받아
　　들 줍니까? 그래서 한번 찾아가 보려고 그럽니다.

사무원: 그런 일이면 능히 알려줄 수 있습니다.

* 사무원 서류를 펼친다.
* 명호 앞질러 치기를 한 창수가 괘씸하여 주먹을 쳐들고 죽인다는 시늉
  을 하는데 창수 인차 두 손을 약간 쳐들며 투항을 선포한다.

17. 시골 향옥이네 집 안(밤)

＊ 향옥 어머니 밥상을 물리고 있다.

향옥 어머니: 여보시오? 일본에 간 큰 딸한테서 또 전화가 왔는데 금년에는 기어코 우리 환갑잔치를 차려준답니다.

향옥 아버지: 환갑은 무슨 놈의 환갑? 그 일 때문에 오겠으면 아예 오지도 말라고 하오.

향옥 어머니: 환갑잔치를 쇠고 안 쇠는 게야 자식들 권리지 우리 무슨 권리가 있습니까? 쇠겠다 안 쇠겠다…

향옥 아버지: 아하, 그 여자 또 이론을 풀까 한다. 그 숭늉이나 한 사발 보내오!

＊ 향옥 어머니 언짢은 대로 숭늉을 떠서 향옥 아버지에게 준다.
＊ 향옥 아버지 그대로 마시다가 뜨거워 델 번한다.

향옥 아버지: 앗 뜨거! 팔팔 끓는 숭늉을 그대로 주면 목주래 타서 죽으라는 게요?

향옥 어머니: 당신은 뜨거운 물 불면서 마셔야 한다는 그런 도리도 모릅니까? 젖먹이 애들도 다 아는 도린데…

향옥 아버지: 또…또…또 이론이요?

＊ 향옥 아버지 숭늉을 후후 불기만 하고 감히 마시지를 못한다.
＊ 이때 목소리를 앞세우고 향옥이와 미화 들어온다.

향옥: 아버지, 어머니…막내딸 향옥이 왔습니다.
미화: 향옥 언니 아버지 어머니, 안녕하십니까?

＊ 향옥 아버지 숭늉그릇을 놓고 일어나는데 향옥 달려가 아버지의 목에 매달린다.

향옥: 아버지, 막내 곱지 예?

향옥 아버지: 야야야…저기 좀 비켜라! 난 너보다도 저 미화 더 곱다. 미화야, 부모님들은 다 무사히 잘 계시니?

미화: 네! 덕분에 건강여일하십니다. 향옥 언니 아버지는 어떻습니까? 그냥 건강하시지 예?

향옥 아버지: 그래! 건강하고말고! 지금도 팔씨름을 하면 이 동네에 나를 당하는 사람이 없다.

향옥: 어머니, 벌써 식사 끝났습니까? 나는 배고파라…

향옥 어머니: 너희들 정말 저녁을 못 먹었겠구나. 내 인차 차려줄게! 쬐꼼만 기다려라.

* 향옥 어머니 부리나케 부엌으로 내려간다.

18. 냉면옥 안(저녁)

* 명호와 창수 냉면을 먹고 있다.

창수: 야, 이 집 냉면이 이렇게 질기오? 찰고무줄 한가지요. 이건 당초 끊어져야 삼키지?

명호: 까짓 제 입으로 들어가는 건데 손으로 끊어서 삼키려무나!

창수: 그래도 어떻게…

* 창수 젓가락으로 국수오리를 둘둘 감아서 끊어 삼킨다. 그리고는 사발 채로 들어서 육수를 마신다.

창수: 야, 연변국수 사람 싹 죽이는구만! 형님, 우리 가지 말고 여기서 살까?

명호: 그럴까?

창수: 정말…안되오. 난 될 수 있지만 형님은 안되오.

명호: 왜? 왜 너는 되는데 나는 안되니?

창수: 형님은 우리 부산에 약혼한 아가씨가 있지 않소? 희래라던가?

명호: 임마, 약혼은 무슨 떡대가리 같은 약혼이야? 당사자들끼린 아직
　　　말도 없는데 부모들이 그냥 떠드는 거지!

창수: 형님 그 여자 마음에 없소? 희래! 기쁨이 온다. 희래…

19. 부산 바닷가

　* 희래 손차양을 해들고 멀리 수평선을 바라보고 있다.
　* '돌아와요, 부산항에!' 선율이 흐르는 가운데 희래의 방백이 울린다.

희래(방백): 저 멀리…저 멀리 바다 건너에 중국이라는 크나큰 나라가
　　　있다지? 명호씨는 지금 중국에 가서 뭘 하고 있을까? 아름다운
　　　연변산천을 구경하며 유람의 쾌락을 한껏 맛보고 있겠지! 가끔이
　　　라도 내 생각을 해볼까? 여기 부산바닷가에 자기를 사랑하는 외
　　　로운 아가씨가 서있다는 것을…아, 나도 함께 따라갔어야 하는
　　　건데. 그땐 왜 이런 생각을 못 했을까…

　* 이때 휴대폰이 울린다.

희래: 여보세요? 네. 아버님! 명호씨한테서 전화가 왔었느냐구요? 아니
　　　요. 아버님한테도 안 갔더라구요? 네. 무소식이 희소식이라구요.
　　　네. 알았습니다.

　* 희래 휴대폰을 끄고 또 다시 멀리 바다를 내다본다.

20. 호텔 안(새벽)

　* 명호 위생실에서 거울을 들여다보며 넥타이를 바로 잡고 있다.

명호: 아가씨 이름이 향옥이라고 했지? 향옥! 향기 나는 옥! 이름처럼 어쩌면 마음씨도 그렇게 아름다울까?

   * 명호 넥타이를 바로 잡고 위생실에서 나와 보니 창수 그냥 마구 엎드려 자고 있다.

명호: 창수야! 빨리 일어나라.

창수: 야, 형님은 왜 벌써 일어나서 볶았다 치오? 형님 벌써 늙지 않았소? 영감들처럼 새벽에 일어나면서…좀만 더 자기요.

명호: 오늘 향옥 아가씨를 만나러 가자고 하지 않았니?

창수: 아차, 정말…

   * 창수 용수철에 튕긴 듯 벌떡 일어난다.
   * 위생실로 달려가던 창수 다시 돌아선다.

창수: 형님, 그런데 그 아가씨가 돈을 받으려 하겠소? 안 받으면 또 어제처럼 빵구를 맞는 게 아니요?

명호: 그러길래 머리를 쓰란 말이다. 머리를! 그 머리 공연히 무겁게 어깨에 이고 다니는 줄 아니? 쓰기 위해 무거운 것도 이고 다닌단 말이다.

창수: 그런데 글쎄 대방에서 한사코 받지를 않는데 머리를 쓰면 어떻게 쓰오?

명호: 머리를 쓰라는데도 얘는 당초 말귀를 알아듣지 못하니? 너 그 아가씨 직업이 뭐더니?

창수: 택시기사!

명호: 택시기사란 뭘 하는 사람이니?

창수: 손님을 태워주는 사람이요.

명호: 손님을 무상으로 그저 태워주니?

창수: 거리에 따라 돈을 받고 태워주오.

명호: 그럼 됐지.

창수: 됐다구? 무스게 됐소?

명호: 야 임마! 너 아직도 내 말뜻을 모르겠니? 우리 오늘부터 그 아
　　　가씨의 택시를 실컷 탄단 말이다. 우리의 수고비가 거의 됐다 할
　　　때까지 말이다.

창수: 아아…알았소. 알았소. 택시비로 수수료를 지불한다 그 말이지?
　　　오케이!

　*창수 주먹을 흔들어 보이고 위생실로 들어간다.

21. 시골 향옥이네 집 안(아침)

　*네 식구 모여앉아 아침을 먹고 있다.

향옥: 아버지, 언니 며칠 후에 인차 온답니다. 금년에는 만사불구 아버
　　　지 어머니의 환갑잔치를 쇠겠답니다.

향옥 아버지: 환갑, 환갑…환장은 아니고 환갑이라니? 지금 제 나이에
　　　환갑을 쇠는 영감들이 어디 있니? 재혼잔치를 하는 것 같은 게
　　　어디 환갑 기분이 나더니? 한 십년 기다리라고 해라! 난 제 나이
　　　에 안 쇤다. 남들이 보면 진짜 내가 환장을 했나 하지 않겠니?

향옥: 야, 아버지 몰라 그렇지 결혼은 미루어 하더라도 환갑은 제때에
　　　쇠야 합니다. 미용을 탁 하고 새 옷을 척 입고 큰 상을 받아보시
　　　오. 얼마나 늠름하고 멋져 보이는가? 정말 아버지 말씀대로 재혼
　　　하는 기분이 납니다. 그게 얼마나 좋습니까? 앞날이 창창해 보이
　　　는 게…이제 십년 후에 쇠 보시오. 그런 멋이 납니까?

미화: 향옥이 아버지, 환갑을 절대 미루어 쇠지 마십시오. 전번에 우리
　　　친구 아버지 환갑에 갔었는데 그 친구 아버지 글쎄 일흔을 넘기

고 환갑을 쇠는 게 아닙니까? 진짜 늙어 보이는데다가 중의 끈이
풀어져서 중의가 흘러내리는 것도 모르더란 말입니다.

향옥 어머니: 응, 옳다! 환갑잔치 결정은 자고로부터 자식들이 결정하는
게지 당사자들이 결정하는 법이 없다더라. 당사자들은 그저 앉으
라면 앉고 서라면 서고 자식들이 하라는 대로만 하면 된다더라.

향옥 아버지: 또 푼다. 또 풀지! 이론풀이를 안 하고야 한시라도 직성
이 풀리오? 그래! 자식들 하라는 대로 하오!

 * 향옥 좋아서 달려가 술병을 들고 와서 술을 붓는다.

향옥: 아버지! 자식들 하라는 대로 한번 해보시오. 자, 술 드시오.

 * 향옥 아버지 밉지 않게 향옥을 가로 본다.

향옥 아버지: 자식!

22. 호텔 안

 * 창수 봉투에 돈을 넣는다.

창수: 형님, 돈을 다 넣었소. 봉투에 글을 쓰겠소?
명호: 글은 무슨? 그런데 모두 얼마를 넣었니?
창수: 오백 불!
명호: 오백 불…오백 불…

 * 명호 자기의 지갑에서 백 불을 꺼내 준다.

명호: 한 장 더 넣자! 아가씨가 둘인데 다섯 장을 어떻게 나누니? 짝
이야 맞춰야지!

창수: 그러기요. 그런데 형님 돈을 왜 넣겠소? 엇소.

명호: 임마, 우리 둘이 무슨 네 돈 내 돈이야? 빨리 넣어라.

* 명호 택시파출소에서 알아온 전화번호를 꺼내 들고 휴대폰을 누른다.

23. 산향길

* 향옥 택시를 몰고 미화 그 옆에 앉아있다.

미화: 언니, 언니 아버지 영 고태 같던데 그래도 새 사물을 빨리 받아 들입데 양?

향옥: 고태라는 게 뭐야? 너무 신초(新潮) 돼서 걱정이지. 고집은 세도 고태는 아니란 말이다. 인삼장을 꾸린 것만 봐라. 이 부근에서 누구도 그런 궁리를 하지 못할 때 산을 도급 맡아 인삼장을 꾸렸단 말이다. 지금은 대단하다. 뒷산이 몽땅 인삼장이다.

* 이때 휴대폰이 울린다.

향옥: 여보세요? 네. 그렇습니다. 백두산에 가시련다구요? 네. 어디요? 국제호텔 홀에요? 알았습니다. 반시간 전에 꼭 도착하겠습니다.

* 향옥 휴대폰을 끈다.

미화: 택시손님이 생겼소?

향옥: 응! 한국 손님 같더라. 말씨가!

미화: 언니 모르는 사람이요?

향옥: 응!

미화: 그런데 그 손님 어떻게 언니 전화번호를 아오?

향옥: 정말? 어떻게 아니?

미화: 국제호텔 홀에 가도 누가 누군지 언니 어떻게 아오? 표식이 있다오?

향옥: 글쎄…안 물어봤지!

미화: 언니 다시 전화를 거오. 그러지 말고 그 전화를 가져오오. 내 걸게!

    * 향옥 휴대폰을 미화에게 준다.

미화: 여보세요? 저…방금 전화를 주신 손님이시지요? 네…

24. 호텔 홀 안

    * 명호 전화를 받고 있다.

명호: 전화번호를 어떻게 알았는가구요? 네, 아는 방법이 있습니다. 무슨 방법인가구요? 네…

    * 창수 인차 전화를 뺏아 건다.

창수: 기실은 알고 친 게 아닙니다. 그저 생각나는 대로 아무 숫자나 꾹꾹꾹꾹 눌러본 건데 아주 묘하게 걸렸습니다. 만나면 어떻게 아는가구요? 근심마시고 오기만 하십시오. 아가씨들은 우리를 몰라봐도 우리는 아가씨들을 인차 알아봅니다. 우리가 먼저 인사를 할 겁니다. 네. 안녕!

    * 창수 전화를 끊자 명호 창수를 툭 친다.

명호: 임마, 그렇게 전화 하는 법이 어디 있니?

    * 창수 식지로 자기 코를 가리킨다.

창수: 여기!

25. 산향길

* 미화 전화를 끊으며 이상한 눈길로 향옥을 쳐다본다.

미화: 이상하지? 우리를 놀리는 게 아니요? 우리를 보면 안다오.
향옥: 그럼 우리를 아는 사람이겠지 무슨 이상하긴?

* 씨잉 달려가는 택시.

26. 국제호텔 밖

* 택시가 호텔 앞에 와 멈춰서고 향옥이와 미화 금방 차에서 내리는데 명호와 창수 씽 달려온다.

명호, 창수: 안녕하십니까? 아가씨들! 다시 만나서 반갑습니다.

* 향옥이와 미화 잠간 멍해진다.

미화: 그럼 전화한 손님이…
창수: 그렇습니다. 바로 우립니다. 그래서 만나면 인차 안다고 하지 않았습니까? 인연이란 게 따로 없습니다. 이런 게 바로 인연이지요.
향옥: 두 분 진짜 백두산에 가는 겁니까?
창수: 진짜 아니면 가짜겠습니까? 보십시오. 전신무장을 한 게 알리지 않습니까?
향옥: 그럼… 차에 오르십시오. 갑시다.

* 명호와 창수 택시에 오른다.
* 향옥 기사자리에 앉아 미화에게 손을 흔든다.

창수: 저 아가씨는 안 갑니까? 함께 갑시다.

* 미화 먼저 앞으로 씽씽 걸어간다.
* 택시 미화 곁을 지나 앞으로 달려간다.
* 명호와 창수 못내 서운해 한다.

창수: 함께 갔으면 좋겠는데 그럽니다.
명호: 글쎄 말입니다.

27. 거리

* 향옥 택시를 몰고 가는데 휴대폰이 울린다.

향옥: 여보세요? 응. 응… 알았다. 계집애!

28. 국제호텔 앞

* 미화 서있는데 택시 미화 앞에 와 멈춰선다.
* 미화 향옥의 옆 좌석에 앉는다.
* 창수 기뻐서 소리친다.

창수: 아가씨도 우리와 함께 가는 겁니까?
미화: 우리라니요? 난 언니와 함께 가는 겁니다.
창수: 한가지! 한가집니다. 한 솥에 들어가면 당콩이나 팥이나 다 한 솥 속의 밥이니깐요.
미화: 그러니 우리 서로 친구가 된 겁니까? 인제는?
창수: 그렇지요. 함께 가는 길 친구! 이번 유람길 매우 즐거울 것 같습니다. 예쁜 아가씨들이 길 친구 되어 주어서 말입니다.
미화: 그렇다면 이름자나 서로 알고 친구 됩시다. 저는 미화라고 부릅니다. 우리 언니는…

명호: 향옥씨!

향옥: 제 이름을 어떻게 압니까?

명호: 아는 방법이 다 있습니다. 저는 명호라고 부릅니다. 그리고 이 친구는…

미화: 창수씨!

창수: 제 이름은 또 어떻게 압니까?

미화: 아는 방법이 다 있습니다.

명호: 임마, 여권!

창수: 아, 내 여권을 봤지 정말…

미화: 이젠 어떻게 우리 언니 전화번호를 훔쳐냈는가를 실토해 주시오.

창수: 훔친 게 아닙니다. 택시파출소에 가서 알아낸 겁니다. 그날 차 번호를 기억해가지고 택시파출소에 가서 척…

* 명호 손바닥으로 창수의 입을 막는다.

명호: 너 말이 꽤 길구나! 남자치고는…

29. 산향길

* 택시가 산향길을 누비며 질주하고 있다.

향옥: 두 분 연변에 처음 오십니까?

명호: 네!

창수: 네! 처음입니다. 그렇지만 서먹서먹한 감이 없고 딱 마치 제 고향에 온 듯한 그런 기분입니다. 말도 우리말, 글도 우리글, 사람도 우리 사람…

명호: 너는 또 길다.

창수: 양? 또 길다구?

* 창수 이번에는 제가 먼저 손으로 입을 막는다.

미화: 연변에 와 보니 어떻습니까? 인상이!

명호: 인상이 대단히 좋습니다.

* 창수 또 앞질러 말을 한다.

창수: 네. 산 좋고 물 맑고 도시가 깨끗하고 사람들 친절하고 특히 연변의 아가씨들이 기막히게 이쁩니다. 앞에 앉아계시는 두 아가씨를 포함해서 말입니다…형님, 또 기오? 안 말할게! 형님 말 하오.

명호: 네 다 말한 다음에 내 또 뭘 말하라니?

창수: 그럼 말도 없이 그저 이렇게 심심하게 가겠소? 재미없이…

명호: 심심하면 노래나 해라!

창수: 옳소, 정말! 아가씨들, 연변노래 좀 불러보시오. 우리 연변노래 좀 들어봅시다.

미화: 우리 차를 몰 줄은 알아도 노래 할 줄은 잘 모릅니다.

창수: 겸손한 말씀! 연변아가씨들 춤 잘 추고 노래 잘 부른다는 소문은 우리 한국에도 쫙 퍼져있습니다. 한 켤레 불러 주십시오. 네? 간청합니다.

향옥: 미화야! 너 한마디 해라! 간청한다는데 체면을 봐줘야지!

미화: 언니 하오. 언니 원래 노래를 잘 하지 않소? 우리 언니 가무단에서 독창가수로 청하는 것도 안 갔습니다. 노래 죽여줍니다.

명호: 그럼 향옥 아가씨 한마디 하십시오.

창수: 박수! 형님, 뭘 하오? 박수!

* 명호와 창수 박수를 쳐댄다.

향옥: 그럼 못 하는 노래 한마디 하겠으니 웃지 마십시오. 연변노래 「유람길은 좋아라」 불러드리겠습니다.

[노래]

맑고 푸른 청계수도 노래하며 반겨주고
높이 솟은 미인송도 춤을 추며 맞아주네
아…노래 싣고
아… 웃음 싣고
백두산 찾아가는 유람길은 좋아라

* 미화도 함께 부른다.

사태 치는 폭포수엔 꽃무지개 아롱지고
사품 치는 온천물엔 더운 안개 피어나네
아…노래 싣고
아…웃음 싣고
백두산 찾아가는 유람길은 좋아라

경치 좋은 우리 연변 자랑으로 전해가고
꽃펴나는 우리 생활 행복으로 넘쳐나네
아…노래 싣고
아…웃음 싣고
백두산 찾아가는 유람길은 좋아라

* 명호와 창수 박수를 보낸다.

명호: 수고했습니다. 아주 잘 불렀습니다.…

창수: 두 분 다 명창입니다. 명창! 노래도 좋지만 부르기를 기딱차게
잘 불렀습니다. 수준급입니다. 수준급! 아차, 형님! 또 길어졌소.
어쩔까?

명호: 그런 말은 길수록 좋다. 더 길게 해라! 괜찮다.

창수: 더 하라구? 그런데 내 아는 좋은 말을 다 해서 없소. 형님 계속
하오.

명호: 정말 명불허전입니다. 연변의 아가씨들 노래 잘 부른다는 말을 소문으로만 들어왔는데 백문불여일견이라고 오늘 직접 제 귀로 듣고 보니 정말 허전이 아닙니다. 아마 연변의 아가씨들 천지물을 마시고 사는 것과 관계가 되는 것 같습니다. 안 그렇다면 그처럼 아름다운 목소리가 어떻게 나오겠습니까? 물이 좋으면 목청이 고운 법이랍니다.

창수: 형님 정말 맹물이 아니요 양? 내 인제는 형님 먼저 앞질러 말하지 말아야 되겠소.

향옥: 보십시오. 저 앞의 저 소나무가 아까 노래에 나오던 미인송입니다. 미인처럼 보입니까?

창수: 야, 정말 미인입니다. 미인이 목욕을 하고 쭈욱 일어선 것 같습다. 그런데 아가씨들 보다는 못합니다.

    * 명호 창수의 옆구리를 꾹 찌른다.

창수: 어째 또 길어졌소?

명호: 임마. 길어진 게 아니라 틀렸다 틀렸어! 무스게 목욕이고 아가씨들보다 못하고야? 나무는 나무고 아가씨는 아가씨지!

    * 창수 손바닥으로 자기의 입을 두드린다.

창수: 이 입, 이 입, 이 입…

    * 향옥이와 미화 마주 보며 희죽 웃는다.

향옥: 두 분 저 앞을 보십시오, 백두산이 보입니다.

명호: 네? 어딥니까? 백두산이 어디 보입니까?

창수: 백두산…백두산…백두산이 보입니다…

30. 백두산 천지

  * 넷이 천문봉에 올라선다.
  * 명호와 창수 와-와- 환성을 지른다.

명호: 백두산아, 내가 왔다-

창수: 내가 왔다, 백두산아-

  * 명호 향옥에게로 다가가 묻는다.

명호: 아가씨, 저 천지의 물깊이가 얼마나 된답니까?

향옥: 평균 깊이는 203미터인데 가장 깊은 곳은 373미터나 된다고 합니다. 그리고 저 천지의 수면 해발고도는 2,190미터로서 국내에서는 가장 높은 화산호랍니다.

명호: 연변에 왔다가 백두산을 못 보면 연변에 왔다갔다는 말을 말라더니 정말 백두산을 못 보면 평생의 원이 되겠습니다. 우리 여기서 사진 한 장 같이 박읍시다.

  * 명호 먼저 창수와 향옥, 미화를 찍어주고 다음엔 제가 창수 자리에 가서고 창수더러 찍게 한다.

향옥: 저기 저 두 산봉우리가 보이지요? 저 산 이름이 내두산이랍니다. 꼭 마치 어머니의 젖가슴처럼 생기지 않았습니까? 그래서 내두산- 젖꼭지산이라고 하는데 당년에는 유명한 항일근거지였다고 합니다.

명호: 야, 정말 성산은 성산입니다. 이 백두산에 올라서니 마치 하늘 위에 올라온 것 같습니다. 저 보십시오. 얼마나 장관입니까? 옹기중기 뭇 산을 한품에 안고 구름 위에 솟아있는 어머니 산 백두산! 그야말로 연변의 자랑, 중국의 자랑입니다.

  * 향옥이와 미화 노래를 부른다.

[노래]

백두봉 올라서서 산천을 바라보니
하늘아래 천리 변강 연변은 좋을세라
계곡을 장단 치는 우렁찬 폭포소리
내 가슴 울려주네 산천에 메아리치네
장백의 메아리 연변의 노래
백두산 줄기 따라 온 나라에 울려가네

31. 폭포가

* 노래 속에 화면은 자연스럽게 폭포가로 옮겨진다.
* 세 갈래 폭포가 소리치며 쏟아져 내린다.

명호: 야! 그야말로 하늘에서 은하수가 쏟아져 내리는 것 같습니다. 저 폭포의 낙차가 얼마랍니까?

향옥: 68미터랍니다. 아까 본 천지에서 1,250미터를 흘러내리다가 저렇게 폭포로 뛰어내리는데 저 물이 이도백하를 이루어 송화강의 원천이 된답니다.

명호: 두만강과 압록강도 원천이 백두산이라면서요?

향옥: 그렇습니다. 백두산은 송화강, 두만강, 압록강 세 강의 발원지지요. 두만강은 백두산 동쪽에서 발원하여 일본해로 흘러드는데 총길이가 천리이고 압록강은 백두산 남쪽에서 발원하여 황해로 흘러드는데 총길이가 천오백팔십 리이고 송하강은 여기서부터 시작되는데 총길이가 천팔백 리랍니다.

* 이때 미화와 창수는 온천에 가서 달걀을 삶아먹는다.

창수: 미화씨, 이 온천이 얼마나 뜨겁기에 달걀이 익는다고 합니까?

미화: 60도 내지 80도여서 달걀 익히기에 가장 적합한 온도랍니다. 온

도도 온도겠지만 이 온천수에는 열몇 가지 사람에게 유익한 원
소와 광물질이 들어있어서 사람의 몸에 그렇게 좋답니다. 자, 다
됐습니다. 빨리 맛보시오.

   * 창수 달걀을 꺼내 후후 불며 껍질을 발라 입에 넣는다.

창수: 앗 뜨거! 앗 뜨거…

   * 창수 입을 싸쥐고 뱅뱅 돌아친다.
   * 어느새 꿀꺽 넘어갔다.
   * 창수 눈이 휘둥그레진다.

미화: 어떻습니까? 달걀 맛이?
창수: 네? 달걀! 내가 먹었습니까? 너무 맛있어서 어느새 넘어갔는지
   도 모르겠습니다.

   * 향옥이 그들을 부른다.

향옥: 미화야! 인젠 온천욕탕에 들어가 목욕을 하게 하자. 빨리!
미화: 알았소.

32. 온천욕탕 앞

   * 넷은 욕탕 앞까지 걸어온다.

향옥: 이쪽이 남자욕탕입니다. 온수욕을 한번 하고나면 관절염, 풍습병,
   피부병이 다 떨어진답니다. 한 시간 후에 여기서 만납시다. 목욕
   잘하십시오.

33. 온천욕탕 안

   * 안개가 피어오르는 속에 명호와 창수 온천욕을 하고 있다.

창수: 야, 그저 그만이구만. 여기서 한잠 푹 잤으면 좋겠소.

명호: 그럼 자라! 말리는 사람이 없다.

  * 명호 물에서 나온다.

창수: 왜 벌써 일어나오? 한 시간이라고 반시간도 아직 안됐는데…

명호: 내 인차 촬영 좀 하고 올게! 한 시간 전에 꼭 온다.

34. 산 속

  * 명호 촬영기를 메고 산속으로 들어간다.

  * 기이화초가 명호를 반긴다.

  * 말짱 처음 보는 화초라 명호 어느 것부터 찍을지를 몰라 한다.

  * 명호 촬영을 하느라고 점점 산 속으로 깊이 들어간다.

35. 온실욕탕 밖

  * 창수 욕실에서 나오니 향옥이와 미화가 기다리고 있다.

창수: 너무 늦지 않았습니까? 한 시간 됐습니까?

향옥: 한 시간 아직 안됐습니다. 그런데 왜 혼잡니까?

창수: 네! 형님 말입니까? 뭘 좀 촬영하겠다고 먼저 나갔습니다. 인차
    올 겁니다. 한 시간 전에 꼭 온다고 갔습니다.

미화: 그럼 어디 가서 음료나 마시면서 기다립시다. 저기요.

36. 산 속

  * 명호 돌아져서 나오는데 어디가 어딘지를 가려낼 수가 없다.

  * 약간 당황해지는 명호.

  * 명호 길 아닌 길을 헤치며 나간다.

37. 음료 매대

  * 향옥, 미화, 창수도 기다리기에 초조해진다.

향옥: 인젠 한 시간이 넘었는데 왜 아직도 오지 않을까? 혹시 산속에 들어갔다가 길을 못 찾는 게 아닐까? 창수씨, 전화를 쳐보지요. 지금 어디 있는지?

창수: 네. 알았습니다.

　＊ 창수 휴대폰을 꺼내 전화를 치나 무법접통(無法接通)란다.

향옥: 안되겠습니다. 긍정코 길을 잃은 겁니다. 우리 찾아가 봅시다. 미화는 창수씨와 함께 서쪽으로 찾아봐라. 난 동쪽으로 찾아볼게! 찾으나 못 찾으나 반시간 후에는 여기서 다시 꼭 만나는 거다. 알만하지?

미화: 양. 알았소.

38. 숲 속

　＊ 명호 돌아 돌아 돌다보니 또 아까 그 자리로 돌아왔다.
　＊ 명호 당황해난다.

명호(방백): 이러다가 진짜 길을 잃으면 큰일이다. 어떻게 하나 빠져나 가야지…옳지, 강을 따라 올라가야 한다. 그러면 폭포가에 이를 게 아닌가?

　＊ 명호 강을 찾아 내려간다.

39. 산 속

　＊ 미화와 창수 산속을 훑으며 소리쳐 명호를 부른다.

창수: 형님, 어디 있소?

미화: 명호씨. 어디에 있습니까?

40. 다른 산 속

* 향옥 명호를 찾고 있다.

향옥: 명호씨, 어디에 있습니까? 명호씨!

향옥(방백): 산에서 길을 잃으면 물을 찾아 따라가라고 했지? 명호씨도
    혹시 이런 도리를 알게 아닌가? 물 따라 내려가 보자.

* 향옥 물을 찾아 내려간다.

41. 다른 산 속

* 미화와 창수 명호를 찾고 있다.
* 미화 뭔가를 발견하고 기뻐한다.

미화: 명호씨, 명호씨…

* 미화 달려가자 창수도 뒤따라 달려간다.
* 달려가던 미화 화뜰 멈춰 선다.
* 곰 한 마리 어슬렁어슬렁 기어가고 있다.

미화: 와!? 곰…

* 미화 뒤로 돌아서다가 창수를 보자 인차 창수의 품에 와락 안겨든다.
* 창수 미화를 꼭 안은 채 곰의 행적을 살펴본다.

42. 다른 산 속

* 명호 강을 따라 올라가고 있다.

＊ 맥진한 명호 손사발을 해가지고 물을 떠 마신다. 그리고는 다시 일어나
   걷는다. 그런데 자기를 부르는 소리가 들리는 것 같아 멈춰 서서 귀를
   강군다.
＊ 뱀 한 마리 그의 발 위로 기어오른다.

43. 산 속

＊ 향옥 강을 따라 내려가며 명호를 찾는다.

향옥: 명호씨! 어디 있습니까? 명호씨…

＊ 어디선가 명호의 소리 들려온다.

명호(소리): 여기 있습니다. 향옥씨…

＊ 향옥 소리 나는 쪽으로 재우쳐 간다.

44. 산 속

＊ 명호 바짓가랑이를 걷고 피 흐르는 발목을 싸쥐고 있다.
＊ 향옥 달려오다 깜작 놀란다.

향옥: 아니, 어떻게 된 일입니까? 어디 다쳤습니까? 봅시다.
명호: 아마 뱀한테 물린 것 같습니다.
향옥: 뭐랍니까? 그럼 어쩝니까?

＊ 향옥 호주머니에서 손수건을 꺼내 이발자리가 난 발목 위를 꽁꽁 동여매
   고 이발자리의 피를 힘주어 빼낸다. 그리고는 입으로 독을 빼내려 한다.
＊ 명호 그것까지는 못하게 한다.

명호: 안됩니다. 그러다가 독이 아가씨 몸에 들어가면… 이건 절대 안
   됩니다.

향옥: 그런 걸 고려할 여가가 없습니다. 명호씨는 저의 손님이기에 제가 책임을 져야 합니다. 이건 저의 미루어버릴 수 없는 의무입니다.

    * 향옥 싫다고 억지를 쓰는 명호의 다리를 붙잡고 입으로 독을 뽑아낸다.
    * 명호의 두 눈에서 뜨거운 눈물이 흘러내린다.

1. 호텔방 안(밤)

* 명호 침대에 비스듬히 누워 손수건을 들고 본다.
* 발목에는 붕대가 보기 좋게 감겨져있다.
* 꽃을 수놓은 손수건 속에서 향옥이 방긋이 웃고 있다.
* 명호 손수건을 가슴에 대고 일어나서 베란다에 나가 별들이 명멸하는 밤하늘을 쳐다본다.
* 밝은 달이 둥실 떴다.
* 별찌 하나가 줄을 그으며 떨어진다.
* 달 속에 또 향옥의 얼굴이 비쳐든다.
* 명호의 머리에 영감이 번쩍인다.
* 명호 방으로 들어가 책상 앞에 마주앉아 필을 날린다.

「달의 딸(月亮的女兒)」

달님이 고운 딸 하나를 낳았습니다. 달님은 그 딸에게 옥이라는 고운 이름을 지어 주었습니다. 그런데 그 옥에게서 늘 향기가 흘러나오는 게 아닙니까? 그래서 아예 향옥(香玉)이라고 이름 지었답니다. 향옥이는 점점 곱게 곱게 자라나 아리따운 처녀로 되었답니다.…

* 이때 창수 씩씩거리며 들어온다.
* 창수 돈 봉투를 명호 앞에 내민다.

창수: 죽인대도 이 돈을 안받는다오.

명호: 그래서 도로 가져왔단 말이니?

창수: 형님 재간이 있으면 한번 줘보오. 한사코 안 받는데 무슨 용빼는 재간이 있소?

명호: 넌 그저 쓸데없는 말이나 하라면 잘했지 아무 짝에도 못 쓰겠구나. 그러게 말만 뺀지르르하게 잘하지 말고 머리를 팽그르르 잘 쓰라지 않니? 어떻게 머리를 써서라도 주고 와야지 안 받는다고 그래 이대로 들고 온단 말이니?

창수: 아무리 머리를 쓰면 글쎄 어쩌오? 아가씨들 몸이라 깔고 앉아 마구 찔러 넣어줄 수도 없지…

명호: 기껏 머리를 써서 짜낸다는 게 그따위 궁리밖에 못하니? 놔둬라! 내 내일 주고 가는 걸 봐라. 비행기표는 샀지?

창수: 돈 주고 사면 되는 표야 못 사겠소? 싫다는 돈 주기가 바쁘지… 보기요. 형님은 무슨 수가 있는가?

  * 창수 입을 삐죽해 보이고 침대에 가 벌렁 눕는다.

2. 향옥이네 아파트 안(밤)

  * 미화 잘 준비를 하고 있는데 향옥 까닥 않고 앉아있다.

미화: 언니는 안 자겠소? 왜 그러고 앉아 있소?

향옥: 내일 그 남자들이 한국으로 돌아간다는데 문안 겸 인사 겸 한번 가보고 오는 게 아니니?

  * 미화 그 말에 정신이 번쩍 든다.

미화: 양. 옳소! 가보는 게 옳지 않구! 난 언녕 그런 생각이 있었는데 언니 별랗게 생각할까봐 말을 못했소. 언니, 가기요.

  * 미화 벗었던 옷을 주어 입으며 수다를 떤다.

3. 호텔 안(밤)

  * 명호와 창수 침대에 누워서 한담을 하고 있다.

명호: 창수야, 넌 유학갈 나라를 어느 나라로 정했니?

창수: 우리 같이 정하지 않았소? 독일에 가자고?

명호: 난 유학지점을 변동해야 될 것 같다.

창수: 독일 말고 다른 나라에? 어느 나라?

명호: 중국-연변대학!

창수: 뭐라오? 연변대학? 여기에 와서 뭘 배우오?

명호: 중국어! 인제는 다른 어느 나라에도 가지 않고 중국에 와서 중국 말을 배우고 중국에서 사업을 벌이는 게다.

창수: 아하…아하…내 알만하오. 형님 사업에 반한 게 아니라 연변아가 씨들한테 반해서 그러는 게 아니요? 옳지? 바른대로 말하오. 향옥 아가씨한테 반했지?

명호: 응! 반했다, 어째? 나쁘니? 향옥 아가씨가 나쁜가?

창수: 양, 좋소. 좋소. 나쁘기는? 대단히 좋소.

명호: 사업조건은 또 얼마나 좋니? 우리 배운 전업이 뭐니? 약학이지? 연변의 백두산! 백두산은 말 그대로 무진장한 약재가 자라나는 보배산이란 말이다. 백두산의 약초를 가공하여 약 공장을 꾸려서 중국의 이 큰 시장을 개척한다는 거다. 창수야, 이보다 더 좋은 곳이 이 세상 어디에 또 있니?

창수: 옳소. 사업조건 좋고 산천경개 좋고 아가씨들 고운 곳 연변- 이보다 더 좋은 곳이 이 세상 어디에 또 있겠소? 우리 다른 나라에 유학을 가느라 말고 여기 연변대학에 오기요. 난 결정했소.

명호: 정말이지?

창수: 양, 정말!

* 둘은 서로 손깍지를 건다.

4. 꽃 상점 안(밤)

* 향옥이와 미화 상점으로 들어온다.
* 향옥 꽃 한 묶음을 사고 돈을 치른다.
* 미화 옆에서 보다가 삐죽거린다.

미화: 언니, 그 꽃 한 묶음을 사서 누구를 주오?

향옥: 누구를 주겠니? 내 손님을 주지!

미화: 언니 손님이 한분이요?

향옥: 상한 손님!

미화: 상하지 않은 손님은 손님이 아니요? 언니 그 꽃묶음 진짜 손님을 주는 게요? 아니면 연인을 주는 게요?

향옥: 너 지금 무슨 허망소리를 치고 있니? 연인은 무슨 연인이니? 그럼 한 묶음 더 사자! 아가씨? 똑 같은 걸로 한 묶음 더 주시오.

미화: 이건 내가 살게! 한사람이 하나씩! 공평하지 않소?

향옥: 넌 왜 사니? 너도 연인을 주려고 사니?

미화: 손님이 둘이니깐 하나 더 사는 것뿐이요. 달리 생각하지 마시오 네? 언니 동지!

향옥: 보기 싫다. 계집애!

* 향옥 미화의 잔등을 치며 곱게 눈을 흘긴다.

5. 호텔 복도(밤)

* 엘리베이터 문이 열리고 저마다 꽃묶음을 든 향옥이와 미화 나온다.

미화: 언니, 이 기회에 또 그 돈 봉투를 주려고 들면 큰일이요.

향옥: 큰일은? 안 받으면 되지!

미화: 안 받는 건 안 받는 건데 얼마나 시끄럽소? 받아라거니 싫다거니 받아라거니 싫다거니…

향옥: 남은 떡 줄 생각도 안 하는데 너 지레 김칫국부터 마시려는 게 아니니? 견기행사(見機行事)란 말 모르니? 견기행사 임기응변 말이다.

미화: 난 모르오. 언니 알아서 하오. 난 다 언니한테 밀겠소.

향옥: 다 왔다. 그만!

 * 향옥 한 방문 앞에 가서 초인종을 누른다.
 * 창수 문을 열다가 놀란다.

창수: 아니, 아가씨들이 어떻게 이 밤에 오십니까? 형님, 아가씨들이 왔소. 어서 들어오시오. 어서…

6. 호텔방 안(밤)

 * 향옥 명호에게 미화 창수에게 가지고 온 꽃묶음을 선사한다.

명호, 창수: 아니…이건 왜 줍니까? 진짜 우리를 주는 겁니까?

향옥: 여기 두 분 내놓고 다른 손님도 있습니까?

미화: 두 분 내일 한국으로 돌아가신다기에 인사하러 왔습니다.

명호: 이건 거꾸로 되는 게 아닙니까? 인사는 외려 우리가 해야 되는 건데…

향옥: 왜 손님들이 해야 합니까? 우리가 주인이니 주인이 해야지요.

명호: 그러나저러나 이번에 너무 많은 폐를 끼쳐서 미안합니다. 이제 기회가 되는대로 꼭 갚아드리겠습니다.

향옥: 뭘 갚는다고 그럽니까? 손님이란 원래 주인이 하라는 대로만 하면 되는 게 아닙니까? 한국 예절도 마찬가지지요?

 * 창수 그새 냉장고에서 콜라를 꺼내다 향옥이와 미화에게 권한다.

창수: 자. 콜라라도 들면서 이야기 합시다. 이렇게 염려해 주어서 얼마

나 감사한지 모르겠습니다. 두 분 아가씨가 너무 좋은 인상을 깊이 남겨주어서 이제 집으로 돌아가서 잠을 잘 것 같지 않습니다. 아가씨들 생각이 나서 말입니다.

미화: 그럼 오늘 한바탕 싸우고 헤어지는 게 아닙니까? 정을 좀 떼게 말입니다.

창수: 그럼 더 큰 일이 납니다. 싸움 끝에 정이라고 하지 않습니까?

미화: 그럼 싸워도 안되고 너무 좋아해도 안되고 구경 어떻게 하면 됩니까?

명호: 하고픈 대로 하면 됩니다. 웃겠으면 웃고 울겠으면 울고 그저 하고픈 대로만 하면 됩니다.

향옥: 내일 공항으로 나갈 때 모셔다 드릴 테니깐 호텔에서 기다리십시오. 그럼 휴식 잘 하십시오.

창수: 괜찮습니다. 더 앉았다 가십시오.

향옥: 내일 다시 만납시다.

 * 향옥이와 미화 나가고 명호와 창수 따라 나간다.

7. 거리(밤)

 * 향옥 택시를 몰고 미화 그 옆에 앉아간다.

미화: 언니, 난 그 남자들이 또 돈을 주겠다고 열정을 피울까봐 신경을 썼댔는데 돈 말은 까딱 입술에도 안 바릅데 양?

향옥: 그러길래 내 뭐라고 했니? 너는 남이 떡 줄 생각도 않는데 김칫국부터 찾는다지 않더니?

미화: 글쎄 말이요. 내 좀 부실사 하지?

향옥: 어디 부실사 하니? 너무 약삭빨라서 걱정이지!

미화: 너무 약빠른 양 하는 것도 병이요 양?

향옥: 알리니?

미화: 양. 알리오!

   * 밤거리를 헤가르며 미끄러져 가는 택시

8. 호텔방 안(밤)

   * 명호와 창수 두 아가씨를 바래고 들어온다.

창수: 형님, 형님 머리를 그렇게 팽그르르 잘 쓴다는 게 어째 아가씨들
     이 몸소 찾아까지 왔는데 돈을 안 줬소?

명호: 주면 받니?

창수: '주면 받니?' 나도 주는데 안 받으니깐 못 줬지 주는 대로 인차
     받는 아기씨들이면 내 돈이 아까워서 안 줬겠소? 주면 받지 않
     길래 못 줬단 말이요 나도!

명호: 그런데? 그런데 어쨌단 말이니?

창수: 형님 재간도 그저 나 같으루 하단 말이요.

명호: 같지 않구! 나는 뭐 제갈공명인가 하니? 너나 나나 다 사람인
     게 같으루 하지 않고! 자자!

   * 명호 침대에 올라가 눕는다.

9. 연변대학 교문 앞

   * 택시 한 대 와서 멈춰서고 명호와 창수 내린다.
   * 택시 인차 떠나간다.
   * 명호와 창수 경건한 마음으로 교문에 새겨진 '연변대학'이란 간판을 한
     참 쳐다본다.

창수: 야! 대단하오. 이 큰 중국 땅에 우리 민족의 대학이 우뚝 솟아있
     다는 게 정말 옛말 같소. 안 그렇소? 형님!

명호: 그래서 중국의 소수민족정책이 좋다는 게다. 어느 민족이나 자기
　　　말, 자기 글을 마음대로 쓸 수 있단 말이다.

창수: 내 이런 엄숙한 교문을 거저야 못 들어가지!

　* 창수 차렷하고 서서 경건히 경례를 한다.
　* 명호도 따라한다.

10. 대학 복도

　* 한 아가씨가 명호와 창수를 안내한다.

아가씨: 여기가 유학생처 사무실입니다. 들어가 보십시오.

명호, 창수: 감사합니다. 수고했습니다.

아가씨: 아니요. 수고 없습니다. 일 잘 보십시오.

　* 아가씨 돌아서 걸어간다.
　* 명호와 창수 그 아가씨를 눈바램 하고 사무실 문을 노크한다.

11. 사무실 안

　* 한 사무원 사무를 보다가 노크소리를 듣고 반색을 한다.

사무원: 들어오시오.

　* 명호와 창수 들어온다.

명호: 안녕하십니까?

창수: 수고하십니다.

사무원: 앉으십시오. 앉으십시오.

　* 사무원 광천수를 뽑아다 명호와 창수에게 권한다.

사무원: 여긴 광천수밖에 없습니다.

명호: 네, 광천수가 좋습니다. 연변의 물은 다 광천숩니다. 물이 대단히
좋습니다.

사무원: 보아하니 한국에서 오신 분들 같은데 무슨 요건이 있습니까?

명호: 연변대학에 와서 중국어를 배우려고 하는데 어떤 수속을 밟아야
하는지 몰라서 좀 알아보려고 왔습니다.

사무원: 그렇습니까? 지금 중국어를 배우는 한국 유학생들이 아주 많
습니다. 수속은 크게 복잡하지 않습니다.

　* 사무원 서랍에서 등록표를 꺼내준다.

사무원: 먼저 보십시오.

　* 명호와 창수 등록표를 받아들고 본다.

12. 택시파출소 안

　* 사무원이 편지를 보고 있다.
　* 명호와 창수 옆에 앉아 기다리고 있다.

사무원: 네, 알만합니다. 이대로 전달만 해주면 되는 거지요?

명호: 네! 향옥씨한테 전해주면 됩니다. 그런데 우리 탄 비행기가 떠난
다음에 꼭 전해주십시오. 감사합니다.

　* 명호와 창수 밖으로 나간다.

13. 파출소 밖

* 창수 명호 앞을 막아선다.

창수: 형님 확실히 내보다 머리를 잘 쓰오. 난 왜 이런 골을 못 쓰오? 향옥 아가씨 돈도 받고 표창도 받을 수 있는 이런 골을 난 왜 못 쓰는가 말이요?

명호: 왜 못 쓰겠니? 뒀다가 후에 쓰자고 쓰지 않아서 그렇겠지! 빨리 가자. 공항에 갈 시간이 거의 된다.

   * 둘은 손을 들어 택시를 잡는다.

13. 공항

   * 택시가 들어와 멎고 향옥, 미화, 명호, 창수 선후로 내려 공항으로 들어 간다.

14. 공항 안

   * 명호와 창수 향옥이와 미화에게 수고했다는 인사를 하고 검표를 한다.
   * 그러던 명호 다시 달려와 편지봉투를 향옥에게 준다.

명호: 천지에서 찍은 사진입니다. 안녕히 계십시오. 다시 만납시다.

   * 명호 나가고 향옥 편지를 들고 돌아선다.

15. 향옥이네 아파트

   * 향옥이와 미화 엘리베이터를 타고 올라간다.
   * 18신호등이 켜지고 문이 열린다.
   * 향옥이와 미화 엘리베이터에서 내려 방문을 연다.

16. 향옥이네 방 안

   * 향옥이와 미화 들어온다.

미화: 언니, 다 보냈으니 한시름 놓았소?

향옥: 이때까지 너 그 남자들 때문에 시름을 못 놓고 살았니?

미화: 아니, 그런 건 아닌데…좀 허전해서… 빨리 샤워나 하오. 우리 오늘은 밖에 나가 먹기요. 내 낼게!

향옥: 좋은 일이 있니?

미화: 좋은 일은 무슨? 밥하기 싫으니깐 나가 먹자는 게지. 빨리…

향옥: 응! 내 옷 벗구…

　* 향옥 들고 온 편지봉투를 침대에 던지고 옷을 대충 벗고 위생실로 들어간다.
　* 미화 편지봉투를 발견하고 들고 보다가 이상한 감을 느낀다.

미화: (위생실에 대고) 언니, 언니 들고 온 게 이게 뭐요? 편지 같은 게?

향옥: 모르겠다. 사진일 게다.

미화: 내 뜯어봐도 괜찮소?

향옥: 봐라!

미화: 비밀이 없소?

향옥: 보라지 않니?

　* 미화 조심스레 겉봉을 뜯고 사진과 편지를 꺼낸다. 미화 편지를 보다가 위생실 문가에 가 소리친다.

미화: 엄마야, 어쩔까? 이게 연애편지요.

17. 위생실 안

　* 향옥 샤워를 하다가 소리친다.

향옥: 뭐라구? 연애편지?

미화: 얭! 내 읽어 보라오?

향옥: 가만, 내 나간다.

* 향옥 수건으로 몸을 가리고 위생실에서 나간다.

18. 향옥이네 방 안

* 향옥 미화의 손에서 편지를 빼앗아들고 베란다에 나가 읽어본다.

편지: 아리따운 처녀로 자라난 향옥은 지구에서 사는 사람들의 생활이 한없이 그리웠습니다. 그래서 향옥은 어머니와 사정하여 지구로 날아갔습니다. 지구의 생활은 그지없이 황홀했습니다. 향옥은 다시 달나라로 갈 생각이 없어서 지구에 호적을 붙이고 지구인이 되었습니다. 이때 해나라의 왕자도 지구의 생활이 부러워 지구로 날아왔습니다. 인연이 되려고 그랬던지 해나라의 왕자는 백두산천지에서 달나라의 선녀 향옥이를 만났답니다…

* 향옥 끝까지 읽지 않고 편지를 움켜쥔다.
* 미화 향옥에게로 온다.

미화: 언니, 연애편지 옳지?

향옥: 허, 정말 웃기지 않니? 내 손님이니깐 잘 대해주고 사진도 함께 찍어줬지 제하고 연애를 하자고 그랬는가? 더군다나 내 한국남자와 연애를 할까봐?

미화: 엄마야, 한국남자 어떻소? 지금 한국에 시집가지 못해서 헤매는 애들이 얼마라고 그러오? 남자 좋더구만! 웬만하면 하오.

향옥: 듣기 싫다. 하고 싶으면 네나 해라.

미화: 내한테는 연애를 거는 남자들이 없단 말이요. 내 매력이 없게 생겼는지 나한테는 어째 이런 편지 한 장도 오는 게 없소?

향옥: 그럼 이 편지 네가 가져라.

  * 향옥 편지를 미화에게 던져 준다.

미화: 내 그럼 뺏소 양?

  * 미화 편지를 개여 봉투에 넣고 사진을 들고 본다.

미화: 야, 남자 미남자구만. 그 옆에 선 여자는 선녀고…
향옥: 미남자 좋아하는 게! 네나 그 미남자와 연애를 해라.
미화: 양! 내 할 게 후에 질투하지 마오 양? 이름이 뭐더라? 명−호?

  * 미화 명호와 향옥이 찍은 사진을 들고 본다.
  * 클러즈업 되어 안겨오는 사진

19. 한국 명호네 집 안

  * 명호 자기와 향옥이 찍은 사진을 보고 있다.

명호: 달의 딸! 해의 왕자! 야− 될까? 그 아가씨 너무나 도고해서…

  * 이때 명호 아버지 윗방에서 사진을 들고 나온다.

아버지: 명호야, 봐라. 이 처녀다. 얼마나 잘 생겼니?

  * 명호 자기가 보던 사진을 치우고 아버지가 주는 사진을 받아본다.
  * 희래가 사진 속에서 곱게 웃고 있다.

아버지: 해양회사 선장님의 딸인데 네 사진을 보여 줬더니 확 하더라.
        너만 오케이면 내일이라도 당장…

  * 이때 전화벨이 울린다.

아버지: 또 네 전화다. 이제 봐라.

  * 명호 아버지 전화를 받는다.

아버지: 여보세요? 음, 희래? 우리 명호 말이지? 왔다, 왔어! 응, 어제 왔다. 지금 오겠다구? 응. 그래라!

  * 명호 대방에서 온다는 말을 듣고 옷을 입고 나가려 한다.

아버지: 명호야! 어디 가니? 서라!

  * 명호 아버지 송수화기를 놓고 문을 막아선다.

아버지: 희래가 당금 온다는데 만나보지 않고 어디 간단 말이니?

명호: 저 지금 인차 창수를 만나봐야 합니다. 유학 수속 때문에…

아버지: 안된다. 창수 그 자식은 후에 만나보고 먼저 희래부터 만나봐라. 내 이미 희래 아버지와 사돈까지 다 맺었단 말이다.

명호: 아버지, 저 유학이 끝나기 전에는 결혼 안합니다.

아버지: 누가 결혼을 해랬니? 먼저 선을 보고 약혼을 하라는 거지.

명호: 유학이 끝나기 전엔 저 약혼도 안합니다. 후에 어떻게 일이 변할지 누가 장담을 합니까? 저 혹시 연변아가씨와 약혼할지도 모릅니다.

아버지: 뭐라구? 너 이제 며칠 연변을 다녀오고 벌써 연변아가씨한테 반했단 말이니?

명호: 반한 건 아닌데 아버지, 연변의 아가씨들 참 예쁩니다.

아버지: 그건 나도 모르는 게 아니다. 아가씨뿐인 줄 아냐? 할망구 아줌 마들도 아주 이쁘지…그런데 그런 잡 궁리 말고 이 희래와 맺고 끊어라. 이건 우리 두 집 부모들이 이미 결정을 본 일이니깐!

명호: 좌우간 저 먼저 창수를 찾아봐야 합니다.

　＊ 명호 나가려는데 명호 아버지 또 막아선다.

아버지: 안된다! 이제 희래 걔가 당금 올 거다.

　＊ 이때 초인종이 울린다.

아버지: 봐라. 벌써 왔잖니? 오냐, 나간다.

　＊ 명호 아버지 달려가 문을 열자 희래 웃으며 들어온다.

희래: 안녕하셨어요? 아버님.
아버지: 오냐. 그래! 어서 들어가자꾸나.
희래: 네.

　＊ 명호 서지도 앉지도 못하고 안절부절 못하는데 명호 아버지 희래를 데
　　리고 온다.

아버지: 명호야, 빨리 와서 인사를 해라. 내가 말하던 희래다. 희래야,
　　너도…
희래: 안녕하세요? 연변에 가셨다더니 언제 오셨어요?
명호: 네. 저…어제요.
희래: 재미있었어요? 연변 유람?
명호: 네. 재미있었지요.
아버지: 희래야, 명호와 이야기 하거라. 내 나가서 먹을 걸 좀 사다줄
　　게. 명호야, 손님접대 잘해라!

　＊ 명호 아버지 밖으로 나간다.

희래: 연변 어때요?

명호: 뭐가 어떻단 말입니까?

희래: 총적 인상 말이애요.

명호: 총적 인상 대단히 좋습니다. 산 좋고 물 좋고 사람 좋고 뭐나 다 좋습니다.

희래: 연변의 아가씨들 하나처럼 이쁘다던데요?

명호: 명실공입니다. 정말로 이쁩니다. 그런데 저 지금 약속이 있어서…우리 후에 다시 만나는 게 어떻겠습니까?

희래: 무슨 약속인데요? 그렇게 중요한가요? 우리들의 일보다?

명호: 네. 유학수속문제인데 우리 둘이 지금 당장 만나서 인차 합의를 보지 않으면 안 될 그런 비상에 걸린 문제입니다. 후에 다시 봅시다. 미안합니다.

   * 명호 희래의 대답을 더 기다리지 않고 뺑소니치듯 나가버린다.

20. 명호네 집 밖

   * 명호 밖으로 나오자 감옥에서 나오기나 한 듯 크게 날숨을 쉬며 기지개를 편다.

   * 그리고는 앞뒤를 가릴 새 없이 마구 뛰어간다.

21. 명호네 집 안

   * 희래 혼자 있다가 멋쩍어서 나오려는데 명호 아버지 먹을 것을 한 구럭 사들고 들어온다.

아버지: 아니 왜? 벌써 가려고 그러니? 명호는?

희래: 급히 볼 일이 있다면서 나갔어요.

아버지: 나쁜 놈 자식…그 자식 오면 내 톡톡히 훈계해줄 테니 너 좀 여기 앉아라.

   * 명호 아버지 구럭을 헤치고 사온 먹을 걸 내놓는다.

아버지: 자, 먼저 좀 먹어라. 부모님들은 다 무고하지?

희래: 네.

아버지: 한 시내에 살면서도 어디 자주 만나게나 되니? 참, 내 명호 그
 자식 불러들여야지.

 * 명호 아버지 휴대폰을 꺼내 꾹꾹 누른다.

22. 바닷가

 * 명호 휴대폰을 치고 있다.

명호: 창수니? 너 지금 여기로 나오라. 응! 급히 변통해야 할 일이 있
 다. 빨리!

23. 명호네 집 안

아버지: 이건 계속 통화 중이라는구나. 자식 무슨 전화를? 좀 있다 또
 걸어보자.

희래: 아버님, 그러지 마시고 그 전화번호 저한테 알려주세요. 이후부
 턴 제가 직접 찾을게요.

아버지: 그래그래…그게 좋겠다.

 * 명호 아버지 메모지를 찾아 전화번호를 적는다.
 * 이때 전화벨이 울린다.
 * 명호 아버지 전화를 받는다.

아버지: 여보세요? 네. 네? 연변아줌마? 인차 연변으로 돌아간다구요?
 네. 그럼 만나야지요. 네…네…알겠습니다.

 * 명호 아버지 전화를 놓고 희래를 돌아본다.

아버지: 이거 오늘 일이 공교롭게 되는구나…나도 지금 나가봐야 할
　　　　일이 생겨서…

희래: 네. 나가보세요. 저도 갔다 후에 다시 오겠어요.

아버지: 이거 오늘 안됐다. 다시 오거라.

희래: 네.

  * 희래 나가자 명호 아버지 부랴부랴 옷을 입고 밖으로 나간다.

24. 다방 안

  * 아줌마 홀로 앉아 명호 아버지와 함께 찍은 사진을 들여다보며 회상에
    잠긴다.

(회상)

  * 아줌마 보모 모집 광고장을 들고 명호네 집을 찾아온다.
  * 아줌마 초인종을 누르자 명호 아버지 문을 열어준다.

명호 아버지: 뉘신지? 누굴 찾습니까?

아줌마: 이 집에서 보모를 찾는다고 광고를 낸 그 집 맞습니까?

명호 아버지: 네. 맞습니다.

아줌마: 제가 보모로 들어올까 해서 왔는데…

명호 아버지: 네…그런데 아주머니 말씀이…어디서 오십니까?

아줌마: 네! 연변에서요.

명호 아버지: 그렇습니까? 미안하지만 다른 집엘 찾아가 보십시오. 우
　　　　　　　린 연변아줌마 안 씁니다.

  * 명호 아버지 문을 닫는다.
  * 회상에서 깨어나는 아줌마 부지중 히쭉 웃는다.
  * 이때 명호 아버지 다방으로 들어온다.

아줌마: 오셨습니까? 반갑습니다.

명호 아버지: 그런데 왜 이렇게 갑작스레 간다고 그럽니까?

아줌마: 제가 보던 환자가 인젠 많이 낳아졌거든요? 그래서 인제는 간호가 필요 없게 됐답니다. 그래서 인차 연변으로 돌아가려구요. 가기 전에 딱 한번 만나보고 싶어져서 이렇게 찾았는데 양해하시죠?

명호 아버지: 네. 무슨 이런 말씀을… 우린 이미 허물없는 친구사이가 아닙니까?

아줌마: 그 사이 선장님의 신세를 많이 졌습니다. 후에 한번 시간을 타서 우리 연변에도 놀러 오시지요. 그럼 최고급 대우를 해드릴게요. 연변구경 다 시키구요. 그저 오시기만 하세요. 네.

명호 아버지: 네. 저도 한번 연변에 꼭 가보고 싶습니다. 자, 차를 드십시오.

* 둘은 찻잔을 맞춘다.
* 찻잔을 들고 명호 아버지 아줌마를 바라보며 회상에 잠긴다.

(회상)

* 시장거리
* 명호 아버지 승용차를 몰고 가다가 앞에 오토바이가 오는 것을 피하다가 그만 옆으로 걸어가던 아줌마를 박아놓는다.
* 아줌마 길 옆에 쓰러지고 아줌마가 들고 가던 채소바구니가 쏟아져 채소가 길가에 뒹군다.
* 명호 아버지 급해 맞아 차에서 뛰어내려 아줌마를 안아 차에 앉히고 병원으로 달려간다.

아줌마: 왜 차는 들고만 계시지요?

* 아줌마의 말에 명호 아버지 회상에서 깨어난다.

명호 아버지: 네? 네…

* 명호 아버지 차를 마신다.

25. 바닷가

* 명호 기다리는데 창수 달려온다.

창수: 형님, 도대체 무슨 일이요? 당장 숨넘어가는 소리를 하면서?

명호: 야야…말 말아라! 겨우 빠져나왔다.

창수: 빠져 나오다니? 범의 굴에서 빠져 나왔소?

명호: 범의 굴보다 더 바쁜데서!

창수: 그런데도 다 있소?

명호: 응! 우리 집!

창수: 형님네 집? 형님네 집이 범의 굴보다 더 하단 말이요?

명호: 응! 그 여자 왔더라.

창수: 여자? 무슨 여자?

명호: 희래라고! 내 말하지 않아? 어느 선장의 공주라는 희래 말이다.

창수: 그래 형님 공주를 지금 범이라 했소?

명호: 범이 아니고? 범보다 더 무섭지! 지금이 어느 때라고 글쎄 부모
들이 자식들 혼사를 농단하니? 생각도 없는 여자와 결혼하라는
게 그래 범보다 더 안 무섭니?

26. 희래네 집

* 희래네 집은 바닷가에 자리 잡고 있다.
* 희래 베란다에 나와 바다를 바라보다가 우연히 창수와 말하고 있는 명
호를 발견한다.
* 희래 전화번호를 펴들고 명호에게 전화를 친다.

희래: 명호씨! 우리 좀 만나요. 나 지금 명호씨를 보면서 전화를 치거든요.

27. 바닷가

* 명호 휴대폰을 들고 멍해진다.

명호: 네? 어디요? 희래 씨 집이 어딥니까? 네? 난 보이지 않는데요? 어디요?

28. 희래네 집 베란다

희래: 찾느라 하지 마시고 그 길 따라 곧추 내려오세요. 그럼 돼요. 기다릴게요.

29. 해변 길

* 명호 창수와 함께 해변 길로 걸어간다.

창수: 형님, 그런데 우리 이 길로 가는 게 아니지 않소?
명호: 왜?
창수: 희래 아가씨 앞에서 기다린다고 하지 않았소?
명호: 글쎄… 다른 길로 돌아서 갈까?
창수: 만나고 싶으면 이대로 가고…
명호: 범 같다는데 만나고 싶기는? 너 놀리니?

* 이때 승용차가 달려와 멈춰 선다.
* 승용차 안에 희래가 앉아있다.

창수: 저 여자요? 인간 환하구만! 잘 노오. 내 먼저 갈게!

* 창수 지나가다가 희래를 힐금 쳐다본다. 그리고는 돌아서서 두 엄지를 붙여 들고 잘 놀라는 시늉을 한다.

희래: 명호씨, 앉으세요.

* 명호 할 수 없이 뒷좌석에 앉는다.

30. 거리

* 승용차가 번화한 도심을 빠져나간다.

31. 모 다방 안

* 명호 희래와 마주 앉아 있다.

희래: 명호씨는 부모님들의 선택에 대하여 어떻게 생각하세요?
명호: 우선은 부모님들의 의사를 존중해야 한다고 봅니다. 그런데 전 아직 급히 서두를 생각이 없습니다. 유학을 떠나고 보면 몇 해가 걸릴지도 모를 거고 또 그 사이 어떤 일들이 벌어질지도 모르니깐 지금 먼저 대답을 해놓고 남 괴롭게 하고픈 생각이 전혀 없단 그 말입니다.
희래: 마라톤연애도 있다고 하던데요. 어떤 의미에서는 마라톤연애에도 또 그로서의 독특한 재미가 있다고 들었어요. 기다리고 그리면서 오래오래 하는 연애…그 기다리는 연애가 별미라고 하던데요.
명호: 그게 정말 그럴까요?
희래: 책에서는 그렇게 썼던데요.
명호: 책은 실천이 아니잖습니까?
희래: 실천의 총화라고 봐야지요.
명호: 밤이 길면 꿈이 많다고 하던데요. 그 마라톤연애의 성공률이 어떨까요?

희래: 그거야 사랑의 질에 달린 거지요. 일편단심엔 세월도 무가내라는 말이 있지 않던가요?

명호: 글쎄요.

희래: 우리 이렇게 말을 빙빙 돌려서 하지 말고 직방백이로 하는 게 어때요? 저는 부모님들의 소개를 듣고 명호씨에게 호감이 갔고 또 부모님들의 선택에 따르고 싶어요. 명호씨는 어떠세요?

명호: 전 아직 그런 준비가 돼있지 않습니다.

희래: 제가 명호씨 마음에 들지 않는다는 말씀이시죠?

명호: 아니, 그런 게 아니니깐 절대 오해하지 마시오. 그저…아직…

희래: 아직 절 잘 모르시겠단 말씀인가요?

명호: 희래 씨를 잘 모르겠다는 게 아니라 나 자신을 아직 잘 모르겠다는 말입니다.

희래: 그럼 후에 다시 보자요.

 * 희래 먼저 일어나 다방에서 나간다.

32. 명호네 집안

 * 명호 아버지 명호의 다짐을 받고 있다.

아버지: 명호야, 너 연변에 가기 전에 희래와 말을 끊고 가야 된다. 언제 말 떼러 가겠니?

명호: (역서를 보다가) 다음 주일날에 만나면 어떻습니까?

아버지: 다음 주일이라? 응! 주일날이 좋지! 그럼 그렇게 하기로 한다.

명호: 네!

33. 명호네 집 밖

 * 명호 창수에게 전화를 건다.

명호: 창수야, 큰 일 났다. 난 그 여자 마음에 크게 없는데 다음 주일
날 꼭 선보기를 한단다. 그러니깐 우리 먼저 앞당겨 연변으로 떠
나는 거다. 알았지? 공항 매표구에서 만나자. 응! 지금!

34. 명호네 집 안

* 명호 아버지 전호를 걸고 있다.

아버지: 희래니? 응, 그래! 다음 주일날 선보기를 간다고 부모님께 알
려라. 그래, 되겠지. 약혼이야 종래로 부모들이 하는 거지 어디
당사자들끼리 하는 법이니? 응. 그런 줄 알아라. 끊는다.

35. 공항 매표구 밖

* 명호 서성거리며 기다리고 섰는데 창수 뛰어온다.

명호: 임마, 뭘 그렇게 꾸물거리는 거니? 빨랑빨랑하지 못하고…빨리
들어가자.

* 둘은 매표구 안으로 들어간다.

36. 매표구 안

* 명호와 창수 표 흥정을 하고 있다.

명호: 좀 더 빠른 비행기표는 없습니까? 토요일 거라도 됩니다.
매표원: 제일 빠른 게 일요일이라니깐 그럽니까? 요즈음은 관광고봉기
가 돼서 일요일 표도 이제 잠간 있으면 다 나갑니다.
명호: 야, 창수야! 어쩜 좋니? 말 좀 해라.
창수: 없다는데 무슨 용빼는 수가 있소? 선보기를 하고 가는 수밖에…

명호: 임마, 너 지금 날 놀리니? 남은 애간장이 와닥닥 뒤집어진다
　　　는데…

창수: 형님, 그럼 일요일표를 끊기요.

명호: 그리고는?

창수: 오늘 형님 가지고 갈 행리를 먼저 우리 집에 가져다 뒀다가 그
　　　날은 인차 어디 갔다 온다고 빈 몸으로 나오란 말이요. 그 다음
　　　냅다 빼면 다 아니요?

명호: 그러면 그 날은 무슨 개판이 되니? 두 집안이 다 뒤집어질 텐데?

창수: 그래서 싫으면 선보러 가오. 나도 모르겠소.

명호: 이건 참 이러지도 못하고 저러지도 못하고 어쩐다는 거야?

창수: 사내는 독종이여야 함! 형님 이런 말 모르오?

명호: 사내는 독종? 그래! 네 말대로 하자! 아가씨, 연변으로 가는 비
　　　행기표 두 장 주시오.

37. 희래네 집 안

* 희래 거울을 보면서 곱게 곱게 치장을 하고 있다.
* 그러다가 시름이 놓이지 않는지 전화를 친다.

희래: 네. 아버님! 약속대로 제시간에 오시지요?

38. 명호네 집 안

* 명호 아버지 전화를 받고 있다.

아버지: 아무렴. 놀음이라고 그런 약속을 다 어기겠냐? 꼭 제시간에 가
　　　고 말고… 지금 우리 명호 양복서껀 멋있게 빼입었다. 응, 기다
　　　려라!

* 명호 아버지 전화를 놓고 명호를 재촉한다.

아버지: 빨리 서둘러라. 공연히 시간 늘구지 말고…

명호: 네. 다 됐습니다. 아버지나 빨리 준비하십시오.

아버지: 응? 그래그래…내가 되려 늦어지겠구나…

* 명호 아버지 옷을 입으며 거울 앞에 가서 옷매무시를 다듬는데 명호 슬며시 밖으로 나간다.

아버지: 너 지금 어디 가니?

명호: 네, 이 밑에 상점에 가서 손수건 하나 사오려구요. 인차 옵니다.

아버지: 손수건? 내 것도 하나 더 사오거라.

명호: 네. 알았습니다.

* 명호 밖으로 나간다.

39. 거리

* 명호 밖으로 나오자 인차 택시를 잡아탄다.

기사: 어디로 가렵니까?

명호: 공항으로요.

기사: 알았습니다.

* 부르릉- 떠나가는 택시.

40. 공항

* 창수 명호를 기다리는데 택시 와서 멈춰서고 명호 차에서 내린다.

창수: 형님, 빨리!

　* 명호 자기의 행리를 받아 쥐고 창수와 함께 공항으로 들어간다.

41. 명호네 집 안

　* 명호 아버지 정복을 하고 기다리는데 명호가 그냥 돌아오지 않는다.

명호 아버지: 손수건 사러 갔다는 놈이 손수건 만들어가지고 오는가?

42. 해변 길

　* 희래 손차양을 해가지고 멀리 내다보고 있다.

희래: 올 시간이 됐는데…왜 아직도 오지 않을까?

　* 희래 휴대폰을 꺼내 친다.

43. 명호네 집 안

　* 전화벨이 울려서 명호 아버지 인차 전화를 받는다.

아버지: 너 지금 뭘 하는…누구라구? 희래? 응! 손수건 사러 나간 녀
　　석이 아직 들어오지 않아서 기다리는 참이다. 응. 오는 길로 인
　　차 떠날게. 응, 알았다.

　* 방금 전화를 놓자 또 전화벨이 울린다.

아버지: 응! 또 무슨 일이니? 뭐라구? 지금 연변으로 날아간다구? 야,
　　이 망종 같은 자식아!

　* 명호 아버지 송수화기를 팽개치고 베란다로 나가 하늘을 쳐다본다.

* 여객기 한 대가 굉음을 지르며 날아지나간다.
* 명호 아버지 하늘에 대고 삿대질을 한다.

아버지: 야, 이 망할 놈의 자식아! 이 애비 낯에다 똥칠을 해도 분수가
　　　있지 이게 뭐란 말이니?

제3회

1. 비행기 안

  * 명호 근심스런 표정으로 앉아있는데 창수 자꾸 말을 시킨다.

창수: 형님, 이왕 이렇게 된 일을 가지고 자꾸 생각해 뭘 하오? 도로 날
  아가겠소? 그런 일이 없었던 것처럼 생각하고 다 잊어버리오.

명호: 응. 됐다! 누가 어쩌니?

  * 이때 뒤에 앉은 아줌마 말을 걸어온다.

아줌마: 총각들 다 연변에 가오?

창수: 네!

아줌마: 유람가오?

창수: 아닙니다. 유학갑니다.

아줌마: 유학? 좋은 일로 가는구만. 그러면 짐이 많겠소?

창수: 짐 크게 없습니다. 자그마한 트렁크 하나씩입니다.

아줌마: 그렇소? 그럼 공항에 내려서 내 짐 둬 개만 들어다 주겠소?
  쓸데없이 짐은 어찌나 불어났는지… 그저 택시 타는 데까지만
  들어다 주면 되오.

창수: 네! 그렇게 합시다.

아줌마: 에그…시름을 훌 놓았소. 나는 집에 마중 나올 사람도 없지 해
  서 은근히 속앓이를 했댔는데…수고해주오 양?

  * 아줌마 큰 짐이나 부린 듯 등받이에 기대며 눕는다.

2. 향옥이네 아파트 앞

* 향옥이와 미화 아파트에서 나오며 서로 말을 주고받는다.

미화: 향옥 언니, 오늘은 또 장도 손님이 없소?

향옥: 웅! 아직까지는!?

미화: 그런데 언니, 그 해나라 왕자는 한국에 돌아간 다음에 전화 한번도 안 왔소?

향옥: 어째 또 심심해 나니?

미화: 양! 심심하오. 편지를 만장처럼 써놓고 간 왕자님이 왜 그렇게 무정할까? 전화 한통도 없이…

향옥: 애, 보기 싫다. 빨리 가라.

미화: 그럼 저녁에 보기요.

* 향옥이와 미화 저마끔 자기의 택시를 몰고 떠나간다.

3. 공항 출구 앞

* 손님들이 밀려나오는데 그 속에 명호와 창수도 끼어있다.
* 명호와 창수 자기의 트렁크 외에 각기 하나씩 아줌마의 짐을 더 들었다.
* 아줌마 뒤에서 따라오며 지휘를 한다.

아줌마: 저기… 저 택시 있는 데로 가기요. 거기까지만 들어다주면 되오.

* 명호와 창수 택시 있는 데까지 가서 짐을 택시 뒤에 실어준다.

아줌마: 감사하오. 수고했소. 이걸 어쩔까? 자, 이 돈으로 담배라도 사 피우오. 자…

명호: 아닙니다. 까짓 짐 들어주고 돈을 받는 법이 어디 있습니까? 빨리 가십시오. 안 그러면 우리가 먼저 가겠습니다.

아줌마: 아니, 그래도 수고비야 간단히 받아야지 내가 어떠해서 어쩌오? 자, 작은 대로 받아 넣소.

창수: 할머니, 이건 절대 안 됩니다.

아줌마: 할머니는 무슨 할머니? 아줌마! 연변아줌마라고 하오. 그럼 유학을 왔다니깐 후에 만날 수가 있겠지. 다시 보기요. 공부 잘하오.

＊ 아줌마 택시에 오르자 택시 인차 떠나간다.

창수: 우리도 택시 타고 가기오. 저기 택시가 있구만!

명호: 그리 바쁘니?

창수: 아니, 바쁘기는? 하나도 안 바쁘오. 아직 개학이 멀었는데 무슨!

명호: 그럼 좀 기다려라.

＊ 명호 휴대폰을 꺼내 번호를 꾹꾹 누른다.

명호: 여보세요? 네. 안녕하셨습니까? 네. 공항입니다. 알았습니다. 기다리겠습니다.

창수: 형님 어디다 전화를 쳤소? 연변에 아는 사람이 있소?

명호: 응! 마중을 올 사람이 있다.

창수: 마중 올 사람이 있다? 누구요? 내 아는 사람이요?

명호: 응. 알 거야! 보면…

＊ 이때 택시 한 대 그들의 앞에 와서 멈춰서고 향옥이 차에서 내린다.

창수: 옳지, 보기요! 형님…

＊ 향옥이 인차 명호와 창수를 알아본다.
＊ 명호 먼저 악수를 청해온다.

* 향옥 악수는 받으나 속이 꽁하다. 편지 사연 때문에.
* 그래서 인사도 약간 차다.

향옥: 안녕하십니까? 어떻게 또 오셨습니까?

명호: 연변대학에 유학을 왔습니다. 중국어 배우려고 말입니다.

향옥: 네! 그러세요? 환영합니다. 그럼 곧추 대학에 가면 되겠습니다. 어서 앉으시오.

* 명호 좋아서 인차 올라앉는데 창수 시뚝해서 서있다.

향옥: 빨리 앉으시오. 같이 안 갑니까?

창수: 아니, 먼저 가시오. 난 기다릴 사람이 있어서…인차 올 겁니다. 먼저 가보시오.

* 향옥 명호를 돌아본다.

명호: 만날 사람이 있답니다. 우리 먼저 갑시다.

* 택시 떠나가 버린다.
* 창수 떠나가는 택시 뒤에 대고 삿대질을 한다.

창수: 형님이란 게 그럴 내기지? 어디 보자는 게요.

* 창수 휴대폰을 꺼내 꾹꾹 누른다.

4. 거리

* 미화 택시를 몰고 가는데 휴대폰이 울려서 받는다.

미화: 여보세요? 네. 그렇습니다. 누구시랍니까? 보면 아는 친구? 네. 알았습니다. 공항!

5. 공항

 * 창수 이제나 저제나 들어오는 택시마다 다 눈 밝혀 보고 있다.
 * 미화의 택시 드디어 나타난다.
 * 미화 택시를 세우고 뛰어내려 반갑게 창수를 맞는다.

미화: 안녕하십니까? 어떻게 또 오셨습니까?

창수: 연변대학에 유학을 왔습니다.

미화: 잘 됐습니다. 그럼 이번엔 오래 있겠습니다.

창수: 그럴 것 같습니다. 좌우간 중국말을 제대로 할 때까지 있어야 하
    니까요.

미화: 그럼 종종 자주 만나겠습니다. 어서 앉으십시오.

 * 창수 좋아라고 택시에 올라탄다.
 * 부르릉 떠나가는 택시.

6. 연변대학 교문 앞

 * 택시 와 멈춰서고 명호 내린다.

명호: 같이 들어가 보지 않겠습니까?

향옥: 미안하지만 지금은 한창 손님이 많을 때가 돼서 후에 다시 봅시
    다. 안녕히!

 * 향옥 택시를 몰고 가버린다.
 * 명호 멋없이 멀어지는 택시를 바라보다가 짐을 들고 돌아선다.

7. 학교 기숙사 안

 * 교감인 듯한 사람이 명호를 안내하여 방문을 열어준다.

교감: 아직 개학시간이 안돼서 기숙사가 기본 비어있습니다. 이 방에 두 분이 들도록 안배를 했습니다. 무슨 일이 있으면 저를 찾으십시오. 그럼 먼저 푹 쉬십시오.

명호: 네. 감사합니다.

   * 교감 떠나가고 명호 방으로 들어간다.

8. 기숙사 안

   * 명호 짐을 내려놓고 숙사 안을 둘러본다.
   * 숙소는 아주 깨끗하게 잘 정리되어있다.
   * 명호 웃옷를 벗고 침대가에 앉아있는데 교감이 창수를 데리고 온다.

교감: 바로 이 방입니다. 먼저 오신 학생 저 학생 맞습니까?

창수: 네. 맞습니다. 감사합니다.

   * 교감 떠나가고 창수 들어와 투덜거린다.

창수: 형님 그럴 내기지 양? 형님 비행기 안에서 왜 고민하고 있는가 했더니 연변에 와서 어떻게 아가씨를 만날까 하는 걸 궁리하고 있었구만! 그런 걸 난 또 희래나 아버지 때문에 끙끙 앓는가 했지?

명호: 너는 뭘 타고 왔니?

창수: 걸어왔소. 밸이 나서…

   * 이때 미화 소리 들려온다.

미화(소리): 어느 방입니까? 저 방? 네, 알았습니다.

   * 인차 미화 문 앞에 나타난다.

미화: 엄마, 두 분 같이 오셨습니까? 안녕하십니까?

명호: 네. 안녕하십니까?

창수: 우린 같이 안 왔습니다. 저 형님 먼저 오고 후에 내가 왔습니다.

미화: 그렇습니까? 좌우간 잘 됐습니다. 유학 축하합니다.

  * 명호 영문을 알아차리고 창수의 가슴을 박는다.

명호: 임마! 나쁜 놈!

  * 창수 부러 가슴을 잡아 쥐며 아가타령을 부른다.
  * 영문을 몰라 눈이 휘둥그레지는 미화.

미화: 아니, 왜…왜 이럽니까?

9. 향옥이네 집 안(밤)

  * 향옥이와 미화 이불 속에 누워있다.

미화: 언니, 자오?

향옥: 잘까 한다.

미화: 잠이 잘 안 오지?

향옥: 잠이 어디 오고 안 오고 있니? 오라 하면 오고 오지 말라 하면 안 오는 게지.

미화: 그럼 아직 오지 말라 하오.

향옥: 어째?

미화: 내 말 좀 들으라고!

향옥: 무슨 말?

미화: 그 해나라 왕자 왔습데 양?

향옥: 너 어떻게 아니?

미화: 양? 내 봤소!

향옥: 봤다구? 어디서?

미화: 연변대학 기숙사에서!

향옥: 너 어느새 기숙사에까지 갔다 왔니? 거긴 왜?

미화: 전번에 같이 왔던 남자, 창수씨 말이요. 전화 왔습데. 자기가 공
      항에 있는데 마중 오라고 말이요. 그래서 기숙사까지 실어다주고
      기숙사 구경을 갔는데 그 남자, 해나라 왕자 있습데!

향옥: 그런데 미화야, 너는 그 처음 보는 남자와 기숙사에까지 막 같이
      가니?

미화: 누구? 그 왕자님과 같이 온 남자? 나는 그 남자 좋습데! 딱 춘향
      전에 나오는 방자 같은 게!

향옥: 그럼 너 향단이질 해라!

미화: 할까? "얘, 방자야, 이 향단이 어떠니? 네 색싯감으로 들었다 낳
      지? 대낮에 초롱불 켜들고 다녀봐라. 어디 가서 이런 향단이를
      찾는다구?" 언니, 비슷하오?

향옥: 응! 비슷하다. 인젠 그만큼 종알거리고 자라! 내 방금 잠을 오라
      고 했다.

   * 향옥 이불을 들춰 덮으며 돌아눕는다.
   * 미화 입을 비쭉거리며 이불을 뒤집어쓴다.

10. 기숙사 안(밤)

   * 명호와 창수 침대에 누워있다.

창수: 형님. 그 향옥 아가씨와는 어디서 갈라졌소? 여기까지 올라왔었
      소? 그 아가씨?

명호: 아니, 대문 앞에까지 왔다가 일이 바쁘다고 인차 가더라.

창수: 진짜? 그렇다면 형세가 그닥 좋지 못한데… 교문 앞에까지 왔다가 숙소도 보지 않고 갔다?

명호: 너는 생전 처음 보는 아가씨한테도 척척 잘 붙더라 응?

창수: 내보다 그 아가씨 더 날쌥데! 그 아가씨한테는 초면이라는 게 없더구만. 그런데 형님! 그 아가씨 재미있게 놀지? 딱 춘향전에 나오는 향단이 같은 게!

명호: 네 그럼 방자질을 하렴아!

창수: 내 스타일이 원래 좀 방자 비슷한데 많지? "얘, 향단아! 너 보기에 내 이 방자가 어떠니? 너의 서방감으로 들었다가 놨지? 백일청천 하에 초롱불 켜들고 팔도강산을 다 돌아봐라! 이 방자만한 인물이 어디 있는가?" 형님, 어떻소? 비슷하오?

명호: 내 잔다.

창수: 잘 쉬오!

* 창수도 이불을 들춰 쓰며 돌아눕는다.

11. 기숙사 안(아침)

* 명호와 창수 여행준비를 갖추고 창문가에 붙어 서서 택시를 기다린다.

창수: 보기요. 이번에 누구 택시 먼저 오는가?

명호: 우리 택시 한 대를 같이 타고 가면 안되니?

창수: 되지 어째 안되겠소? 되지만 싫다는 게요. 형님 먼저 누가 그렇게 처리하랍데? 나도 형님 따라 배웠소. 아야, 보오. 우리 차 먼저 왔소. 빠이빠이!

* 창수 먼저 달려 나간다.
* 명호 창가에 서서 내려다본다.

* 미화 택시를 세워놓고 나와 서서 기다리는데 창수 뛰어가자 짐을 받아
  실어주고 희희낙락거리며 떠나간다.
* 명호 가방을 들고 나간다.

12. 기숙사 밖 거리

* 명호 나와 서있는데 향옥이 차를 몰고 온다.

향옥: 빨리 앉으시오. 늦어서 미안합니다.
명호: 괜찮습니다.

* 명호 올라앉자 택시 떠나간다.

13. 영길

* 택시가 영길을 주름잡아 질주하고 있다.

향옥: 두 분 지난밤에 다퉜습니까?
명호: 아니, 다툴 일이 있습니까? 재미나는 이야기를 하느라고 밤 가는
   줄도 몰랐습니다.
향옥: 그런데 왜 같은 방향 같은 목적지로 가면서도 차를 따로 따로
   타고 갑니까?
명호: 하려는 일과 목적이 서로 달라서 그럴 겁니다. 그런데 지금 어디
   까지 왔습니까?
향옥: 지금 안도현의 소재지 명월구를 지나가고 있습니다. 오른쪽으로
   보이는 산이 토월산! 달을 토한다고 토월산이라고 했답니다. 그러
   니 명월구의 동쪽이 되겠지요? 그리고 왼쪽에 보이는 저 산은 영
   월산, 토월산에서 토한 달을 받아들인다고 영월산이라고 했답니
   다. 그리고 저기 강을 사이 두고 양쪽으로 솟은 산이 이룡산, 두
   마리의 용과 같다고 해서 이룡산이라고 부른답니다.

명호: 어느 때 어떤 분이 이름을 지었는지 정말 이름 한번 멋지게 달았
습니다. 토월산, 영월산, 이룡산…

향옥: 시가 나옵니까?

명호: 네. 나올까 합니다.

14. 미화네 택시 안

  * 미화가 명월호를 소개하고 있다.

미화: 우리는 지금 명월호를 지나가고 있습니다. 명월호의 수면 면적은
37평방킬로미터이고 총저수량은 4,746만 입방미터랍니다. 여기에
뜻 깊은 이야기가 담겨져 있습니다. 금방 해방이 된 후 우리 연변
조선족자치주의 제1임 주장이었던 주덕해 동지는 안도에 저수지
를 만들기로 계획하고 북경에 자금 구하러 갔었답니다. 그런데 나
라의 재정이 푼푼치 못한 사정을 알고는 공연히 말했구나 하면서
인차 돌아섰답니다. 그런데 그 소식을 들은 주은래 총리가 뭐라고
지시하셨는지 아십니까? 주덕해 동지가 연길역에 도착하기 전에
수요자금을 꼭 연길에 보내주시오. 이렇게 세워진 저수지가 지금
우리 앞에 있는 이 명월호랍니다.

창수: 그 말이 참 감동적입니다. 이 큰 나라의 총리가 자그마한 소수민
족지구의 일개 저수지문제까지 그처럼 속속들이 관심해 주셨다
니 정말 속이 찡해납니다.

미화: 글쎄요. 난 다른 나라에 못 가봐서 잘 모르겠습니다.

15. 향옥이네 택시

  * 명호와 향옥 묵묵히 앉아가고 있다.
  * 명호 이때라고 향옥이를 조른다.

명호: 향옥씨, 전번에 부르던 그 노래 아주 듣기 좋던데 그 노래 배워주

지 않겠습니까? 「유람길은 좋아라」 그 노래 말입니다. 제대로 부르지 않아도 됩니다. 그저 가사를 불러주고 콧노래로 몇 번 흥얼거리면 제가 악보로 제꺽 적어서 저절로 배우겠습니다.

향옥: 그럼 제가 가사를 한마디씩 읽어드릴 테니 적어보십시오. 맑고 맑은 청계수는 노래하며 반겨주고

명호: 맑고 맑은 청계수는 노래하며 반겨주고

향옥: 높이 솟은 미인송은 춤을 추며 맞아주네.

명호: 높이 솟은 미인송은 춤을 추며 맞아주네.

향옥: 아… 노래 싣고 아… 웃음 싣고

명호: 아… 노래 싣고 아… 웃음 싣고

향옥: 백두산 찾아가는 유람길은 좋아라.

명호: 백두산 찾아가는 유람길은 좋아라.

16. 미화네 택시

* 창수가 미화에게 노래를 요청한다.

창수: 미화아가씨, 심심한데 노래나 한마디 하십시오. 연변노래로 말입니다. 어떻습니까?

미화: 그럼 잘 못하는 노래지만 한마디 하겠습니다. 「내 고향은 연변일세」

[노래]

종다리 울어 예는 하늘아래
진달래 붉게 피는 고향이로세
백양나무 가지 위에 알락 까치 울면은
언덕 넘어 밝아오는 해달이로세
아…일하기도 좋고 인품도 좋은
내 고향은 바로 여기 연변이로세

> 사슴이 뿔을 젖는 숲 속에서
> 인삼 꽃 피어나는 고향이로세
> 산에 가면 산마다 금은보화 빛 뿌리고
> 들에 가면 이랑마다 풍년이로세
> 아… 일하기도 좋고 인품도 좋은
> 내 고향은 바로 여기 연변이로세

미화: 실례했습니다.

창수: 재청 —

17. 기숙사(밤)

> * 창수 자고 있는데 명호 책상에 엎드려 작곡을 하고 있다. 썼다가 불러 보고는 지워버리고 또 썼다가 불러 보고는 또 지워 버리면서 무등 애를 써가며 작곡을 한다. 끝내 마음에 드는 선율을 찾아내고는 너무 기뻐서 책상을 두드리며 흥얼거린다.
> * 창수 눈을 부비며 깨여난다.

창수: 형님 뭘 하오? 남 자지도 못하게…

명호: 창수야, 일어나라, 일어나라! 멋있는 곡이 나왔다.

창수: 곡? 형님 작곡가요?

명호: 응. 너도 배워라. 내일 택시에서 부르란 말이다.

창수: 무슨 곡이길래?

명호: 연변아가씨!

창수: 연변아가씨? 그거 정말 귀맛 좋소 양?

> * 창수 일어나 명호한테로 간다.

창수: 한번 불러보오. 내 들어보기요.

* 명호 감정을 내서 부른다.

   [노래]

      연변아가씨
   진달래꽃 피었나 인물도 곱고요
   미인송이 춤을 추나 몸매도 예뻐요
   아… 좋아요 연변아가씨
   인물 곱고 몸매 예쁜 연변아가씨

   비단 위에 꽃인가 마음도 곱고요
   하늘선녀 내렸는가 자태도 예뻐요
   아… 좋아요 연변아가씨
   마음 곱고 자태 예쁜 연변아가씨

* 창수 박수를 쳐댄다.

창수: 형님 어물쩍하오, 양? 지금 당장 나를 배워주오. 내 내일 미화아
   가씨 앞에서 멋들어지게 불러주게! 빨리…

* 창수 명호가 부르는 대로 따라 부른다. 점점 곡이 익숙해지자 둘은 감
   정을 내여 높이 부른다.

18. 기숙사 복도(밤)

* 이방 저 방에서 문이 열리더니 기숙사생들이 자던 모양새로 하나둘씩
   나와 명호네 방 앞으로 가서 듣는다. 듣다가 자기들도 모르게 속으로
   따라 부른다.

19. 명호네 방(밤)

명호: 다시 한번! 시―작!

* 갑자기 밖에서 합창이 터진다.
* 명호와 창수 노래를 하다말고 마주보며 눈이 화등잔이 된다.
* 창수 달려가 문을 열자 기숙사생들이 복도에서 대합창을 하고 있다. 창
  수 사기가 나서 두 손으로 지휘를 하며 함께 부른다.

20 기숙사 앞거리

* 명호와 창수 택시를 기다린다.
* 이번에는 향옥의 택시 먼저 온다.
* 명호 향옥의 택시에 오른다.

향옥: 아니, 오늘도 같은 코스에 또 가렵니까?

명호: 네. 오늘은 유람인 게 아니라 채집입니다.

향옥: 채집이라니요? 무슨 채집입니까?

명호: 소재 채집입니다.

향옥: 소재 채집이란 또 어떤 겁니까?

명호: 이제 보느라면 알게 될 겁니다.

* 향옥 알 수가 없다는 듯 살래 머리를 젓는다.
* 택시 떠나간다.
* 향옥이 택시 금방 떠나자 미화의 택시 들어선다.
* 창수 미화의 택시에 오르는데 미화 막아선다.

미화: 아니, 어제 가고서 오늘 또 가려구요? 오늘도 역시 그 코슨가요.

창수: 네. 옳습니다. 좀 더 볼게 있어서 그럽니다.

미화: 오늘은 똑똑히 실토를 해야 떠나겠습니다. 도대체 무슨 목적입니
까? 우리를 돈 벌게 하자는 목적입니까? 우리를 고험해 보자는 목
적입니까? 아니면 우리한테 잘 보이자는 목적입니까?

창수: 물론 다 있습니다. 그러나 그보다 더 중요한 목적이 있습니다.
빨리 갑시다. 차츰 알게 됩니다.

* 미화 가로머리를 젖는다.
* 택시 떠나간다.

21. 영길

* 택시가 영길을 달려간다.
* 향옥이네 택시.
* 명호 향옥의 눈치를 살피다가 기분을 보며 말을 뗀다.

명호: 저, 아가씨! 제가 어젯밤에 지은 노래 한수가 있는데 들어보겠습니까?

향옥: 네. 부르세요. 작사 작곡한 노랩니까? 들어봅시다.

명호: 연변에 와서 아가씨들을 보면서 감동받은 것이 너무 많아서 노래 지을 줄 모르지만 하나 지어봤는데 싫은 대로 마지막까지 들어주십시오. 제목은 「연변아가씨」입니다

　　　[노래]

　　　진달래꽃 피었나 인물도 곱고요
　　　미인송이 춤을 추나 몸매도 예뻐요
　　　아… 좋아요 연변아가씨
　　　인물 곱고 몸매 예쁜 연변아가씨

* 미화네 택시에서는 창수가 노래를 부른다.

　　　비단 위에 꽃인가 마음도 곱고요
　　　하늘 선녀 내렸는가 자태도 예뻐요
　　　아 … 좋아요 연변아가씨
　　　마음 곱고 자태 예쁜 연변아가씨

미화: 연변아가씨가 진짜 그렇게 좋습니까?

창수: 이건 나와 명호 형님 마음속 깊은 곳에서 솟아난 감정 제대롭니다. 털끝만한 가식도 없습니다.

미화: 그럼 연변여자와 약혼을 하는 게 아닙니까?

창수: 좋지요, 좋지요. 그렇게만 된다면 대단히 좋지요.

* 갑자기 차가 덜커덩 울리는 바람에 창수 껑충 뛰어올랐다가 떨어진다.

22. 미식촌

* 택시 미식촌에 와 멈춰서고 명호와 향옥 내려 식당으로 들어간다.

23. 식당 안

* 명호와 향옥이 자리 잡고 앉는다.

명호: 향옥 아가씨, 노래가 어떻습디까?

향옥: 명호씨 작곡도 잘하고 노래도 잘 부르더군요. 내 보기에는 명곡입니다. 그런데 우리 연변아가씨들을 너무 과히 평가하는 게 아닙니까?

명호: 절대로 아닙니다. 여기엔 깨알만한 가식도 없습니다. 순수한 내적감정의 토로입니다. 감정 그대로란 말입니다.

* 이때 건넛상에 음식이 들어온다.
* 모두들 음식을 놓고 평판이 자자하다.

식객들: "이건 말짱 우리네 조선음식이 아닙니까?"

"아니 이건 우리 한국에서도 먹어보지 못하는 음식이군요."

"야, 맛도 신통히 제 맛입니다."

"어쩌면 중국 땅에서도 우리 전통을 그대로 가지고 살까요?"

"난 이 음식 먹기 위해서라도 한번 또 와야 되겠습니다."

* 창수와 미화도 들어와 명호네와 한 상에 앉는다.
* 인차 음식이 들어온다.
* 창수 미화의 옆에 붙어 앉아서 너스레를 피운다.

창수: 야, 이건 정말 죽입니다, 죽여! 입에 떠 넣는 것 같은데 어느새
후루룩 넘어가는지 미처 떠 넣기가 바쁩니다.

미화: 그럼 나도 떠 넣어드릴까요?

창수: 글쎄 그랬으면 얼마나 좋겠습니까만 미안해서 어떻게…

미화: 괜찮습니다. 내가 그럼 전문 쌈을 싸서 섬길게요.

* 미화 쌈을 사서 주면 창수 볼이 터지게 받아먹는다.

창수: 주…주… 죽입니다. 나 모…모…못 삽니다.

미화: 제발 죽지만은 마십시오. 죽으면 내가 웁니다.

* 창수 쌈을 씹다말고 눈이 둥그레진다.

창수: 내가 죽으면 미화 아가씨가 운다고 그랬습니까? 방금?

미화: 네!

창수: 와― 내 미화 아가씨를 위해서라도 홍문에 앙이가 날 때까지 죽
지 않고 살겠습니다.

명호: 임마, 식사를 하는데 무슨 말이니? 그게…

창수: 양? 아이!

* 창수 자기의 머리를 주먹으로 박는다.

24. 영길

* 향옥이네 택시 숲 속을 뚫고 달리는데 명호 세우라고 소리친다.

명호: 오늘은 여기까지 오면 됩니다. 향옥씨, 차에서 내가 올 때까지
　　　　푹 쉬십시오.

　* 명호 가방에서 카메라를 꺼내 메고 숲 속으로 들어간다.

향옥: 저기, 잠간만! 또 전번에처럼 길을 잃으면 어떻게 합니까?
명호: 이번에 나무에 표식을 하면서 갈 겁니다. 근심하지 마십시오.
향옥: 안됩니다. 그러다가 무슨 일이 생길지…저도 함께 갑시다.

　* 향옥 차를 한옆에 붙여 세우고 명호를 따라간다.
　* 명호 멋있는 경치를 찍는 것이 아니라 전문 괴상한 풀들을 세세히 카
　　메라에 담는다.

향옥: 지금 풀을 찍습니까?
명호: 네. 이 풀들이 얼마나 아름답습니까? 우리 부산에서는 보고 죽자
　　　　고 해도 볼 수가 없는 풀들입니다.
향옥: 풀이 아름답다구? 모를 일이야!

25. 다른 숲 속

　* 창수 풀을 찾아 사진을 찍는데 미화 자꾸 따지고 묻는다.

미화: 도대체 이따위 풀들을 찍어서 뭘 합니까? 이까짓 풀 찍으러 이
　　　　먼데를 온단 말입니까?
창수: 이 풀들이 다 보뱁니다. 돈보다 더 귀중한 보배란 말입니다.
미화: 이 분이 좀 잘못 돌지 않는가? 풀이 풀이지 무슨? 돈보다 더 귀
　　　　중한 보배? 모를 일이야!

26. 다른 숲 속

　* 향옥 멀리쯤 서서 명호를 바라보고 있는데 명호 소리친다.

명호: 향옥씨. 여기 잠간 와 주시겠습니까? 여기 오십시오.

  * 향옥 천천히 명호한테로 걸어간다.
  * 명호 괴상한 풀 한포기를 가리킨다.

명호: 향옥씨 이 풀잎을 들고 냄새를 맡는 그런 동작을 해주겠습니까?
향옥: 광곱니까? 광고면 전 싫습니다.
명호: 아닙니다. 내가 이걸 어디에 광고로 내겠습니까? 이 풀이 너무너
    무 아름다워서 기념으로 찍어두려고 그럽니다.
향옥: 그렇다면…

  * 향옥 풀 옆에 가 앉아서 풀잎을 손으로 받쳐 들고 냄새를 맡는다.

명호: 네. 자세는 됐는데 감정이 좀 말랐습니다. 좋아하는 기색이 없습
    니다.
향옥: 내가 이 풀을 좋아하는 그런 표정을 지으라는 말입니까?
명호: 네. 그렇습니다. 어머니가 자식을 사랑하는 그런 표정…아니, 그
    럼 향옥씨가 택시를 사랑하는 그런 표정이었으면 좋겠습니다.
향옥: 난 그런 배우질은 못합니다. 그만 둡시다.
명호: 아니, 아니, 아니…그럼 자연스럽게 마음대로 하십시오. 그 풀이
    인삼이라 하고 생각해 보십시오. 그 풀이 인삼입니다. 그 풀 밑
    에는 십년 묵은 인삼 뿌리가 달려있습니다.

  * 향옥의 머리에 인삼 풍년이 들어서 아버지가 큰 인삼뿌리를 들고 기뻐
    하시던 장면이 스쳐지나간다. 부지중 향옥의 얼굴에도 그런 표정이 나
    타난다.

명호: 좋습니다. 좋습니다. 야, 최곱니다. 최고…이건 진짜 예술품이 됐
    습니다.

27. 기숙사(밤)

 * 창수 잠자리에 들 준비를 하며 흐물거린다.

창수: 형님! 밥 먹을 때 미화 아가씨 나와 말하는 걸 들었지? 내 옆에
   서 전문 쌈을 싸서 내 입에 넣어주면서 뭐라고 했소? 나를 절대
   죽지 말라고 했지? 내가 죽으면 자기가 운다고. 이게 무슨 말이
   요? 무슨 뜻인가? 다 알 도리 있지? 그런데 형님, 그 향옥 아가
   씨는 태도가 어떻습데? 노래랑 잘 지었다고 하지?
명호: 응! 진짜 감정이 옳은가 떠보더라.
창수: 그래서 형님 어쨌소?
명호: 백퍼센트 진짜 감정이라고 했지. 그런데 크게 믿는 것 같지 않더라.
창수: 그럼 형님 아직 도수 모자라오. 내일 우리 또 갈까?
명호: 더 말이 있니?

28. 향옥이네 방(밤)

 * 향옥이와 미화 밤 화장을 하고 있다.

미화: 언니, 언니네 그 해나라 왕자 여행하러 다니는 게 아니라 언니
   보러 다니는 게 아니요? 다 본데를 왜 그냥 다닌다오?
향옥: 내 아니? 직접 물어 보렴! 너네 방자는 어째 그냥 다닌다니?
미화: 그거야 뻔하지 않소? 순 나를 보러 다니는 게지. 오늘 숲 속에서
   내 사진을 얼마나 찍었는지 모르오.
향옥: 좋겠구나.
미화: 양, 좋소. 언니는 나쁘오?
향옥: 응. 나쁘다. 내일 또 가자면 어쩌니?
미화: 나는 춤을 추며 가겠소.
향옥: 돌았니?

미화: 앙! 돌았소.

* 향옥 침대에 홀렁 눕는다.

29. 기숙사 앞거리

* 명호와 창수 또 각기 향옥이와 미화의 택시께로 달려간다.

명호: 아가씨, 안녕했습니까?
향옥: 또 갑니까?
명호: 네. 또 갑니다.
향옥: 새나지도 않습니까?
명호: 새날 수가 있습니까? 보고 또 봐도 끝이 없이 보고 싶은데!

* 창수 미화한테로 간다.

미화: 어서 오세요. 난 안 오면 어쩌나 했는데…반갑습니다.
창수: 진짜 기다렸습니까? 안 오면 어쩌나 하고?
미화: 진짜라니까요.
창수: 그럼 빨리 갑시다.

* 택시 떠나간다.

30. 영길

* 두 택시 사이를 맞춤히 두고 간다.

31. 폭포가

향옥: 전번에 기상소 쪽으로 차를 타고 올라갔는데 이번엔 걸어서 천

지로 올라갑시다. 벼랑길을 올라갈 때 안전에 특히 주의해 주십시오. 자, 올라갑시다.

32. 벼랑길

* 넷은 유람객들 속에 끼여 천천히 벼랑길을 올라가고 있다.
* 창수 미화의 뒤를 바싹 따른다.

창수: 미화아가씨, 이 벼랑길은 외갈래 외통길이지요?

미화: 네.

창수: 그렇다면 여기서는 가이드가 필요없지 않습니까? 제가 앞에서 걷는 게 어떻습니까?

미화: 그렇게 하십시오.

* 창수 좋아라고 미화 앞에서 걸어간다. 미화가 뒤떨어지자 창수 돌아서서 손을 내민다.

창수: 자, 내 손을 잡으시오. 훨씬 수월할겁니다.

* 미화 얼른 잡지를 못하자 창수 미화의 손을 덥석 잡고 앞에서 잡아끈다.
* 좀 위에서 창수의 수작을 내려다보던 명호 자기도 질세라 향옥이를 부른다.

명호: 향옥씨, 내가 앞서 걷는 게 어떻습니까? 아주 힘들어하는 것 같습니다.

향옥: 그러세요, 그럼!

* 명호한테 길을 비켜주던 향옥 그만 발을 빗디디어 넘어질 뻔한다. 명호 날쌔게 향옥이를 끌어안는다.

향옥: 난 몰라요…이게 무슨 짓입니까?

* 명호 그제야 자기가 그냥 향옥이를 안고 있다는 것을 알고 전기에 튕기듯 물러선다.

명호: 죄송합니다. 고의로 그런 건 절대 아닙니다. 오해하지 마시오.

33. 천지가

* 천지가에서 환성이 터진다.
* 먼저 올라간 사람들은 손바가지를 해가지고 물을 퍼 마시는 사람, 푸드득거리며 천지물에 세수를 하는 사람, 아예 바짓가랑이를 걷어 올리고 물에 들어서는 사람… 별별 사람들이 다 있다.
* 창수와 미화는 서로 물 칠 내기를 하고 있다.
* 거울처럼 맑게 반짝이는 천지물.
* 명호는 천지가를 에돌며 풀들을 카메라에 담느라고 여념이 없다.
* 한쪽에 서서 그러는 명호를 곱지 않게 바라보는 향옥. 향옥의 머리에 방금 벼랑가에서 자기를 끌어안던 명호의 모습이 떠오른다.

향옥: 아이, 난 몰라!

* 향옥 명호를 일별하고 휙 돌아선다.

34. 기숙사 안(밤)

* 창수 발을 씻고 있다.

창수: 오늘 보니깐 형님 제대롭데 양? 우리는 겨우 손밖에 못 잡았는데 형님네는 그 숱한 사람들 앞에서 척 끌어안고 야…내 손 들었소.
명호: 그게 끌어안지 않은 것보다 더구나 역효과를 봤다는 게다. 향옥 씨 넘어질까 봐 붙드느라고 안았는데 유망하느라고 안았는가 해서 좋아하지 않더란 말이다.
창수: 진짜로 안 좋아합데? 그러면 어쩌오? 내일 또 가겠소?

명호: 가지 않고! 모레부터 개학하면 가고 싶어도 못 가겠는데 안 가
면 되니?

창수: 옳소. 또 가기오. 나도 가겠소.

　* 창수 발 씻은 물을 들고 나간다.

35. 거리(밤)

　* 향옥이와 미화 집으로 가고 있다.

향옥: 미화야, 내일 그 남자들이 또 가겠다면 네 차에 둘을 태워가지고
가라. 모레 우리 아버지 어머니 환갑을 쇤단다. 일본에 시집간
우리 언니랑 다 왔다.

미화: 언니 정말 웃기오. 언니 부모면 내 부몬데 나보고 대신 두 남자를
맡아달라고? 내 안가면 되오? 언니 부모 환갑에 내 안 가면 되는
가? 이후에 우리 부모 환갑을 쇠도 언니 안 올 궁리를 했댔소?

향옥: 응응응…내 잘못했다. 같이 가자. 같이 가면 안되니?

미화: 그렇게 되면 내일 그 한국 총각들이 섭섭해서 어쩔까? 우리 둘
이 다 없으면?

향옥: 내일은 안 올게다.

미화: 어째?

향옥: 내 오늘 그렇게 냉대를 한 게 오겠니? 자존심이 상해서!

　* 둘은 말없이 걸어간다.

36. 기숙사 안(새벽)

　* 명호와 창수 일찍 나와서 향옥이와 미화한테 전화를 한다.
　* 그런데 향옥이와 미화의 전화가 통하지 않는다.
　* 박은 듯 서있는 명호와 창수

* 명호와 창수 창 밖을 내다본다.
* 물처럼 흘러가는 택시차들…
* 실망에 찌그러진 명호와 창수의 얼굴

37. 시골 향옥이네 집 앞

* 시골집이라 하지만 별장 같은 집이다.
* 그 집 앞에 환갑상을 차렸다.
* 경쾌한 음악 속에서 환갑잔치가 한창이다.
* 주례의 주최 하에 친척들부터 차례로 나와서 절을 한다.
* 절이 끝나면 그대로 춤판이 벌어진다.

제4회

1. 향옥이네 아파트 안

　* 향옥이와 미화 일 나갈 차비를 하면서 서로 나가지 않고 눈치를 살핀다.
　* 그러면서 자꾸 휴대폰을 실없이 꺼내보곤 한다.
　* 갑자기 향옥의 휴대폰이 울린다.
　향옥 좋아라고 휴대폰을 받는다.

향옥: 여보세요? 네! 그렇습니다. (맥 빠진 소리로) 알았습니다.
미화: 누구 전화요? 한국 남자?
향옥: 모를 사람이다.

　* 미화의 휴대폰이 울린다.
　* 미화 좋아라고 휴대폰을 받는다.

미화: 여보세요? 네. 알았습니다. (휴대폰을 끄고) 언니, 가기요.

　* 둘은 정서 없이 밖으로 나간다.
　* 맥없이 훌렁 닫기는 출입문.

2. 연변대학 중국어 강의실 안

　* 선생님이 들어오자 학생들 모두 기립을 하고 일어선다.

학생들: 선생님, 안녕하십니까?
선생님: 앉으시오. 오늘부터 우리는 새 학기를 맞이했습니다. 보지 못

했던 학생들도 많이 왔는데 이번 학기에도 재미나게 지내봅시다.
중국어를 배우자면 먼저 병음부터 배워야 합니다. 그래서 오늘은
직접 병음자모로 들어가겠습니다.

* 선생님 흑판에 자모를 쓰고 발음법을 강의한다.

선생님: 오늘은 성모 여덟 개만 배우겠습니다. 버퍼머퍼 더터너러…

3 . 기숙사 안

* 명호와 창수 병음 발음이 되지 않아 골머리를 앓는다.

명호: 버퍼머퍼

창수: 그 두 번째도 퍼고 네 번째도 퍼요? 네 번째는 퍼도 아니고 허
도 아니고 무슨 반벙어리 소리 같던데 나는 아무리 번지자해도
번져지지 않소. 버퍼머퍼! 또 틀렸소. 그 다음에도 또 더터너러…
마지막 건 러도 아니고… 우리 발음 가지고는 영 바쁘단 말이요.

명호: 그쯤이라 하고 자꾸 외워라. 그러느라면 일이 나겠지.

창수: 아니요. 처음에 잘못 배우면 후에는 못 고치오. 컴퓨터 치는 것
도 보오. 지법이 틀리면 못 치지 않는가?

명호: 그럼 글쎄 어쩌겠니?

창수: 이럴 때 보도교원이라도 있었으면 좋겠는데…

명호: 보도교원? 보도교원… 있다.

창수: 어디 있소?

명호: 우리 그 택시아가씨! 그 아가씨들 집을 정찰해내고 그 부근에
셋집을 맡잔 말이다. 그러면 저녁마다 보도를 받을 수 있지
않니?

창수: 그게 정말 좋겠소. 오늘 저녁부터 당장 시작하기요. 추적정찰!

4. 향옥이네 아파트 안(밤)

* 향옥이와 미화 밥을 먹고 있는데 미화의 휴대폰이 울린다.

미화: 여보세요? 네? 네! 언니, 그 남자요. 방자! 지금 그럽니까? 집에
　　　있습니다. 집이 어딘가…
향옥: 미화, 알려주지 말라! 자꾸 찾아오면 어쩌니?
미화: 우리는 집이 없습니다. 셋집을 맡고 있는데 너무 초라해서…

5. 기숙사 안(밤)

* 명호 옆에서 추기고 있다.

명호: 꼭 만나자고 해라! 그 셋집 가까운데서 말이다.
창수: 그럼 그 집 아래 어디 다방에서 만납시다. 네. 꼭 만날 일이 있
　　　어서 네. 진달래다방? 알았습니다. 곧 가겠습니다.
명호: 만나자니? 됐다. 갈라진 후에 가만히 뒤를 밟으란 말이다.
창수: 형님은?
명호: 나도 그런 식으로 뒤를 밟아야지 다른 방법이 있니?
창수: 그럼 내 먼저 가오 양?
명호: 나도 인차 가겠다.

* 창수 나간다.

6. 향옥이네 방 안(밤)

* 미화 나갈 차비를 다했다.

미화: 언니, 같이 안 가겠소? 가기요.
향옥: 너를 보자는데 무슨 싱겁게 내까지 따라가겠니? 빨리 가봐라!

미화: 그럼 먼저 가오 양?

* 미화 나간다.
* 향옥 저도 몰래 책상께로 걸어간다.
* 향옥 서랍에서 명호가 준 편지를 꺼내본다.

방백: 달의 딸! 달님이 고운 딸 하나를 낳았습니다. 달님은 그 딸에게 옥이라는 고운 이름을 지어 주었습니다. 그런데 그 옥의 몸에서 늘 향기가 흘러나오는 게 아닙니까? 그래서 아예 향옥이라고 이름을 지었습니다. 향옥이는 점점 곱게곱게 자라나 아리따운 처녀로 되었답니다.…

향옥: 달의 딸…달의 딸…

* 이때 휴대폰이 울린다.

향옥: 여보세요? 네! 명호씨! 무슨 일이 있습니까? 내일 만나면 안됩니까? 내일 오전! 시간이 없다구요? 그럼 봉선화다방에서 만납시다. 택시기사들 다 압니다. 네!

* 향옥 거울 앞에 가서 화장을 약간 수정하고 밖으로 나간다.

7. 진달래다방 안(밤)

* 미화와 창수 마주 앉아있다.

미화: 인제는 여행을 안갑니까?
창수: 가야지요. 그런데 인젠 개학을 해서 주일날 밖에 못 갈 겁니다.
미화: 그래서 전화도 딱 끊으셨던 겁니까?

창수: 아닙니다. 전화를 몇 번 걸었었는데 받지를 않습디다.

미화: 그럴 수가 없는데…혹 우리가 목욕하러 들어갔을 때 쳤겠습니다. 그럼 못 받습니다.

창수: 집이 이 근처에 있습니까?

미화: 네. 멀지 않습니다. 바로 저기…

　* 미화 손가락질을 하며 알려주려다가 향옥이 말이 떠올라 인차 손을 내린다.

미화: 향옥 언니나 나나 다 이 도시의 사람이 아니어서 제 집이 없습니다. 그저 여기 저기 셋집을 맡고 삽니다.

창수: 그럼 향옥씨와 함께 세를 맡은 겁니까?

미화: 네. 둘이서 서로 의지도 하고 얼마나 좋습니까? 또 경제적이 아닙니까?

창수: 네! 좋습니다. 두 분이 함께 있으면 말 친구도 얼마나 잘 되겠습니까? 저와 우리 형님이 한 숙소에서 사는 거와 마찬가지 아닙니까? 얼마나 좋은지 모르겠습니다. 자, 한 모금 마십시다.

　* 둘이 잔을 쫓고 차를 마신다.

8. 봉선화다방 안(밤)

　* 향옥이와 명호 마주 앉아있다.

향옥: 무슨 일로 불렀습니까?

명호: 네. 향옥씨 저를 오해하고 있는 것 같아서 찾았습니다.

향옥: 오해라니요?

명호: 그날 폭포로 올라갈 때 말입니다. 전 향옥씨가 당금 떨어지는 것 같아서 붙잡은 거지 절대 일부러 그런 건 아니었습니다.

향옥: 그건 저도 그렇게 생각하고 있습니다. 그것 때문엔 명호씨를 오
해하지 않고 있습니다. 안심하십시오.

명호: 그렇게 너그러이 생각해 준다니 고맙습니다. 자, 차 한 잔 듭시다.

9. 진달래다방 밖(밤)

＊ 둘은 다방에서 나온다.

창수: 제가 집까지 바래다 드립시다.

미화: 아닙니다. 먼저 가십시오. 우린 코앞에 집이 있으니깐 먼 곳의
분이 먼저 가셔야지 않습니까?

＊ 미화 택시를 불러 택시 값을 치른다.

미화: 연변대학 기숙사까지 잘 모셔다 주십시오.

＊ 창수 방법 없이 택시에 앉는다.
＊ 미화 손 저어 바래준다.

10. 봉선화다방 밖(밤)

＊ 향옥이 택시에 앉은 명호를 손 저어 바래주고 있다.

11. 거리(밤)

＊ 창수 택시 운전수더러 차를 세우게 하고 미화의 뒤를 밟는다.

12. 거리(밤)

＊ 명호 택시에서 내려 향옥의 뒤를 밟는다.

13. 아파트 앞(밤)

＊ 아파트 앞에서 향옥이 미화와 만난다.

미화: 언니도 어디 갔댔소?

향옥: 응. 심심해서 바람 좀 쏘이고 온다.

미화: 그랬소?

   * 둘은 아파트로 들어간다.
   * 명호와 창수 거의 동시에 양쪽에서 달려 나온다.

창수: 형님 어떻게?

명호: 그렇게 됐다.

   * 둘은 안을 들여다보다가 향옥이와 미화가 엘리베이터 안으로 들어간
     다음에 인차 달려가 충계신호등을 주시한다.
   * 신호등이 18층에 올라가 멈춰 선다.
   * 명호 아래 표식을 누르자 신호등 인차 내려온다.

명호: 됐다. 18층이다.

   * 명호와 창수 손뼉을 마주치고 우쭐해서 나온다.

14. 중국어 강의실 안

   * 학생들 선생님 따라 읽는다.

선생님: 닌호우?

학생들: 닌호우?

선생님: 쎄쎄!

학생들: 쎄쎄!

선생님: 뚜이뿌치!

학생들: 뚜이뿌치!

   * 명호와 창수 정신이 딴 데에 있어 대수 따라 외운다.

명호: 창수야, 강의가 끝나는 대로 자전거를 빌려 타고 인차! 알았지?

창수: 양, 알았소.

15. 거리

* 굴러가는 자전거 바퀴. 명호와 창수 자전거를 타고 간다.
* 자전거 솜씨가 서투른 창수 앞에 가는 처녀의 엉덩이를 툭 쳐놓고는 훌쩍 뛰어내린다.

창수: 아가씨 쎄쎄! 쎄쎄!

처녀: 썬마? 니 썬머 쎄쎄야? 머밍치묘!

명호: 임마 그럴 때 어디 쎄쎄하니? 뚜이뿌치 하지!

창수: 바쁜 판에 어느 게 쎄쎄구 어느 게 뚜이뿌친지 알 턱이 뭐요?

16. 향옥이네 아파트 앞

* 명호와 창수 자전거를 세우고 아파트로 들어간다.

17. 향옥이네 집 앞 복도

* 엘리베이터의 문이 열리고 명호와 창수 나온다.

명호: 이 집이 아가씨들 집이면 우리 이 집을 세 맡고 이 집이 아가씨
     들 집이면 우리 이 집을 세 맡으면 된단 말이다.

창수: 그게 글쎄 마음대로 되겠소?

* 명호 초인종을 누른다.
* 문을 열고 내다보던 아줌마나 명호나 화뜰 놀라서 굳어진다.

아줌마: 이게 누구요?

명호: 아줌마? 이게 아줌마네 집입니까?

아줌마: 양, 그런데 여기는 어떻게 왔소? 날래 들어오오. 날래…

18. 아줌마네 집 안

* 명호와 창수 들어가 소파에 앉는다.
* 아줌마 찻물을 들고 온다.

아줌마: 자. 이게 보리차요. 부어 마시오. 그나저나 어째서 여기로 왔
　　　　다오?

명호: 네. 여기다 셋집을 맡을까 해서 왔습니다. 그런데 아줌마네 집일
　　　줄은 정말 몰랐습니다.

아줌마: 셋집을 맡느라고 할 게 있소? 이 집에서 사오. 내 그러지 않아
　　　　도 내일 한국에 가면 이 집을 어쩔까 하고 근심을 했었는데 학
　　　　생 같은 든든한 사람이 들면 너무나 좋아서? 집세도 내지 말고
　　　　그저 전기세 물세나 제때에 물면서 내 올 때까지 사오. 내 정말
　　　　키를 주고 갈게.

* 아줌마 안방에 가서 키를 가져다준다.

아줌마: 자. 마음대로 쓰오.

명호: 그런데 아줌마, 이 맞은편 집은 복잡한 집이 아닙니까?

아줌마: 복잡할라구 사람이 있는지 없는지도 모르게 조용한 집이요.
　　　　둘 다 택시를 모는 아가씨들인데 새벽에 나가면 밤중이고야
　　　　들어오오.

명호: 그럼 우리 공부하기에는 그저 그만이겠습니다.

아줌마: 더 말이 있소? 여기서 박사공부를 해도 되지.

창수: 내일 떠나십니까? 한국으로!

아줌마: 양, 내일 오전 비행기요. 오후부터 와 있소.

명호: 그럼 가보겠습니다. 한국 잘 다녀오십시오.

19. 거리

* 명호와 창수 자전거를 타고 학교로 돌아가고 있다.
* 어디에서 자기를 부르는 소리가 들리는 것 같아서 창수 속도를 죽이는데 뒤에서 오던 사람이 창수의 자전거를 콕 박아놓아서 창수 하마터면 넘어질 번한다.

창수: 뚜이뿌치, 뚜이뿌치…

그 사람: 아야, 니 뚜이뿌치야 워 뚜이뿌치야? 워 뚜이뿌치마!

창수: 호호! 쎄쎄, 쎄쎄…

그 사람: 머밍치묘…

* 명호 가다말고 돌아온다.

명호: 또 잘못 말했지?

창수: 아니, 제대로 뚜이뿌치라고 했소.

명호: 임마, 그 사람이 너를 박았는데 네가 무슨 미안해서 뚜이뿌치야? 그 사람이 뚜이뿌치지…

창수: 야－씨! 또 틀렸소?

20. 향옥이네 집 안

* 향옥이 집을 거두느라고 걸레질을 하다가 말고 또 서랍에서 편지를 꺼내본다.

향옥: 달의 딸! 자기는 해의 왕자? 비슷한가? 비유가…

* 미화 들어온다.

미화: 언니 오늘은 더 먼저 왔구만. 언니, 그게 뭐요?

향옥: 아무것도 아니다.

미화: 해나라 왕자가 준 편지지? 왕자 생각이 나오?

향옥: 아니, 구들을 닦는데 이게 글쎄 어째 침대 밑에 있니? 그래서 딴 데다 넣자구…

미화: 보고 싶지? 우리 학교에 가 볼가?

향옥: 정신 나가? 무슨 이유를 달고 학교 찾아가니? 그들은 그래도 여행 한다 하고 우리한테 와도 괜찮지만 우리는 무슨 이유 있니?

미화: 이유는 무슨? 보고 싶어 왔다면 되지. 내 오늘 그 두 남자 다 봤소.

향옥: 어디서?

미화: 거리에서!

향옥: 그래 뭐라고 하더니?

미화: 말은 못했소.

향옥: 말도 못한 게 봤다니?

미화: 내 버스 타고 가는데 둘이 자전거를 타고 가더란 말이요. 그래서 불렀었는데 못 들은 것 같습데. 그러길래 반응이 없지?

향옥: 그렇게 본 것도 무슨 본 게야? 안 보기보다도 못하다. 꿈에 본 것 같은 게!

미화: 언니도 꿈에 그 남자 옵데?

향옥: 응, 온다. 너는 안 오더니?

미화: 딱 한번! 보기 싫다.

향옥: 매일 오면 자지 못해서 어쩌니?

미화: 그것도 그렇소 양. 생각 말기요.

* 미화 향옥의 손에서 걸레를 빼앗아들고 구들을 닦는다.

21. 아줌마네 집안

* 명호와 창수 짐 보따리를 메고 들고 들어온다.

명호: 창수야, 너 그 남쪽 칸에 들어라. 내 이 북쪽에 들게!

창수: 그러면 어떻게 되오? 내 북쪽에 가야지.

명호: 여름에는 북쪽이 더 좋다. 그래서 내 북쪽을 가진다는 게다.

창수: 그럼 겨울에 형님 이 남쪽에 오오.

　* 둘은 짐을 정리하느라고 분주를 떤다.
　* 명호 향옥이 손수건과 사진을 넣은 액틀을 침대머리 가장 유표한 곳에
　　놓아둔다.
　* 창수 어느새 훔쳐보고 부러워한다.

창수: 형님은 언제 그런 액틀을 다 만들었소? 그게 이제 몇십 년 지나면
　　　다 문물이 될게요. 나도 문물이 될 걸 만들까? 그런데 뭘 사준다?
　　　상점에 가서 보면 알겠지. 형님, 내 어디 나갔다 올게 양?

　* 창수 밖으로 나간다.

22. 엘리베이터 안

　* 창수 엘리베이터를 타고 내려간다.
　* 1층에 도착하여 문이 열리고 창수 막 나가려 하는데 미화 서있다.
　* 둘은 동시에 깜박 놀란다.

미화: 아니, 여길 어떻게…

창수: 왜 벌써 퇴근합니까? 우리 여기로 이사 왔습니다.

미화: 그랬습니까? 몇 층입니까?

창수: 18층입니다.

미화: 정말입니까? 우리도 18층인데?

창수: 그럼 인젠 이웃이 된 겁니까?

미화: 그럼 얼마나 좋겠습니까? 거짓말! 올라가 봅시다.

　* 둘은 엘리베이터로 들어간다.
　* 엘리베이터 문이 열리자 창수 미화와 함께 아줌마네 집으로 들어간다.

23. 아줌마네 집 안

* 창수와 미화 들어온다.

창수: 형님, 누가 왔는가 보오.
명호: 누가 왔니?
미화: 안녕하십니까?
명호: 네, 미화 아가씨! 반갑습니다.
미화: 우리 인젠 이웃이 되었다면서요?
명호: 그렇게 된 것 같습니다.
미화: 향옥 언니도 좋아하겠는데…전화를 쳐줘야지.

* 미화 휴대폰을 꺼내 누른다.

미화: 언니? 언니, 한국 남자 둘이 있지 않소? 해나라 왕자하고 우리
방자. 양! 우리 맞은 켠 집에 이사를 왔소. 양, 그 아줌마네 집
에…정말! 빨리 오오 양?

* 미화 휴대폰을 끄고 방을 돌아보다가 액틀을 들고 본다.

미화: 이건 문물입니까? 땀 닦던 손수건! 야, 언니는 좋겠다. 이렇게
우러러 생각해 주는 사람이 다 있어서…

* 미화 창수의 눈치를 살핀다.
* 창수 말없이 돌아선다.
* 미화 팔소매를 거두고 주방으로 들어간다.

24. 거리

* 향옥 택시를 한편에 세우고 전화를 친다.

향옥: 미화야? 너 아까 한 말이 진짜야? 그 사람들이 어떻게 거기로 왔다니? 아줌마가 한국에 가면서 쓰라고 했다구? 아무리 그래도 그게 어떻게 틀에 짜서 맞춘 것처럼 고렇게 딱딱 맞을 수가 있니? 좀 글쎄 이상하다. 응, 내 갈게!

25. 아줌마네 집 주방

* 미화 주방청소를 하는데 명호 들어온다.

명호: 우리 오늘 저녁은 여기서 함께 먹는 게 어떻습니까?

미화: 이사 턱을 내겠습니까?

명호: 그럽시다. 간단한 걸로 사다가 해 먹읍시다. 뭘 반가와 합니까?

미화: 글쎄 말입니다. 갑자기…더운데 냉면 어떻습니까?

명호: 좋지요. 그럼 냉면 합시다.

미화: 내 우리 방에 가서 전화번호를 가져다 전화를 치면 다 배달해 줍니다. 내 인차 건너가서 치고 오지요네?

명호: 네, 그러시오. 정말…향옥 아가씨 몫도 함께 꼭 해야 됩니다.

미화: 알았습니다.

* 미화 나간다.

26. 향옥이네 집 안

* 미화 들어와서 전화번호를 찾아들고 전화를 친다.

미화: 네. 냉면 다섯 그릇입니다. 네. 18층! 감사합니다.

* 향옥 들어온다.

향옥: 이게 무슨 일이라니? 난 왜 그냥 꿈만 같은 게 믿어지지 않니?

저 사람들이 왜 여기까지 따라왔을까? 꼭 수소문해서 찾아온 게
지 어망간에 온 게 아니라니깐. 저 아줌마와 짜고 든 걸까?

미화: 무슨 그리 복잡하게 생각하오? 간단하게 생각하고 임기응변을 하
면 되는 겐데. 골이 아프지 않소? 그 해나라 왕자 언니 사진하구
손수건을 액틀에 넣어서 침대머리에 환하게 올려놨습데. 얼마나
좋소? 위촌 해주는 사람이 있어서…우리 방자는 그런 것도 모르오.
뚤이요 뚤!

* 창수 와서 소리친다.

창수: 냉면 왔습니다. 건너와서 냉면 자시랍니다.
미화: 언니, 가기요. 오늘 집들임으로 간단하게 냉면 한다오. 가기요.

27. 아줌마네 집

* 향옥 들어가자 명호 낯이 단번에 환해진다.

명호: 방금 오는 길입니까? 면바로 왔습니다. 자. 냉면 풀어지기 전에
빨리 먹읍시다. 대단히 보고 싶었댔는데 이렇게 만나니 반갑습니
다. 이후에 폐를 많이 끼칠 겁니다. 많이 도와주십시오. 자, 빨리
들 자시시오.

* 모두들 냉면을 먹느라고 잠시 말이 없다.

28. 객실

* 모두들 찻잔을 들고 소파에 와 앉는다.

명호: 인제는 우리가 왜서 이 집으로 오게 되었는가? 그 목적에 대하여

말씀드리겠습니다. 큰 목적은 하납니다. 우리가 중국어를 배우면서 보니깐 순 과당시간에 배우는 것만 가지고는 따라가기가 힘듭니다. 그래서 과외보도원을 찾으려고 했는데 어디 면목 아는 사람이 있습니까? 그래서 생각하던 중 그래도 두 분과 면목이 있고 또 두 분의 중국말도 수준급이라고 생각해서 여기까지 오게 된 겁니다. 매일 한 시간씩만 우리를 배워주십시오. 그랬으면 대단히 감사하겠습니다. 어떻습니까? 우리 둘의 선생님이 돼 주시겠습니까?

미화: 그저 중국말 회화만 하라면 할 수 있지 않구 양? 언니!

명호: 향옥씨는 어떻습니까?

향옥: 해보죠 무슨!

창수: 와- 그럼 두 분 선생님, 우리 학생들의 경례를 받으십시오.

명호와 창수: 선생님, 잘 배워주십시오. 부탁합니다.

　＊ 명호와 창수 차렷하고 꿉적 인사를 한다.

29. 아줌마네 집 주방 안(아침)

　＊ 명호와 창수 아침을 짓느라고 들볶아 친다.
　＊ 명호 쌀을 일고 창수 감자를 깎고 있다.

창수: 형님 집에서 밥 해봤소?

명호: 너는 한국에서 남자들이 주방에 들어가는 걸 봤니?

창수: 그러길래 말하는 게요. 형님 밥 할 줄을 아오?

명호: 쌀 일어 안치고 물 넣고 끓이면 되겠지 거기 무슨 할줄 알고 모르고 있니? 야! 너는 감자껍질이 무우 껍질인가 하니? 그리 두껍게 깎아내고 뭘 먹니?

창수: 그래도 속이 더 많겠지 껍질이 더 많겠소? 형님은 쌀이나 잘 이오.

명호: 나도 한가지다. 쌀이 더 많겠지 돌이 더 많겠니? 돌밥 안 먹게
　　　할 테니 넌 감자장이나 잘 끓여라.

창수: 그런데 한번도 못 해봐서 잘 되겠소? 형님, 내 가서 미화 아가씨
　　　불러 오라오? 와서 좀 해달라고 하기요.

명호: 미화 아가씨? 안 된다. 하루 이틀 할 일도 아닌데 우리끼리
　　　해내야지. 중국말로 하면 자력갱생이라는 게다. 이런 게! 알만
　　　하니?

창수: 내 향옥 아가씨를 불러오겠다면 쌩하고 동의했을 게야! 옳지?

명호: 아하! 자력갱생이란데!

30. 향옥이네 주방 안(아침)

　* 향옥이와 미화도 아침을 짓고 있다.
　* 향옥 채를 볶고 미화 김치를 담근다.

미화: 언니, 저쪽 집 남자들이 아침이나 제대로 해 먹을까?

향옥: 할 줄 모르면 사다가라도 먹지 않으려고 그런 걱정을 다 하니?

미화: 한국에서는 남자들을 주방에 얼씬거리지도 못하게 한답데! 그런
　　　게 무슨 할 줄을 알겠소? 내 건너가 보고 올까?

향옥: 네 정말 해득할매 같다. 저네끼리 해먹는 습관을 해야지 네 그냥
　　　가서 해주겠니? 중국에 왔으면 중국식대로 자력갱생이라는 걸
　　　해야 된다는 게다. 알만하니?

미화: 처음부터 자력갱생 되겠소? 우리 선생님인 게 처음에 지도를 좀
　　　해줘야지!

향옥: 중국어 지도를 해주라고 했지 먹는 걸 만드는 지도를 해주라더
　　　니? 일기예보 나오겠다. 텔레비전이나 켜 놔라!

　* 미화 입이 뾰죽하여 객실로 들어간다.

31. 객실 안

* 미화 들어와 텔레비전을 켜려다가 피뜩 꾀가 떠올라 텔레비전의 선을 빼놓고 켜는 척 한다.

미화: 언니, 이 텔레비전 마사졌소. 켜지지 않소.

향옥: 어젯밤에까지 펀펀히 잘 나오던 게 마사지기는? 잘 봐라.

미화: 정말이요. 깜깜무소식이요. 켜지지 않는다는데…언니 와보오.

* 향옥 들어와 켜본다.
* 전원을 검사해 봐도 전원에는 문제가 없다.
* 향옥 텔레비전을 몇 번 두드려본다.

향옥: 안 나오면 말라지! 빨리 아침이나 하자.

* 향옥 나간다.

미화: 텔레비전 안 나오면 어쩌오? 온 밤 심심해서?

* 미화 주방으로 건너간다.

32. 주방(아침)

* 미화 주방으로 들어와 향옥의 눈치를 살핀다.

미화: 언니, 내 가서 우리 방자를 데려올까? 남자 돼서 혹시 알겠는지?

향옥: 방자? 방자 덤벙덤벙한 게 알겠니? 해나라 왕자 어떠니?

미화: 그럼 가지말기요. 까짓 일기예보 안 들으면 일 있소?

* 미화 김치를 힘주어 버무린다.

33. 아줌마네 집 주방 안(아침)

　* 창수 명호가 주의하지 않는 틈을 타서 장 봉지를 감추어놓고 소리친다.

창수: 아야, 형님 장 모르고 안 사왔구만!
명호: 장 어디 안 사왔니? 어제 사왔는데.
창수: 그런 게 어째 없소? 형님 보오. 어디 있는가?

　* 명호 여기저기를 찾아본다.

명호: 어디에다 놨던가? 어째 갑자기 생각이 안나니?
창수: 내 저쪽 집에 가서 좀 달라고 할까? 미화…아니, 향옥씨 보고?
명호: 그럼 내 갔다 올까?

　* 명호 진짜 나가려고 하자 창수 인차 감추어두었던 장을 꺼내든다.

창수: 아야, 형님 가지 마오. 여기 있소.

34. 향옥이네 주방 안(아침)

　* 미화 다 버무린 김치를 찢어서 향옥에게 주며 맛을 보란다.

미화: 언니 보오. 싱거운가 짜가운가?
향옥: 응! 맛있구나. 딱 좋다.
미화: 이게 무슨 김치요?
향옥: 무슨 김치야? 무김치지!
미화: 총각김치!
향옥: 누가 총각김친 줄 모르니?
미화: 저쪽 집에 총각들도 좀 가져다줄까? 맛을 보라고! 언니 가져다
　　　주고 오오. 내 그새 밥상 차릴게!

향옥: 내 그런 심부름 하라고?

미화: 언니 글쎄 못하지? 어떻게 하오? 내 인차 갔다 올 게 양?

  * 미화 향옥이 말도 기다리지 않고 김치그릇을 통째로 들고 나간다.

35. 아줌마네 집 주방 안(아침)

  * 창수 장국을 후후 불어 명호의 입에 대준다.

창수: 형님, 맛을 보오. 어떤가?

  * 명호 받아넘기다가 마구 뱉어버린다.

창수: 어째? 따갑소?

명호: 야 이게 장국이야 소태국이야?

창수: 어째 짜겁소?

  * 창수 자기가 먹어보고 역시 오만상을 찡그린다.

창수: 형님, 밥…밥…밥이 타오.

명호: 응?

  * 이런 때에 미화 김치그릇을 들고 들어온다.

36. 향옥이네 주방 안(아침)

  * 향옥이 밥상을 차려놓고 수절 두 개를 놓고 기다리는데 미화가 와르르 두 남자까지 묻혀가지고 김치그릇을 든 채로 들어온다.

  * 향옥 영문을 몰라 하는데 미화 까르르 웃어댄다.

미화: 언니 아무리 자력갱생 자력갱생해도 되겠소? 좀 건너가 보오. 무슨 범벅판인가? 장국이라는 게 소열을 끓여놓은 것처럼 짜다 못

해 막 쓰겁지, 이밥이라는 게 가마스레하게 다 타서 꼬량밥이 다
됐소. 그래서 어쩌겠소? 우리 집에 건너와 같이 먹자고 데려왔소.

향옥: 잘했다. 앉으시오.

　* 미화 창수의 팔을 끈다.

미화: 창수씨는 저 텔레비전을 데꺽 고쳐놓고 자시시오.

37. 객실(아침)

　* 미화 창수를 객실로 끌고 들어와 제꺽 텔레비전 뒤의 선을 꽂아놓고
　텔레비전을 튼다.
　* 인차 텔레비전이 나온다.

38. 주방(아침)

　* 미화 창수와 함께 들어온다.

미화: 언니 보오. 이 창수씨 들어가던 게 어찌는 게 없이 데꺽 고치는
　걸! 보오, 지금 텔레비전 빵빵 나오지 않소?

향옥: 응. 잘했다. 인제는 빨리 아침이나 먹자! 자, 같이 듭시다.

　* 넷은 서로 바라보다가 동시에 수저를 든다.

제5회

1. 향옥이네 집안

* 향옥이 명호를, 미화 창수를 맡고 회화를 지도하고 있다.

향옥: 쌘짜이 지댄?

명호: 쌘짜이 스댄 꿔우펀!

향옥: 쌍커 지댄 카이쓰?

명호: 쌍커 빠댄 카이쓰!

미화: 찐탠 씽치지?

창수: 찐탠 씽치이.

미화: 씽치르 니깐썬머?

창수: 워취 쌍댄 마이뚱시…선생님, 의견이 있습니다.

미화: 말하시오.

창수: 저쪽에서 떠들지, 이쪽에서 소리치지, 귓구멍이 왕왕 해서 어디 글이 골에 들어갑니까?

미화: 그래서 어쩌겠다는 말입니까?

창수: 집이 하나라면 몰라도 집이 둘인데 한곳에서 떠들 필요가 있습니까? 우리 둘은 우리 방에 가서 하는 게 어떻습니까?

명호: 옳다, 너네 가라. 우리 여기서 할게! 언녕 그랬겠는 걸 그랬다.

창수: 선생님, 우리 갑시다.

미화: 네, 갑시다.

* 미화 얼씨구나 좋아서 따라 나간다.

향옥: 우린 계속 합시다. 이낸유 지거 지제?

명호: 유 쓰거지제. 펀베쓰 춘, 쌰, 츄, 똥.

향옥: 워 시환 쌰탠, 니너?

명호: 워 시환 춘탠. 앤위예쉬 "쓰내즈지 짜이위 춘"마!

2. 아줌마네 집 안

　　* 창수와 미화 회화를 한다.

미화: 밍탠 탠치 쩐머양?

창수: 밍탠 빠이탠 뒤윈짠칭 메이유 위!

미화: 치원너?

창수: 쭈이꼬 치원 25두 쭈이띠치원 16두.

미화: 유펑마?

창수: 유 얼싼지펑.

미화: 펑이 아니고 펑!

창수: 펑!

미화: 퍼－엉 펑!

창수: 퍼－엉 펑!

미화: 펑펑펑펑…

창수: 펑펑펑펑…

미화: 얼빠얼빠얼빠…

창수: 얼빠가 뭡니까?

미화: 얼빠라는 게 잘한단 말입니다.

창수: 그럼 오늘은 이만 쉽시다.

　　* 제부터 홀렁 책을 덮고 일어난다.

3. 향옥이네 집 안

향옥: 오늘은 이만 합시다. 진보가 아주 빠릅니다.

명호: 너무 춰주지 말고 엄하게 요구하십시오.

향옥: 이제 거기다 더 엄하게 요구해서 명호씨 숨도 못 쉬고 질식해 죽으면 어쩝니까?

명호: 죽어도 울 사람이 없을 때 죽는 게 좋습니다.

향옥: 울 사람이 지금 있을지 어떻게 압니까?

명호: 그걸 내가 왜 모르겠습니까?

향옥: 속으로 우는 건 명호씨도 모를 겁니다. 그런데 인젠 왜 우리 택시를 부르지 않습니까? 그냥 전번에 천지로 올라갈 때 일이 노여워서 그럽니까?

명호: 인제는 이웃집이 돼서 자주 만날 수 있지 않습니까?

향옥: 그러니 그때는 우릴 자주 만나기 위하여 숫한 돈을 팔면서 가짜 유람을 했다는 말입니까?

명호: 아니 아니… 순전히 그런 것만도 아닙니다.

　* 미화와 창수 들어온다.

미화: 언니네는 아직도 안 끝났소?

향옥: 응. 끝났다.

미화: 내 우스운 얘기 해 달라오?

향옥: 무슨 이야기?

미화: 전번 날 아침에 이 창수씨도 우리 집에 딱 오고 싶어서 장을 비럭질하러 온다고 거짓말을 하고 오려 했는데 저 명호씨가 딱 막아서 못 왔다오.

명호: 창수 임마, 너 그런 말을 뭐라고 다 하니?

창수: 일 있소? 비밀도 아닌데…

향옥: 미화야, 나도 방금 들은 말 하나 할까?

미화: 얌, 하오.

향옥: 이전에 이분들이 연속 며칠 우리 차를 타고 유람을 다녔지 응? 그게 우리를 보고 싶어 다닌 게란다.

미화: 그럼 목적이 여행인 게 아니라 순전히 우리 보러 간 게구만.

향옥: 그렇게 홀딱 밝아놓니? 어떤 분 어떠해 하겠다.

명호: 괜찮습니다. 사실이 그랬습니다.

미화: 그럼 이번 쉬는 날 또 갑시다.

창수: 네. 그렇게 합시다.

4. 아파트단지 앞(아침)

* 명호, 창수, 향옥, 미화 걸어 나와 명호와 향옥 한차에 오르고 창수와 미화 다른 한 차에 올라탄다.

5. 고속도로

* 택시 두 대 한 방향으로 달리다가 "人"자로 생긴 길에서 서로 갈라져 간다. 서로들 손을 저으며 갈라진다.

6. 토(土)자비 앞

* 향옥이 토자비를 설명하고 있다.

향옥: 이 토자비는 중국과 러시아의 첫 국경비로서 1886년에 세워졌습니다. 이제 저 망해각에 올라가면 러시아, 조선, 중국 세 나라가 한눈에 보입니다. 저기로 올라갑시다.

* 명호 올라가려는 향옥을 붙잡는다.

명호: 여기서 기념사진 한 장 박읍시다.

* 명호 옆 사람에게 사진기를 주고 향옥이와 함께 토자비 앞에 선다.
* 고정되는 화면.

7. 선경대

* 미화가 선경대를 소개하고 있다.

미화: 이 선경대는 화룡시 소재지와 30킬로미터 떨어져 있는데 예로부
터 기봉, 기송, 기암, 기화 '4기'로 소문이 나서 '천하제일선경'으
로 불리고 있습니다. 이제부터 그 주요한 기경(奇景)들을 구경하
겠습니다.

* 창수 경치보다도 기이화초를 놓칠세라 카메라에 담고 있다.

미화: 창수씨! 그 풀들이 저기 저 경치보다 더 아름답습니까?
창수: 경치는 경치고 풀은 또 풀이지요. 명색이 각각이 아닙니까?

* 창수 또 무슨 풀을 발견하고 달려가 찍는다.
* 미화 별난 사람 다 본다는 듯 머리를 젓으며 따라간다.

8. 망해각(望海閣)

* 향옥 망해각을 소개하고 있다.

향옥: 우리가 서있는 이곳이 바로 망해각입니다. 여기서는 한눈에 세 나
라를 바라볼 수가 있습니다. 저기 왼쪽으로 보이는 저기가 러시아
입니다. 그리고 오른쪽으로 보이는 강 건너가 조선민주주의인민공
화국이고 우리가 선 곳이 중화인민공화국 연변훈춘방천입니다. 여
기서는 세 나라의 개, 닭 울음소리를 들을 수 있고 세 나라의 강산
을 한눈에 바라볼 수가 있습니다.

9. 만천성

* 유람선이 호수를 가르며 달리고 있다.
* 창수와 미화 뱃머리에 가서 「타이타닉」의 영화 주인공처럼 팔을 벌리고 서서 양상을 한다. 손님들 박수로 환호한다.
* 만천성의 아름다운 풍경.

10. 망해각

* 명호와 향옥 구경을 끝내고 내려간다.
* 향옥 뒤에서 내려오다가 아이쿠 하며 물앉는다.
* 명호 뛰어 올라간다.

명호: 어찌된 일입니까? 되게 상했습니까?
향옥: 아닙니다. 발목을 약간 불친 것 같습니다.
명호: 나 좀 봅시다.

* 명호 향옥의 발목을 눌러주는데 향옥 몹시 괴로워한다.

명호: 안되겠습니다. 먼저 돌아가서 봅시다. 여기 업히시오.
향옥: 어떻게…나절로 내려갑니다.

* 향옥 겨우 일어났다가 한발작도 못 떼고 쓰러지려는 것을 명호 다짜고짜 들추어 업고 내려간다.
* 등에 업힌 향옥 어쨌으면 좋을지 몰라 명호의 등에 머리를 묻는다.

11. 병원 안

* 의사가 향옥의 발목에 침을 놓고 있다.
* 명호 그 옆에 서있다.

명호: 의사 선생님, 어떻습니까? 몹시 상했습니까?

의사: 괜찮겠습니다. 이 침만 맞으면 될 겁니다. 빨리 왔으니 그렇지 이런 것도 늦게 오면 애를 먹습니다.

* 향옥 감사한 눈길로 명호를 쳐다본다.

12. 상점 안

* 창수 미화와 함께 상점으로 들어온다.
* 창수 곧추 반지 파는 매대로 걸어간다.

창수: 미화씨, 지금 아가씨들이 어떤 반지를 좋아하는지 좀 골라봐 주겠습니까?

미화: 대상이 누굽니까?

창수: 물론 사랑하는 여자지요.

미화: 창수씨 사랑하는 여자 있습니까? 벌써!

창수: 벌써라는 게 뭡니까? 언녕 있었습니다.

* 미화 얼굴이 이상하게 찌그러진다.

미화: 사람마다 애호가 다 다른데 그 여자 어떤 걸 좋아할지 누가 압니까? 괜히 잘못 골라줬다가 절 욕먹게 할 일이 있습니까? 창수씨 절로 고르시오.

창수: 미화씨와 스타이가 똑 같습니다. 미화씨가 고른 게면 꼭 좋아할 겁니다. 빨리 하나 골라 주시오.

* 미화 보다가 수수한 걸로 하나 골라 짚는다.

미화: 내 보기엔 이게 좋은 것 같습니다.

창수: 그럼 그걸 삽시다. 아가씨, 이 반지 삽시다.

* 미화 다른 걸 보는 것처럼 하면서 저쪽으로 피해간다.

13. 병원 앞(밤)

* 명호 향옥이와 함께 병원에서 나와 택시를 탄다.
* 명호가 택시를 몬다.

14. 음식점 안(밤)

* 창수와 미화 들어와 자리를 잡고 앉는다.
* 복무원 아가씨 걸어온다.

아가씨: 손님들 뭘 드시렵니까?

창수: 미화씨, 뭘 청하시오.

* 미화 아직도 상점에서의 그 언짢은 기분이 그대로 있다.

미화: 아무거나 청하시오.

창수: 아무거나 라는 게 글쎄 뭡니까?

미화: 자장면!

창수: 나도 그럼 자장면입니다.

아가씨: 자장면 두 그릇입니다.

창수: 네.

15.향옥이네 아파트 앞(밤)

* 택시 와 멈춰서고 명호가 내려서 향옥을 부축하며 아파트로 들어간다.

16. 18층 복도(밤)

* 명호와 향옥 엘리베이터에서 나와 향옥 자기 집으로 들어가려 한다.

명호: 혼자 괜찮겠습니까? 동무해 달랍니까?

향옥: 아니, 좀 누워야 되겠습니다.

명호: 그럼 먼저 들어가십시오.

* 명호 향옥이 들어가는 것을 보고야 자기 집으로 들어간다.

17. 강변 유보도(밤)

* 창수와 미화 유보도를 걷고 있다.

창수: 밤경치 얼마나 좋습니까? 흐르는 강물에 별무리 내려앉고 달콤한 사랑에 연인들 취했어라…

미화: 시를 읊습니까? 지금…

창수: 달은 또 얼마나 둥급니까? 컴퍼스로 그렸는가. 묘하게도 둥근 달! 상아아씨 그 속에서 토끼 안고 즐기는가? 둥근 달을 보노라면 내 마음도 둥글어라!

미화: 보름달인 게 그래 둥글지 않고 네모나겠습니까?

창수: 강바람은 얼마나 시원합니까? 강물 타고 불어오나 상쾌한 강바람! 연인들의 옷자락도 살며시 들어보고 수줍어서 타는 볼도 시원하게 만져주네…

미화: 어디 시원합니까? 춥습니다, 난…

창수: 그 말이 나오라는 겁니다. 그 말 나오기를 학수고대 기다렸습니다.

* 창수 갑자기 미화를 꼭 끌어안는다.

미화: 왜 이럽니까?

창수: 춥다지 않았습니까?

미화: 춥다고 했지 안아달라고 했습니까?

창수: 추울 땐 이렇게 안아주면 춥지 않답니다.

미화: 가서 사랑하는 사람이나 안아주시오.

창수: 지금 내가 그래 사랑하지 않는 사람을 안았다고 생각합니까?

미화: 일찍 사랑한 여자가 있다지 않았습니까?

창수: 그 일찍이라는 게 바로 내가 연변에 첫 발작을 밟던 그날이고 사랑하는 여자라는 게 바로 지금 내가 안고 있는 아가씨라는 말입니다. 인제는 알만합니까?

미화: 보기 싫습니다.

* 미화 창수를 떠민다.

* 창수 호주머니에서 반지를 꺼내들고 미화의 손을 잡아당긴다.

* 창수 미화의 손가락에 반지를 끼워주고 손에 키스를 준다.

창수: 미화씨, 사랑합니다.

미화: 나도!

* 창수 미화를 품에 안는다.

* 미화 창수의 품에 안겨든다.

* 밝은 달이 환히 웃는다.

18. 향옥이네 집 안(밤)

* 향옥 침대에 앉아서 상한 발목을 자근자근 누르고 있다.

* 그러노라니 명호에게 업혀서 망해각을 내려오던 장면이 자꾸 떠오른다.

* 향옥 한참 흐뭇한 회상에 잠겨있는데 휴대폰이 울린다.

* 향옥 휴대폰을 받는다.

향옥: 여보세요? 네. 명호씨!

19. 아줌마네 집 안(밤)

* 명호 전화를 치고 있다.

명호: 어떻습니까? 동통이 좀 나아집니까? 네…감사는 무슨 감삽니까? 우리가 남입니까? 인젠 이웃인데…미화씨는 돌아왔습니까? 창수도 아직 돌아오지 않았습니다. 글쎄 말입니다. 별일이 없어야겠는데…건너가서 말동무 해달랍니까? 미화씨 올 때까지…네. 알았습니다.

 * 명호 전화를 끄고 나간다.

20. 중국어 강의실 안

 * 강의를 듣는 창수 예단 받은 벙어리처럼 좋아서 자꾸 웃고 있다.
 * 명호 이상해서 묻는다.

명호: 야, 너 오늘 약을 잘못 먹었니?
창수: 왜 그러오? 심심해서 내가 약을 먹겠소?
명호: 그런데 왜 찰떡 먹은 황소처럼 자꾸 웃기만 하니?
창수: 좋은 일이 있어서! 내 이제 하학 후에 알려줄게!
선생님: 이번엔 지명 낭독을 하겠습니다. 창수 학생!
창수: 넷!

 * 창수 흐물거리며 일어선다.

선생님: 제9과 「쇼핑」을 읽어보시오.
창수: 니먼쩌리 췬즈더 양스 둬마?
  핀중치쳰, 닌 쌍요 썬머양더?
  워쌍요 콴스 썬잉 얼체 즈량 호이댈더.
  닌칸 쩌잴 쩐머양?
  앤써 워헌쭝이, 쮸쓰 유댈써우!

나 닌칸 쩌잴바. 쩌쓰 찐낸 류씽더 콴쓰.

호우, 쮸저잴바!

* 창수 낭독을 마치고 앉는다.

선생님: 네. 아주 잘 읽었습니다. 진보가 대단히 빠릅니다.

창수: 오늘은 좋다하니깐 뭐나 마구 다 잘되오.

21. 학교 정원

* 명호와 창수 수업을 마치고 걸어온다.

명호: 창수야, 너 도대체 무슨 좋은 일이 있어서 그냥 입을 다물지 못하니?

창수: 좋은 일이나마나 이 이상 더 좋은 일이 없소. 형님 들으면 부러워해서 어쩔까?

명호: 글쎄 무슨 일이야? 무슨 일인지 알아야 부러워하던지 질투를 하던지 결투를 하던지 할게 아니야?

창수: 결투까지는 필요 없소.

명호: 너 정말 안 말하겠니? 그럼 말 말라! 안 듣는다.

창수: 말할게… 말할게! 내양? 약혼했소.

명호: 뭐라니? 약혼? 누구와?

창수: 우리 향단이와!

명호: 정말?

창수: 양, 정말!

명호: 언제?

창수: 어제 밤에!

* 명호 창수의 가슴에 주먹을 안긴다.

명호: 임마! 그 좋은 노릇을 너 혼자 하니?

창수: 아무리 좋은 노릇이라고 같이 하는 법이 어디 있소? 형님도 하오.
달의 딸 있지 않소?

명호: 달의 딸! 좀 바쁘다. 미화와 좀 다르단 말이다.

창수: 바빠도 해야지. 이제부터 내하구 미화 도와줄게! 오늘부터 맹렬
하게 해보오. 주동적 진공!

22. 시내 화원

* 향옥이와 미화 걸어온다.

미화: 언니, 여기 좀 앉았다 가기요. 앉소.

향옥: 앉기는? 가자.

미화: 앉으라는데! 내 할 말이 있소.

향옥: 딱 여기서 말해야 되니?

* 향옥 미화 옆에 앉는다.

향옥: 말해라. 무슨 말이야?

미화: 언니는 연애를 안 하겠소?

향옥: 갑자기 무슨 뚱딴지같은 소리를 하니? 연애를 혼자 하니? 남자
있어야 하지!

미화: 남자 있지 않구 뭐요?

향옥: 어디 있니? 남자!

미화: 우리 앞집에! 해나라 왕자 얼마나 좋소?

향옥: 좋으면 네나 해라.

미화: 나는 이미 했소.

향옥: 뭐라니? 너 벌써 약혼을 했다고?

미화: 양! 벌써는 무슨 벌써요? 늦었지. 우리 나이 어리오? 그리구 좋
　　　은 일은 빨리 하랍데!

향옥: 너 정말이니? 남자 누구니?

미화: 알면서 묻소? 우리 방자님! 방자와 향단- 얼마나 딱 맞소?

향옥: 그래 정식 말을 끊었니?

미화: 양!

향옥: 언제?

미화: 어젯밤에!

23. 다방 안

* 향옥이와 미화 차를 마시면서 말을 계속한다.

미화: 그러길래 언니도 빨리 하오.

향옥: 그 남자 생각이 어떤지도 모르고 어떻게 빨리 하니?

미화: 그 남자는 언니를 보자마자 마음에 들었다오. 그런데 언니 너무
　　　도고해서 감히 말을 못 뗀다오.

향옥: 내 어디 도고하니? 내 그렇게 도고하니?

미화: 양! 언니 좀 그렇소. 나는 하도 여자니깐 그렇지 남자들은 언니
　　　한테 말을 걸기 좀 바빠한단 말이요.

향옥: 그렇다고 그럼 내 먼저 가서 "사랑해요" 하고 말을 떼란 말이
　　　야? 부실하게?

미화: 이것 봐라! 그게 무슨 부실한 게요? 사랑하는 사람을 사랑한다고
　　　말하는데 그게 부실한 게요? 그러길래 언니를 못되다는 게요.
　　　정 말하기 바쁘면 대방에서 말할 수 있는 그런 기분이라도 만들어
　　　줘야지 전번에 천지에 올라갈 때는 그게 뭐요? 들었던 정도 다 떨
　　　어지게 놀면서…그 남자 우정 언니를 안았소? 언니 넘어질까 봐
　　　어망결에 안은 게지…

향옥: 그건 정말 내 너무 했다 응?

미화: 너무 한 게 알리오? 그러면서 어째 찾아가서 잘못 했다는 말 한 마디 안하오?

향옥: 다 지나간 일을 말해 뭘 하니? 그래서 안 말했다.

미화: 오늘 공부 할 때 말하오. 그게 얼마나 자존심 깎는 일이요?

향옥: 꼭 말해야 되니?

미화: 연애에서는 내 선배길래 이 선배 말대로 하오.

향옥: 연애선배?

24. 향옥이네 방 안(밤)

　* 향옥이와 명호 공부를 한다.

명호: 쩌토 시푸췬 타이 허썬러, 쮸쌍좐게이 닌쮀더이양.

향옥: 콴쓰 뿌춰, 쮸쓰 꾸이러댈.

명호: 인웨이 쌘짜이쓰 추쑈치, 쉬이 뼁뿌구이.

향옥: 쩐더마?

명호: 닌칸, 왠쟈쓰 이챈왠, 쌘짜이 빠우저 즈써우 빠바이우쓰왠.

향옥: 호우, 쮸라이 쩌잰바. 칭닌 게이워 뽀치라이.

명호: 닌 나호우. 환잉닌 짜이라이.

향옥: 오늘 이만 합시다.

명호: 수고했습니다.

　* 명호 책을 덮어 들고 일어나 가려한다.

향옥: 잠간만요.

명호: 무슨 일이 있습니까?

25. 아줌마네 집 안(밤)

미화: 오늘 공부 이만합시다.

　* 미화 나가려는데 창수 불러 세운다.

창수: 잠깐만!
미화: 무슨 일이 있습니까?
창수: 일은 없는데…

　* 창수 미화의 손을 잡고 명호의 방으로 들어간다.

창수: 저 액틀 봤습니까?
미화: 네! 전번에…
창수: 나도 형님처럼 저런 액틀 하나 만들어놓게 미화씨도 나에게 뭘 좀 기념할만한 물건을 사주는 게 좋지 않습니까?
미화: 꽤나 웃기네요. 자청해서 사달라는 사람이 어디 있습니까? 이러니깐 내가 이제 사줘도 피동이 되는 게 아닙니까?
창수: 그렇다면 방금 내가 한 말 안했던 거로 치겠습니다. 무효! 이러면 안됩니까?
미화: 말 해놓고 무슨 무효?

　* 미화 팩 돌아선다.

26. 향옥이네 집안(밤)

향옥: 저…양해를 구할 일이 있는데.
명호: 저한테 무슨 양해를 구할 일이 다 있겠습니까?
향옥: 전번에…천지로 올라갈 때 저의 말이 너무 엇나갔습니다.
명호: 난 또 무슨 큰일이라고… 그일 저는 이미 잊어버린 지가 오랍니다.

향옥: 그때 자존심 되게 상했지요?

명호: 자존심요? 난 향옥씨만 다르게 생각하지 않는다면 대만족입니다.

향옥: 미안하게 됐습니다. 양해해 주십시오.

　＊ 이때 미화 들어온다.

미화: 언니, 끝났소?

향옥: 응!

미화: 공부 말고 이쪽 거 말이요. 끝났소?

향옥: 응. 끝났다.

27. 아줌마네 집안(밤)

　＊ 명호 들어오자 창수 인차 명호 팔을 끄당긴다.

창수: 형님, 오늘 향옥씨한테 다른 반응이 없습데?

명호: 무슨 반응?

창수: 공부 끝난 다음에 무슨 다른 말이 없던가 말이요.

명호: 응! 어느 옛날에 내 자존심을 상하게 했다던 말을 하더라.

창수: 그 여자한테서 그런 말이 나온다는 게 그게 흴한 게요? 그럼 됐소. 다음번에는 형님 조금 더 주동이 되어보오.

명호: 주동? 어떻게?

창수: 그저 내 하는 대로만 하오. 그럼 되오.

28. 예술극장 앞(저녁)

　＊ 창수 매표구에 가서 표 넉 장을 산다.

창수: 미화씨, 빨리 전화를 거시오.

* 미화 휴대폰을 꺼낸다.

미화: 언니요? 오늘 멋있는 가무공연이 있다오. 지금 빨리 예술극장 앞
에 오오. 양! 기다릴게!

* 창수도 명호에게 전화를 건다.

창수: 양! 우리 연변가무를 한번도 못 보지 않았소? 빨리 오오 양? 기
다릴게!

29. 18층 복도(저녁)

* 명호와 향옥 집에서 동시에 나온다.

명호: 어니 갑니까?

향옥: 네. 미화가 관람표를 샀다고 나오라고 해서…

명호: 그랬습니까? 나도 방금 창수한테서 온 전화를 받는데 예술극
장으로 오라고 하던데 마침 잘됐습니다.

* 이때 엘리베이터 문이 열리여 둘은 함께 탄다.

30. 예술극장 안(밤)

* 향옥이와 미화 중간에 앉고 향옥이 옆에 명호가, 미화 옆에 창수 앉았다.
* 무대에서는 「물동이춤」이 한창이다.

향옥: 연변가무 어떻습니까? 볼만 합니까?

명호: 그저 볼만한 게 아니라 대단합니다. 우리 부산에서도 이처럼 멋
진 가무를 구경하기가 힘듭니다.

* 그때 무용이 끝나서 명호 힘껏 박수를 친다.
* 다음은 「장구춤」이 시작된다.
* 조명이 차츰 어두워지자 창수 갑자기 마른기침을 한다. 그리고는 미화의 손을 꼭 쥔다.
* 명호 창수의 신호를 알아차리고 향옥의 손을 쥐려다가 차마 쥐지를 못한다.
* 창수 또 공연히 마른기침을 한다.
* 이번엔 명호 큰 결심을 하고 향옥의 손을 슬며시 쥔다.
* 순간 향옥 어쨌으면 좋을지 몰라 한다.
* 갑자기 가슴이 세차게 뛰고 호흡이 가빠진다.
* 지금 손을 빼면 어젯밤에 양해를 구했던 일이 다시 반복이 되고 빼지 않고 가만히 모르는 척 있자니 처음 당하는 일이라 당황하기만 하다.
* 향옥 눈을 감고 그대로 가만히 앉아있는다.
* 향옥의 손을 꼭 잡고 있는 명호의 손

31. 아줌마네 집안(밤)

* 명호와 창수 들어온다.
* 창수 엄지를 빼들고 축하한다.

창수: 형님 오늘 잘했소. 그렇게 주동진공을 하라는 게요.

명호: 말 말아라. 혼났다. 그러다가 또 손을 쓱 빼 가면 후에는 어떻게 다시 보니?

창수: 우리 다 파악이 있으니깐 그렇게 시키는 게지. 파악이 없으면 시키오? 연애는 내 형님의 선배니깐 이 선배 말을 잘 듣소. 낭패 없소.

32. 미술상점 안

* 향옥 고운 액틀을 골라 산다.

33. 향옥이네 집 안

* 향옥 천지가에서 찍은 사진과 편지를 액틀에 넣는다. 그리고는 침대머리에 액틀을 가져다 놓고 한참이나 들여다본다.

34. 상점 안

* 미화 창수를 줄 기념품을 고르느라고 신경을 쓴다.
* 그러다가 죽순을 뜯고 있는 참대곰 장식품을 골라 산다.

35. 아줌마네 집 안(밤)

* 창수 책을 펴들고 읽는데 미화 들어온다.

창수: 미화씨, 어서 들어오십시오. 오늘은 좀 빨라진 것 같습니다. 다른
　　　날보다…
미화: 사달라던 선물은 사왔습니다.
창수: 그 말 무효로 한다고 하지 않았습니까?
미화: 쏟아진 물도 되 담을 수 있습니까? 엎습니다.

* 미화 사온 선물을 준다.

창수: 곰? 사다사다 곰을 샀습니까? 내가 곰 같아 보입니까?
미화: 그러길래 창수씨 얼빠라는 겁니다. 이게 어디 곰입니까?
창수: 이게 그래 곰 아니고 뭡니까? 고양입니까?
미화: 곰과 고양이를 합한 이 쑹모는 중국의 국보란 말입니다.
창수: 그렇게 귀한 겁니까? 그럼 감사히 잘 받겠습니다.

* 미화 창수를 주지 않고 창수의 침실에 가서 침대머리에 놓는다.
* 빙그레 웃고 있는 참대곰

36. 공원(밤)

* 밤의 공원은 연인들의 세계다. 연인이 아닌 사람은 들어오기가 무엇할
　정도다. 모두가 쌍쌍이 거닐고 있다.
* 명호와 향옥 공원 산 정자 위로 올라간다.

명호: 이쯤하면 오늘 왜 여기로 왔는가 하는 것을 알도리가 있지요?

향옥: 알만합니다. 근데 명호씨한테 실망을 줄까봐 무섭습니다.

명호: 왜 실망을 준다고 합니까?

향옥: 저는 한국에 시집 갈수가 없습니다. 전 아버지를 모셔야 합니다. 아버지는 절대로 고향을 떠나지 않겠다는 분입니다.

명호: 향옥씨 말을 좀 똑똑히 합시다. 한국에 시집갈 수 없단 말과 한국인에게 시집갈 수 없다는 말은 완전히 다른 말입니다. 도대체 전자입니까? 후자입니까?

향옥: 한 가지 뜻이 아닙니까? 한국인한테 시집을 가면 한국에 가기 마련이 아닙니까?

명호: 아닙니다. 나 만약 향옥씨와 결혼하면 한국에 가지 않고 연변에서 살 겁니다.

향옥: 저를 위해섭니까? 저를 위해 고향을 버리는 겁니까?

명호: 그것만도 아닙니다. 향옥씨와 저의 사업을 위해섭니다. 난 서울 약대 졸업생입니다. 전문 제약에 대하여 배운 겁니다. 내가 왜 숱한 외국어 가운데서 중국어를 택했는지 아십니까?

향옥: 왜설까요?

명호: 중국에서 나의 사업을 벌리려는 야심에서였습니다. 중국의 약재 자원이 얼마나 풍부합니까? 멀리는 말 말고 우리 연변—백두산의 약재자원이 얼마나 풍부한가 말입니다. 자원뿐입니까? 약 시장은 또 얼마나 광활합니까? 13억 인구를 대상하고 있습니다. 그래서 중국에 왔고 그래서 중국말을 애써 배우는 것입니다. 인젠 제 말의 뜻을 알만합니까?

향옥: 네. 그런데 제가 그처럼 위대한 사업을 구상하는 남자의 아내로 될 자격이 되겠습니까?

명호: 향옥씨는 나보다도 더 위대합니다. 나는 향옥씨한테서 많은 걸 배워야 합니다. 특히는 향옥씨의 착한 마음! 향옥씨는 정말 이름

과 같이 착한 여성입니다. 달의 딸로서 손색이 없습니다. 달이야
말로 얼마나 밝고 맑습니까? 향옥씨 내 이름 명호가 밝고 맑은
뜻이라고 알려주지 않았습니까? 항상 향기를 뿜는 옥-달의 딸
향옥씨와 함께 영원토록 밝고 맑게 살아갈 겁니다. 향옥씨! 사랑
합니다.

* 명호 두 손을 향옥의 앞에 펼친다.
* 향옥 천천히 명호의 손을 받아 쥔다.

명호: 사랑합니다. 향옥씨!

* 명호 향옥을 포옹한다.
* 향옥 명호의 품에 안긴다.
* 그러다가 향옥 명호의 품을 밀치며 약간 물러선다.

명호: 왜 그럽니까? 저의 사랑을 받을 수 없다는 뜻입니까?
향옥: 아닙니다. 먼저 부모의 동의를 받고 싶습니다.
명호: 네. 알만합니다. 그렇게 합시다.

* 밤하늘에 예포가 올라가 터진다.

1. 향촌 포장도로

* 명호와 향옥 택시에 앉아 시골 향옥의 집으로 가고 있다.

향옥: 우리 어머니는 크게 반대하지 않겠지만 우리 아버지는 인차 헐하게 허락하지 않을 겁니다. 그러니 우리 아버지와는 속전속결 식으로 하지 말고 지구전을 할 각오가 있어야 할 것 같습니다.

명호: 지구전 말입니까? 절대 근심하지 마시오. 지구전은 나의 우세 중의 우셉니다. 내 어렸을 때 별명이 뭔지 압니까? 쇠가죽입니다. 그것도 일반 쇠가죽이 아니고 늙다리 황소 쇠가죽이란 말입니다. 무슨 일이나 끝을 볼 때까지 물고 늘어집니다.

향옥: 약간 그런 면이 있는 것 같습니다. 나를 만나겠다고 여행이란 간판을 쓰고 나의 택시를 몇 번이나 탔습니까? 간 데를 또 가고 간 데를 또 가고 싱거워서라도 못하겠는데 말입니다.

명호: 향옥씬 그래 그냥 간 데를 또 가고 간 데를 또 가고 하지 않습니까?

향옥: 그거야 나의 직업이니깐 어쩔 수 없는 게 아닙니까?

명호: 나도 사랑하는 사람을 자꾸 보고 싶으니깐 어쩔 수 없이 그런 게 아닙니까? 안 그랬더라면 우리 일이 될 것 같습니까?

향옥: 우리 일 다된 게 아닙니다. 우리 부모들이 결사반대를 하면 그땐 우리 일도 끝나는 겁니다.

명호: 쇠가죽 앞에 결사반대가 어디 있습니까? 백번 찍어서 넘어지지 않는 나무가 없다고 했습니다.

향옥: 글쎄요. 명호씨 재간 한번 봅시다.

    ＊ 씽 달려가는 택시.

2. 향옥의 시골집

    ＊ 택시가 뜨락 앞에 멈춰 서자 향옥 어머니 차 소리를 듣고 달려 나온다.

향옥 어머니: 아유, 온다더니 정말 왔구만!

    ＊ 명호 차에서 뛰어내린다.

명호: 안녕하십니까? 장모님! 명호 인사드립니다.
향옥 어머니: 양. 날래 집으로 들어가기요. 향옥아, 빨리 집으로 모시고
    들어가라.
향옥: 네. 명호씨, 들어갑시다.

3. 시골집 안

    ＊ 명호 구들에 올라가 절을 하려 한다.

명호: 장모님, 사위 절을 받으시오.
향옥 어머니: 그만 두오. 절은 무슨 절? 밖에서 인사 받았으면 됐지!
명호: 그런 법이 없습니다. 꼭 받아야 합니다.

    ＊ 명호 대방이야 원하든 말든 절을 하려 든다.
    ＊ 향옥 어머니 얼결에 털썩 앉는다.
    ＊ 명호 제대로 큰 절을 한다.

향옥 어머니: 이건 향옥이 아버지도 없는데 먼저 큰 절을 받고 어쩌오?

명호: 그때 또 다시 하면 되지 않습니까?

향옥: 그런데 아버지는 어디 갔습니까?

향옥 어머니: 어디 갈 데 있니? 삼장밖에! 오늘 사위가 온다고 가지 말라고 했는데 그 고집에 어디 누구 말 듣니? 점심에는 꼭 오라고 천 당부 만 당부 해 보냈는데 모르겠다, 오겠는지?

향옥: 알면야 오겠지 간대로야 알면서도 안 오겠습니까?

향옥 어머니: 너 아버지 성질은 모른다. 혈형이 AB 돼서…사위 인물 환하게 잘 썼구만. 한국 어디라오?

명호: 네. 부산입니다.

향옥 어머니: 부산? 좋은 데구만.

명호: 가보셨습니까?

향옥 어머니: 못 가봐도 부산은 다 아오. 「돌아와요, 부산항에! 그리운 내 임이여!」 부산이란 게 큰 항구도시 맞지?

명호: 네. 맞습니다.

향옥 어머니: 부모님들 어부요?

명호: 네, 아버지가 고깃배를 운영하고 있습니다.

향옥 어머니: 어머니는?

명호: 어머니는 안계십니다. 몇 년 전에 병으로 돌아가셨습니다.

향옥 어머니: 그럼 아버지 혼자 생활하기가 어렵겠구만.

명호: 네. 보모가 있어서 괜찮습니다.

향옥 어머니: 새 어머니를 모셔들여야겠구만.

명호: 글쎄 말입니다.

향옥: 어머니는 별걸 다 꼬치꼬치 캐물으면서 그럽니까?

향옥 어머니: 일 있니? 사위 집에서 독자요?

명호: 막냅니다. 위로 형님 둘에 누님 한분이 계십니다.

향옥 어머니: 막둥이구만. 우리 향옥이도 막둥이요. 응석 꽤나 부렸겠구만.

향옥: 어머니, 무슨 볼 일이 없습니까?

향옥 어머니: 없다…아야, 있다. 내 닭을 뛰하겠다고 물을 끓여놓고 이렇게 여기서 너스레를 떨었구나.

  * 향옥 어머니 급히 나간다.

명호: 어머님 성질 대단히 좋습니다. 향옥씨 생긴 건 어머니 닮았어도 성질은 어머닐 닮지 않은 것 같습니다. 성질 아버지 닮았습니까?

향옥: 모릅니다. 아버지도 닮고 어머니도 닮아서…

명호: 향옥씨도 AB입니까?

향옥: 네!

4. 시골집 뒤뜰

  * 향옥 어머니 닭을 붙잡느라고 이리 뛰고 저리 쫓고 한다.
  * 닭들은 서로 살겠다고 도망질 한다.

향옥 어머니: 도망치면 울 안에서 어디로 도망친다고? 사위 밥상 위에 오르는 좋은 일인데 좀 가만있지 못할까?

5. 시골집 안

  * 향옥 명호가 벗은 옷을 걸어놓는다.

명호: 그런데 무슨 시골집이 이렇게 큽니까? 옛날 지주집도 이렇게 큰 집이 드물 겁니다.

향옥: 우리 아버지가 지금 지줍니다. 산 지주! 저기 뒤 골안이 다 우리 아버지 산입니다. 그 산에 몽땅 인삼을 심었습니다. 우리 아버지가 한국 사람에 대하여 선입견이 선 것도 바로 저 인삼밭 때문이랍니다.

명호: 그 인삼밭이 한국과 무슨 상관이 있습니까?

향옥: 몇 해 전에 한 사기꾼이 한국 사람이랍시고 아버지를 찾아와서 인삼을 고가로 팔아주겠다고 하고는 사기를 치고 달아났답니다. 그래서 한국 사람이라면 그닥 좋아하지 않는단 말입니다. 명호씨 한국 사람이라고 또 어쩔지 모릅니다. 주의하시오.

명호: 그런 사기꾼들 때문에 우리 한국인 신임도가 다 내려간단 말입니다. 동네마다 스라소니 하나씩은 다 있다고 그런 스라소니들 때문에 전반 동네가 잘못 되는 게 아닙니까?

향옥: 하기야 어느 나라에 나쁜 사람이 없습니까? 그 나쁜 사람 때문에 그 나라가 다 나쁘다고 말하면 틀리지 않습니까?

명호: 누가 글쎄 아니랍니까?

6. 시골집 뜨락

　* 향옥 어머니 다라에 죽인 닭을 놓고 끓인 물을 부은 후 털을 뽑고 있다.

향옥 어머니: 앗 뜨거라, 앗 뜨거! 후－후－ 앗 뜨거라…

　* 명호와 향옥 나온다.

명호: 내가 하랍니까?

향옥 어머니: 놔두오. 내 손 묻힌 사람이나 하게 놔두오.

향옥: 하게 하시오. 뭘 하겠습니까? 명호씨 할 줄이나 압니까? 바다 옆에서 물고기비늘이나 발라봤지 닭털을 뽑아봤겠습니까?

명호: 아무튼 깨끗하게만 뽑으면 될게 아닙니까?

　* 명호 손을 거두고 닭털을 뽑는다.

명호: 앗 따가라!

* 향옥 옆에 섰다가 찬물을 한바가지 붓는다.
* 명호 씩씩거리며 닭털을 뽑는다.

향옥: 어머니는 다른 일을 보시오. 이건 우리 둘이 천천히 뽑겠습니다.
향옥 어머니: 그러겠니? 그럼 그래라. 내 그럼 다른 걸 할게!

* 향옥 어머니 일어나 들어간다.

7. 시골집 안

* 향옥 어머니 집에 들어오자 전화를 건다.

향옥 어머니: 향옥이 아버집니까? 점심에는 꼭 집에 오시오 예? 네, 왔습니다. 네. 인물 체격은 꿀꺽 먹었습니다. 엉치도 대단히 가볍고…네, 지금 뒤울 안에서 닭 튀를 합니다. 꼭 오시오 네? 놓습니다.

* 향옥 어머니 전화를 놓고 무얼 할까 생각한다.

향옥 어머니: 옳지, 인젠 떡가루를 다 쪘겠구나. 빨리 가져다 안쳐야지 늦겠네.

* 향옥 어머니 총총히 밖으로 나간다.

8. 시골집 뒤뜰

* 명호와 향옥 닭을 깨끗이 튀했다.
* 둘은 각기 한 마리씩 들고 일어선다.

명호: 튀 잘 됐지요? 어떻습니까? 솜씨가?
향옥: 튀는 잘된 것 같은데 각을 뜰 줄도 압니까?

명호: 해보지는 못했지만 할 수는 있을 겁니다. 까짓 거 무슨…

9. 시골집 부엌

* 향옥 칼도마와 칼을 꺼내 놓는다.

향옥: 자, 해보시오.

* 명호 닭을 칼도마 위에 올려놓고 칼을 높이 들었다가 닭의 묵을 내려 친다. 그리고는 칼로 배를 가르려 한다.
* 향옥 옆에서 보다가 칼을 뺐는다.

향옥: 돼지를 잡습니까?

* 향옥 닭다리부터 손쉽게 떼낸다.

명호: 그런데 향옥씬 언제 닭 잡는 걸 다 배웠습니까?
향옥: 우리 아버지는 시시하다면서 이런 일을 안해서 어머니와 제가 그냥 했답니다.
명호: 아버지는 시시해서 안했단 말입니까?
향옥: 네. 소나 말을 잡아야 하지 토끼나 닭 잡는 일을 시시해서 안한 답니다. 손대기 싫으니깐 하는 소리지요. 소 잡고 말 잡을 일이 몇 번이나 있습니까?
명호: 아버지 그 말씀이 맞습니다. 나도 고래나 상어를 잡아야 손을 대지 청어나 은어 같은 데는 원래 손이라곤 대보지 못했습니다.
향옥: 후에라도 그런 일 시키지 않을 테니깐 예방침부터 놓지 마시오, 네? 보기 싫게! 얻습니다. 이제 본대로 해보시오.

* 향옥 칼을 명호에게 주고 물러선다.

명호: 계속 다 할 일이지…난 시시해서 안한다고 하지 않았습니까?

10. 뒷산 언덕

　＊ 명호와 향옥 산으로 올라간다.

향옥: 여기 올라오면 우리 마을이 다 내려다보입니다. 그래서 어릴 때
　　　여기 자주 올라와 놀군 했답니다.
명호: 마을이 아주 오붓하게 자리를 잘 잡았습니다.
향옥: 우리 할아버지 때 조선에서 여기로 건너왔는데 그때엔 여기에
　　　나무밖에 없었답니다. 그런 걸 나무뿌리를 빼내고 집을 짓고 밭
　　　을 일구어 마을을 세웠답니다.
명호: 그러니 조상들의 피땀으로 일떠세운 마을입니다.
향옥: 그렇지요. 그래서 아버지는 이곳을 떠나지 않는답니다.
명호: 오랜만에 고향산에 올랐는데 향옥씨 노래나 한마디 남기고 내려
　　　가는 게 어떻습니까?
향옥: 안 그래도 지금 노래가 막 나오려는 참이었습니다.

　＊ 향옥 노래를 부른다.

　　　[노래]
　　　　고향산 기슭에 올라서니
　　　　사철 푸른 소나무 반겨주고
　　　　장원들 노랫소리 들려오누나
　　　　아… 사랑스런 산천아
　　　　아… 내 정든 고향이여, 조국의 변강이여

　　　　고향산 기슭에 올라서니
　　　　뜨락또르 달리는 넓은 벌로

유유히 해란강은 흘러가누나
아… 사랑스런 벌판아
아… 내 정든 고향이여, 조국의 변강이여

마을에 발전소 세워지고
만년풍수 깃들어 복된 날을
빛나는 노동으로 이룩하리라
아… 사랑스런 마을아
아… 내 정든 고향이여, 조국의 변강이여

* 후절은 명호도 함께 한다.

아… 사랑스런 마을아
아… 내 정든 고향이여, 조국의 변강이여

* 명호 박수를 친다.

명호: 아버지가 인삼장을 경영한다고 했지요? 삼장이 여기서 멉니까?

향옥: 멀지 않습니다. 바로 이 뒷골안입니다.

명호: 그럼 점심 전에 삼장엘 가보는 게 어떻습니까?

향옥: 명호씨 좋을 대로 합시다.

11. 삼장

* 향옥 아버지 삼장 일군들에게 이것저것을 가르치고 있다.
* 멀리서부터 향옥 아버지를 부르며 올라온다.

향옥: 아버지…

향옥 아버지: 아니, 저 녀석이 여기까지 뭘 하러 올라올까? 좀 있다가
     내려간다고 했는데…

* 향옥 가까이 온다.

향옥 아버지: 여긴 뭘 하러 왔니?

향옥: 아버지 체포하러 왔습니다. 점심에 아버지 집에 오지 않을까봐! 명호씨, 빨리…

향옥 아버지: 네가 좋아한다는 그 놈이니?

향옥: 그 놈이 뭡니까? 그 놈!

향옥 아버지: 나한텐 놈이야!

* 명호 올라온다.

향옥: 인사하시오. 우리 아버집니다.

명호: 안녕하십니까? 장인어른!

* 명호 코가 땅에 닿게 인사를 한다.

향옥 아버지: 여기 네 장인이 어디 있니? 나 아직 네 장인이 아니다.

향옥: 아버지…

향옥 아버지: 좌우간 왔으니 잘 놀다가는 가거라.

* 명호 삼장을 보며 감탄을 한다.

명호: 야, 대단합니다. 장인어른…

향옥 아버지: 임마, 장인이 아니랬잖니?

명호: 네…정말 대단합니다. 장인…향옥 아버지…

향옥 아버지: 이까짓 게 뭘 대단하다구? 이제 갓 시작에 불과한데…

* 명호 삼에 홀려 뛰어다닌다.

명호: 야, 인삼이 한결같이 잘 자랐습니다.

향옥 아버지: 향옥아, 저 놈이 뭘 알기나 알면서 지껄여대니?

향옥: 아버지 너무 깔보지 마시오. 서울약대 졸업생입니다.

향옥 아버지: 약대? 책벌레겠구나!

향옥: 아닙니다. 이번에 백두산에 가서도 숱한 사진을 찍었습니다. 나는 보고도 모를 풀들을 말입니다.

향옥 아버지: 그럼 책벌레에 풀벌레까지 겸했겠구나!

향옥: 아버지…아버진 아직도 그 선입견…

향옥: 난 까치배때기처럼 희뜩거리는 그런 놈들 고와하지 않는다. 뭘 안다구?

   * 명호 그새 인삼을 이리저리 뜯어보기도 하고 삼장 일군들과 이것저것 물어보기도 한다.

12. 시골집 안

   * 향옥 어머니 솥뚜껑을 열고 시루떡을 칼로 베고 있다.

향옥 어머니: 애들은 어디 갔나? 애아버지 올 시간이 거의 되는데…

13. 삼장

   * 향옥이 시계를 가리키며 아버지를 졸라댄다.

향옥: 아버지, 보시오. 점심 때 다 됩니다. 빨리 내려갑시다. 어머니 기다리겠습니다.

향옥 아버지: 글쎄 나도 그랬으면 좋겠는데 나보다 저 놈이 전혀 바빠하지 않는구나!

향옥: 놈이 아니라는데 아버지는 자꾸 놈, 놈 하면서…(손나발을 하고)명호씨-그만 내려갑시다.

명호: 네? 네…

　* 명호 떠나기가 섭섭한 듯 자주 뒤를 돌아보며 따라온다.

14. 시골집 안

　* 상이 차려지고 향옥이 아버지 좌상에 앉고 향옥 어머니와 명호, 향옥이
　　도 앉을 자리에 앉아있다.

향옥 어머니: 여보시오. 음식 다 올랐습니다. 빨리 말씀하고 시작을 하
　　시오.

향옥 아버지: 말은 무슨 말? 먹으면 되지! 그런데 술이나 붓소.

향옥 어머니: 술 붓지 않았습니까?

향옥 아버지: 나만 주면 나 혼자 먹으라오? 이 사람한테도 붓소.

향옥: 술 마실 줄 모릅니다. 주지 마시오.

향옥 아버지: 술도 글처럼 배워야 마시니? 꿀꺽 하면 산해관인데 배우
　　고 안 배우고가 어디 있니? 부어라!

명호: 정말 못 마십니다. 붓지 마시오.

향옥 아버지: 자네 병 있나?

명호: 병은 없습니다. 그런데 술은 못 마십니다.

향옥 아버지: 손님으로 왔으면 주인 하라는 대로 하는 법이지 무슨 말이
　　그리 많은가? 술도 음식이라는데 그래 손님은 내버리고 나 혼자
　　먹는단 말인가? 우선 받아놓게! 향옥아, 술 부어!

　* 향옥 술을 부어 명호 앞에 놓아준다.

향옥 아버지: 부산 한끝에서 우리 집엘 와줘서 반갑네. 긴 말 할 필요
　　는 없고 먼저 한 잔씩 마시게!

　* 향옥 아버지 먼저 잔을 비우고 명호를 본다.

* 명호 마시지 못하고 그냥 들고만 있다.

향옥 아버지: 왜 들고만 있나? 마시라는데!

명호: 이 술 마시면 저 죽습니다.

향옥 아버지: 죽더라도 한잔은 마시게. 한잔 술 마시고 죽는 사람 내 머리에 털 나서 여직 본적이 없어!

명호: 그러다가 실례를 하면 어쩝니까?

향옥 아버지: 자네 벌써 실례를 했어! 주인의 성의를 받지 않는 것부터가 벌써 실례란 말이야! 더 실례하기 전에 빨리 꿀꺽 마시게!

향옥 어머니: 못 마신다는 술을 왜 자꾸 권합니까? 그런 건 실례가 아닙니까?

향옥 아버지: 당신 뭘 안다고 그러오. 나 술 안 마시는 사람하고는 상대도 안한다는 걸 당신 모르오? 자네 그 술 안 마시겠으면 지금 돌아가게!

향옥: 마시시오. 죽습니까?

* 명호 눈을 꾹 감고 술잔을 비운다.

향옥 아버지: 보라구! 죽는가? 긴 말 하기 전에 데꺽 마셨더면 어떤가? 여보, 이 닭다리 좀 뜯소. 통째로 놓으면 어려운 손님이 어떻게 먹는다는 거요?

* 향옥 어머니 인차 닭다리 하나를 뜯어 명호에게 준다.

향옥 어머니: 빨리 받소. 늦게 받으면 또 사설을 듣소.

* 명호 인차 받아놓는다.

향옥 아버지: 그 술병 주오.

* 향옥 아버지 명호의 술잔에 또 술을 붓는다.
* 휘둥그레지는 명호의 두 눈

15. 시내 음식점 안

* 창수와 미화 점심을 먹고 있다.

미화: 창수씨 뽈 구경 좋아합니까?

창수: 그저 좋아만 하는 스타이가 아닙니다. 소학교 때부터 계속 중앙 돌격숩니다.

미화: 그럼 오후에 뽈 구경 가겠습니까? 우리 연변팀 경기가 있습니다.

창수: 그럼 만사불구하고 가야지요. 갑시다.

16. 시골집 안

* 명호 술잔을 손에 쥔 채 스르르-모로 쓰러진다.

향옥 아버지: 못난 놈! 향옥아, 안방에 들어다 눕혀라.

향옥 어머니: 못 마신다는 술을 자꾸 권할게 뭡니까? 당신 원래 나쁩니다.

향옥 아버지: 술 두잔 마시고 쓰러지는 사내놈이 어디 있소? 불 까서 개나 주라고 그러오.

17. 안방

* 향옥 명호의 어깨를 끼고 들어와 자리에 눕힌다.

명호: 향옥씨 아버지 보통이 아닙니다. 우리나라 텔레비전드라마 「사랑이 뭐길래」를 봤습니까? 거기에 나오는 대발이 아버지 똑 같습니다. 대발이 아버지…

* 명호 말을 하다말고 쓰러진다.

18. 아랫방

* 향옥 아버지 수저를 놓고 나앉는다.

향옥 어머니: 왜 수저를 놓습니까?
향옥 아버지: 다 먹었소. 향옥아! 너 여기 좀 나와 봐라.

* 향옥 안방에서 나온다.

향옥 아버지: 너 어디서 골랐다는 게 저렇게 오징어 같은 녀석을 골랐
　　니? 술 안 먹는 남자는 남자가 아니다. 그러니 저 녀석 깨여나거
　　든 인차 데리고 가라! 난 사위로 못 삼는다.

* 향옥 아버지 말을 마치자 툭툭 털고 일어나 나간다.

향옥 어머니: 에그 에그…저 성깔머리… 하도 나처럼 눅적한 여자니깐 맞
　　춰서 살지 누가 맞춘다구…그런데 향옥아, 아버지 태도는 나빠도 말
　　씀만은 안 틀린다. 술 안 먹는 남자하고는 정말이지 피곤해서 못산
　　다. 하루 스물네 시간 그냥 정식이란 말이야. 사람이 어떻게 그냥 꼿
　　꼿이 정식으로만 사니? 좀 비정식일 때도 있어야지! 한족들 말에
　　'난더후투'라는 말이 정말 명언이다. 후투라는 게 그렇게 귀하고 좋
　　은 거라는 말이다. 우리 친구들 중에 술 안 먹는 남자한테 시집갔던
　　여자들 열에 아홉은 다 이혼을 했다. 못 살겠다더라. 남자도 아니고
　　여자도 아니게 노는데 피곤해서 싹 죽겠다더란 말이다.
향옥: 네. 알만합니다. 아버지 어머니 말씀 잘 기억하겠습니다.

* 향옥 안방으로 들어간다.

19. 안방

* 향옥 안방으로 들어온다.

　* 명호 푸푸거리며 정신없이 자고 있다.
　* 향옥 못 마땅하게 보다가 명호를 흔들어 깨운다.

20. 인민경기장

　* 축구가 백열화되고 있다.
　* 창수와 미화 소리를 치며 응원한다.
　* 연변팀 선수들 근거리 연락을 하며 진공해 들어가다가 대방의 문지기
　　까지 빼돌리고 멋진 꼴을 넣는다.
　* 명호와 미화, 장내의 모든 팬들이 우야하며 일어선다.
　* 미화 너무 기뻐서 앞사람의 잔등을 북 치듯 뚜드린다.

앞의 팬: 소리만 외치고 북은 그만 두드리는 게 좋겠습니다. 북 다 깨
　　　여집니다.
미화: 어마나!

　* 미화 그제야 손을 떼고 어쩔 바를 몰라 한다.

미화: 미안합니다. 미안합니다. 난 어쩝니까? 너무 기쁜 김에 그만 정
　　　신까지 다 나갔던 모양입니다. 용서하십시오.
앞의 팬: 용서가 아니라 표양을 해야겠습니다. 아가씨 응원 차원이 대
　　　단히 높습니다.…

　* 그 팬의 말이 끝나기도 전에 미화 또 그 팬의 잔등을 북 치듯 뚜드린다.

미화: 또 들어간다.…또 들어갔다.…

21. 경기장 밖

　* 창수와 미화 체육장에서 밀려나오는 인파 속에 끼여 천천히 내려간다.

창수: 명호 형님네 오늘 저녁에 돌아옵니까?

미화: 오지 않고 어쩝니까? 오늘 꼭 온다하고 갔는데…

창수: 그럼 우리 가다가 시장에 들려서 맛있는 걸 사가지고 갑시다. 형님
　　　네 약혼도 축하하고 우리 연변팀 승리도 축하해서 말입니다.

미화: 그게 좋겠습니다.

22. 시골길

　* 명호와 향옥 택시에 앉아 돌아오고 있다.

향옥: 아버지 그러는데 다시는 오지 말랍디다.

명호: 내가 가고 싶으면 내 발로 찾아가는 건데 오지 말라면 안 갑니
　　　까? 이제 보시오. 내 주일날마다 찾아갑니다.

23. 향옥이네 집 안(저녁)

　* 창수와 미화 물만두를 빚고 있다.

미화: 창수씨 이런 중국식 쟈즈를 싸봤습니까?

창수: 이 물만두를 뭐라고 한답니까? 방금!

미화: 쟈-즈!

창수: 쟈-즈? 야, 그 이름 듣기 어색합니다. 만두를 왜 하필 쟈즈라고
　　　한답니까? 쟈즈가 뭡니까? 쟈즈…

미화: 그런 문자 시비 그만 캐고 빨리 싸는 거나 배우시오. 먼저 껍질
　　　을 손바닥에 올려놓고 그 다음엔 젓가락으로 소를 떠놓고 요렇
　　　게 요렇게 주름을 놓아가며 쌉니다.

창수: 알만합니다. 요렇게 요렇게…보십시오. 어떻습니까?

미화: 호호호호호…배때기가 홀쭉한 게 딱 뭣 같습니까?

창수: 뭣 같습니까?

미화: 딱 굶어죽은 물귀신 같습니다.

   * 창수 이번에는 소를 많이 넣고 겨우 싼다. 소가 막 겉으로 나왔다.

창수: 이건 뭣 같습니까?

미화: 소가 겉으로 비죽비죽 나온 게 딱 게걸년에 먹다죽은 산귀신 같습니다.

창수: 그럼 이번에 싸는 걸 보십시오.

   * 창수 소를 최고로 많이 넣고 소가 새나오지 않게 싼다.

창수: 이건 어떻습니까?

미화: 호호호호호…해산하다 죽은 땅 귀신 같습니다.

창수: 왜 내가 싸는 건 다 귀신같습니까?

   * 이때 명호와 향옥 들어온다.

미화: 언니 왔소? 갔던 일 잘됐지?

향옥: 응! 잘됐다. 그런데 무슨 일이야? 죠즈를 다 빚으면서?

미화: 창수씨가 언니네 약혼과 연변축구팀 승리를 축하해서 한 턱 낸다오.

향옥: 잘됐구나. 오늘 우리 제대로 먹자!

   * 향옥 옷을 벗고 전화를 건다.

향옥: 슈펍니까? 네! 맥주 한 상자와 배갈 한 상자를 올려다주시오. 네. 18층입니다.

명호: 내 갔다 옵시다.

   * 명호 나간다.

미화: 언니 방금 맥주하고 배갈 각기 한 상자씩 올려오라고 했소? 정
신 있소?

향옥: 누가 오늘 다 마신다 했니? 두고두고 마시면 안되니? 쉬지도 않
는데! 너는 빨리 물이나 끓여라. 그리고 저기 우리 가져온 토닭
이 있다. 그것도 덥히고…

* 향옥 미화 대신 앉아서 죠즈를 빚는데 솜씨가 기계와 마찬가지다.

24. 슈퍼 안(꺼녁)

* 명호 들어와 주인을 찾는다.

명호: 방금 전화를 쳤댔는데 맥주 한 상자, 배갈 한 상자…

주인: 우리가 올려다 드릴 텐데 왜 내려왔습니까?

명호: 두 상자를 어떻게 혼자서 듭니까?

주인: 이거 정말 감사합니다.

25. 향옥이네 집 안(꺼녁)

* 저녁상이 다 차려져 있다.
* 미화 펄펄 끓는 솥에서 물만두를 퍼서 담는다.
* 명호와 슈퍼주인 술 상자를 들고 들어온다.
* 잠간 후 모두들 상에 모여 앉는다.
* 향옥 자기와 미화의 잔에는 맥주를 붓고 명호와 창수의 잔에는 배갈을
붓는다.

미화: 그런데 언니 오늘은 웬 일이요? 생전 안 마시던 술을 다 마시겠
다오?

향옥: 오늘 가서 아버지한테 배웠다. 술을 안 마시면 사람질을 못한다더
라. 그래서 사람질 하기 위하여 오늘부터 술을 배운단 게다. 창수
씨 먼저 말씀하시오. 이 상은 창수씨의 발기로 마련된 것인데!

창수: 따로 말할게 없습니다. 두 선생님들 덕분에 공부 잘했고 또 오늘 두 가지 희사까지 겸했다는 의미에서 중국 특색의 죠즈를 실컷 먹어보자는 뜻입니다.

향옥: 자, 그럼 위하여!

일동: 위하여!

   * 네 잔이 부딪친다.

26. 중국어강의실 안

   * 학생들 책을 펼쳐들고 집체 낭독을 하고 있다.

학생들: 니 나얼 뿌수푸?

     따이푸, 워 유댈 터우 텅.

     파 쏘우마?

     깐줴 유댈 파쏘.

     커쉬마?

     커쉬. 훈썬 메이유 질.

     쓰쓰 뵤바, 오우…38두 7, 파쏘.

     따이푸, 앤중마? 뿌후이쓰 싸스바?

     뿌쓰더, 니 더더쓰 류씽씽깐모…

   * 학생들 낭독소리 그쳤는데 어디선가 코고는 소리 우렁차다.
   * 학생들 일제히 돌아본다.
   * 명호와 창수 경색이나 하듯 엎드려 코를 골고 있다.
   * 와하하… 터지는 웃음보
   * 그 소리에 명호와 창수 입귀에 흐른 침을 닦으며 일어난다.
   * 어리둥절해 있는 명호와 창수
   * 또 한번 터져나는 웃음소리…

27. 복도

* 강의가 끝나서 선생님 교무실로 걸어가는데 명호와 창수 달려가 선생님 앞에 경례를 굽석한다.

명호: 선생님, 죄송합니다. 과당기율을 파괴해서 정말 죄송합니다.

창수: 선생님, 어제 연변축구팀 승리를 축하하느라고 마실 줄도 모르는 술을 좀 마신게 아직도 깨지 않았던 모양입니다. 용서하십시오. 대단히 죄송합니다.

선생님: 술 수준이 형편 없구만. 어제 술이 아직도 남아있는걸 보니… 중국어 연습만큼 술 연습도 해야겠습니다. 가 보시오.

창수: 용서하는 겁니까?

명호: 고맙습니다.

* 선생님 갈 데로 가고 명호와 창수 서로 쳐다보며 괴상한 동작을 한다.

28. 향옥이네 방(밤)

* 명호 향옥이 앞에서 낭독을 하고 있다.

명호: 워이, 마판니 빵워 쪼이샤 로리 호마?

쩐뿌쵸, 타깡 추취러. 닌쓰 날?

워쓰 타더 펑유 밍호.

닌 쪼타 유썬머 쓰마?

메이 썬머쓰, 타썬머 쓰허우 후이라이?

쉬뿌호우, 닌유썬머쓰 워커이 쫜꼬.

나머, 타후이라이 이허우 칭타게이워 후이거 댄화.

호우더, 워 이띵 쫜꼬.

향옥: 됐습니다. 오늘은 이만 합시다.

  * 향옥 술 상자에서 술 한 병을 꺼내준다.

향옥: 창수씨와 둘이서 오늘 쉬기 전에 다 마셔야 합니다. 내일 올 때
빈 병을 가져오시오.

명호: 이건…오늘도 상학시간에 졸다가 숱한 사람 웃겼습니다. 이건…
면제합시다.

향옥: 그럼 내일 저녁부터 공부하려도 오지 마시오.

명호: 이건…억지가 아닙니까? 공부와 술이 무슨 상관이 있습니까?

향옥: 상관은 모르겠지만 중국어 연습만큼 술 연습도 해야겠습니다.

명호: 이건…선생님과 둘이 짜고 든 건가? 어쩜 선생님과 하는 말이
똑 같을까? 연변사람들 심리는 정말 알다가도 모를 일이야…

향옥: 어쩌겠습니까?

명호: 네…네… 꼭 다 마시겠습니다.

  * 명호 못마땅한 대로 술병을 들고 나간다.

29. 아줌마네 방(밤)

  * 창수와 명호 팬티바람이다.
  * 명호 낙지 한 마리와 술 컵 두 개를 가져다 놓는다.

명호: 창수야, 여기 오라!

창수: 형님 정말 결심하고 술을 배울 작정이요?

명호: 안 배우면 어쩌니? 술 안 마시면 향옥씨도 향옥씨 아버지도 향
옥씨 어머니마저도 다 나를 싫다는데…울면서 겨자 먹기라도 배
워야지…빨리 오라! 죽고파 죽겠니? 마시자!

  * 명호 술 컵에 똑 같이 나누어 술을 다 붓는다.
  * 명호 한 손으로 코를 싸쥐고 한손으로 컵을 쥐고 꿀꺽꿀꺽 마신다.

명호: 카- 이 역한 술을 왜 먹니? 빨리 마셔라! 너는 보기만 하겠니?

* 명호 낙지를 절반 찢어서 창수에게 준다.

창수: 얏! 나는 마시오.

* 창수 낙지를 받아 쥐고 술을 마신다.

창수: 형님, 우리 이만큼 마시고 나머지는 버릴까? 내일 빈 병을 가져 다주면 우리 마셨는지 안 마셨는지 어떻게 아오? 우리 얼마나 역지 못하오? 부실하게 이 많은 술을 다 마신단 말이요? 내일 또 학교에 가서 구들고래를 훑으면 큰일이요.

명호: 글쎄 말이다. 그런데…발각되면 그것도 큰일이다.

창수: 어떻게 발각되오? 시침을 딱 떼고 다 마셨다면 끝이지… 버리 기요.

30. 향옥이네 방(밤)

* 향옥이와 미화도 마른 명태에 맥주를 준비해 놓고 있다.

향옥: 이제 봐라! 저 남자들이 긍정적으로 술을 다 안 마신다. 감독을 안하면…

미화: 그런데 여기서 어떻게 감독하오? 우리 이 맥주를 들고 건너가 마실까?

향옥: 우리 들어갈까 봐 다 벗고 앉아있을 게다.

미화: 그럼 어떻게 감독하오? 깡수를 써도 방법이 없지…

향옥: 있다. 간접적 감독!

미화: 간접적 감독? 어떻게?

* 향옥 눈을 끔벅해 보이고 전화를 친다.

향옥: 여보시오? 술을 지금 얼마나 마셨습니까? 거의 다? 아직 절반도 못 마셨습니다. 빨리 마시시오. 우리 다 지금 보고 있습니다.

31. 아줌마네 집 안(밤)

* 명호 전화를 받으며 사위를 둘러본다.

명호: 지금 우리 먹는 걸 다 보고 있단다.
창수: 양? 어디서?

* 명호 전화를 놓는다.

명호: 다 틀렸다. 안 마시고는 안되겠다. 전화로 술 냄새를 맡으면 다 안단다.
창수: 전화로 어떻게 술 냄새를 맡소?
명호: 전화로 목소리를 들으면 다 안단다. 자, 마시자!

* 명호 컵을 들고 코를 싸쥐고 술을 마신다.

32. 향옥이네 방(밤)

* 향옥이와 미화도 맥주 반병씩은 축을 냈다.

미화: 언니, 또 전화를 걸어보오. 다 마셨는가?
향옥: 또 감독해 볼가?

* 향옥 전화를 건다.

향옥: 여보시오? 아직도 다 못 마셨습니까? 네? 말 좀 제대로 하시오.

혀를 꼬부리지 말고…중국말을 합니까? 혀를 다 꼬부리고…여보
시오…여보시오…

* 향옥 전화를 놓는다.

향옥: 다 마셨다. 우리도 빨리 마시고 자자!

* 향옥이와 미화 맥주를 마신다.

33. 아줌마네 집(밤)

* 명호와 창수 침대에 마구 쓰러져 자고 있다.

34. 시골 포장도로

* 명호 혼자 버스를 타고 향옥의 시골집으로 가고 있다.

35. 시골마을

* 버스가 와 멈춰 서자 명호 버스에서 내린다.

36. 향옥이네 시골집 안

* 향옥이 어머니 구들청소를 하고 있는데 명호 들어온다.

명호: 장모님, 안녕하십니까?

향옥 어머니: 아니, 어떻게 온다는 기별도 없이 이렇게 왔소? 날래 올
라오오. 날래…

* 향옥 어머니 끌신을 신고 나가 밖을 내다본다.

향옥 어머니: 향옥이는?

명호: 저 혼자 왔습니다.

향옥 어머니: 혼자 왔다구? 뭘 타구? 버스를 타고…

명호: 네! 향옥씨는 돈을 벌어야지요. 저…장인어른은 또 삼장에 가셨습니까?

향옥 어머니: 모르겠소. 누가 인삼을 사겠다고 한다면서 나갔는데 지금은 어디에 있는지?

명호: 그럼 저 삼장에 가보겠습니다.

향옥 어머니: 거긴 가서 뭘 하오? 푹 쉬지!

명호: 아닙니다. 거기 가서 사진을 찍을 일도 있고 또 장인어른을 만나서 토의할 일도 있습니다. 그럼…갔다 오겠습니다.

향옥 어머니: 혼자 갈만 하오? 어딘지…

명호: 네. 전번에 갔다 오지 않았습니까?

* 명호 밖으로 나간다.

37.시내 거리

* 향옥 택시를 몰고 간다.
* 옆 좌석에는 손님이 앉아 전화를 받고 있다.

손님: 네? 어디랍니까? 네. 알았습니다.

* 손님 휴대폰을 끄고 향옥을 돌아보며 말한다.

손님: 네. 됐습니다. 저 병원 앞에 세워주십시오.

향옥: 백화상점에 가신다지 않았습니까?

손님: 네. 그런 일이 생겼습니다. 미안합니다.

* 향옥 택시를 세우자 손님 돈을 치르고 내린다.

* 향옥 어디로 갈까 생각하다가 명호한테 전화를 친다.

향옥: 여보세요? 네. 지금 뭘 합니까? 네? 삼장? 거기엔 왜 갔습니까? 좋습니다. 인젠 혼자서도 막 다닐 내기지 예? 비준도 없이…

38. 삼장 근처

* 명호 휴대폰을 들고 걸어간다.

명호: 내 전번에 말하지 않았습니까? 누가 오라던 말라던 매 주일만 되면 나절로 온다고 말입니다. 네. 오늘로 돌아갈 테니 근심하지 마시오. 끊습니다.

39. 시내 거리

* 향옥 휴대폰을 끄며 머리를 젓는다.

향옥: 별난 사람! 흥!

* 향옥 알 수가 없다는 표정을 짓고 택시를 몰고 떠난다.

40. 삼장

* 명호 정서가 나서 여기저기로 뛰어다니며 카메라를 들이댄다.
* 그러다가 명호 한 곳에서 삼장 일군들이 삼 뿌리를 캐내는 것을 발견하고 그리로 간다.

명호: 여보시오? 이 삼을 왜 벌써 뽑는 겁니까?
삼공1: 주인이 팔겠다고 뽑아라 해서 뽑습니다.
명호: 지금 이걸 이대로 판단 말입니까? 주인 어디 계십니까?
삼공2: 방금 내려가던데요.

명호: 그렇습니까? 그럼 주인님 올 때까지 잠간 뽑지 말고 기다려주겠
습니까? 그새 다른 일들을 좀 해 주십시오.

삼공1: 누구신지…그러다가 우리가 주인한테 꾸중을 들으면 어쩝니까?

삼공2: 모르겠소? 전번에 왔던…주인의 둘째 사위…

삼공1: 그렇다면 글쎄 몰라도…그럼 우린 가서 원래 하던 일이나 합시다.

　

* 삼공들 다른 데로 가는데 한 상인(한족) 올라온다.

　

상인: 왜 뽑다가 마는 겁니까?

명호: 이 삼을 사시겠다던 분입니까? 미안하지만 지금 이 삼을 팔 수
가 없습니다.

상인: 주인이 팔겠다고 대답을 했는데 당신 무슨 사람이 돼서 못 팔겠
다는 거요?

명호: 나…이집 사윕니다. 미래의 삼장 경영인입니다. 그러니 미안하지
만 돌아가시오. 지금은 절대로 팔 수 없습니다.

상인: 이 사람이…당신 장인어른과 토론을 해봤습니까?

명호: 토론도 필요 없습니다. 다시 말하지만 돌아가십시오. 우리 장인
님 아직 시세를 잘 몰라서 그런데 이제는 내가 왔기에 절대로
팔지 않을 겁니다. 돌아가시오.

　

* 상인 뭐라고 두덜거리며 내려가더니 차를 타고 가버린다.

41. 시내 거리

* 향옥 차를 세워놓고 차에서 내려 전화를 친다.

향옥: 여보시오? 지금 모시러 오랍니까? 네? 일이야 끝이 있습니까?
그럼 내 갈 때까지 기다리시오 네?

* 향옥 차를 몰고 떠나간다.

42. 삼장

* 향옥 아버지 노기충천해서 올라온다.
* 명호 장한 일이나 한 것처럼 달려간다.

명호: 장인어른, 안녕하십니까? 어디 가셨댔습니까?

향옥 아버지: 닥쳐라! 누가 네 장인이고 누가 내 사위란 말이냐? 다 된 밥에 똥 갈기는 그런 놈의 고약한 사위가 어디 있단 말이냐? 네가 뭐 길래 내가 하는 일에 이래라 저래라 호령질을 하는가 말이다!

명호: 장인어른, 그런 게 아니라 난 어른님을 위해서 그런 건데…이건 오햅니다, 오해…

향옥 아버지: 오해든 사해든 다 상관없으니깐 당장 내 앞에서 꺼져버려! 다시는 내 앞에 나타나지도 말란 말이다. 당장 꺼져라…

명호: 이러는 게 아닙니다. 장인…

향옥 아버지: 당장 못 꺼질까? 내 앞에 얼씬거리지도 말란 말이야!

* 이때 향옥 산 밑에 택시를 세워놓고 급히 뛰어올라온다.

향옥: 아버지, 무슨 일입니까? 도대체 왜 이러시는 겁니까?

향옥 아버지: 모른다. 저 놈과 물어봐라! 물어보지도 말고 저 놈 데리고 당장 내 앞에서 꺼져버리란 말이다. 어서!

향옥: 명호씨 무슨 죄를 졌기에 우리 아버지 저렇게 노여워하시는 겁니까? 무슨 일을 저질렀습니까?

명호: 기실은 좋은 일을 한다고 한 건데…

향옥 아버지: 아직도 무슨 발명질이야? 향옥아, 그 자식 빨리 쫓아버리지 못하니?

명호: 쫓기 전에 제 발로 가겠습니다. 그러나 이제 보시오. 또 옵니다.

* 명호 산 아래로 내려간다.

향옥 아버지: 뭐가 뭐라구? 또 오겠다구? 퉤! 다시는 내 눈 앞에 나타나지도 말아라! 향옥아, 너두 보기 싫으니 내 앞에서 꺼져라!

향옥: 아버지, 왜 이러십니까? 아버지…

1. 아줌마네 집 안(밤)

* 향옥 창 밖을 내다보며 말없이 서있고 명호 깡술을 마시고 있다.
* 낙지는 하나 놓았건만 수염 한 오리 다치지 않은 채 그대로 있다.
* 향옥 먼저 돌아서며 말을 뗀다.

향옥: 인젠 어떻게 할 겁니까?

* 명호 말이 없다.
* 향옥의 언성이 높아진다.

향옥: 인젠 어떻게 할 건가 말입니다. 아버지를 저토록 노엽혀놓고 우
　　　리 둘의 일은 인젠 어떻게 하겠는가 좀 말씀해 보시오.

* 명호 여전히 말이 없다.
* 명호 또 술 한 모금을 마신다.

향옥: 우리 일 인제는 끝났습니다. 끝냅시다.

* 향옥의 눈에서 눈물이 맴돈다.
* 향옥 참노라 애쓰지만 끝내 눈물을 떨어드리고 만다.
* 향옥 그런 얼굴을 명호에게 보이고 싶지 않아 얼굴을 감추며 뛰어나간다.
* 명호 아무런 감촉도 없는 듯 잠자코 앉아있다.
* 그러던 명호 피식 웃으며 술을 마신다.
* 창수 들어와 명호의 눈치를 살핀다.

창수: 형님, 어떻게 됐소?

* 명호 들은둥 만둥 비틀거리며 일어나 침대에 가 홀렁 쓰러진다.

2 향옥이네 집 안(밤)

* 향옥이 들어오자 미화 달려간다.

미화: 언니, 어떻게 됐소?

향옥: 끝났다.

미화: 양? 끝나면 어쩌오? 어떻게 맺은 인연이라고 그저 이렇게 끝나
오? 그 해나라 왕자도 끝내자고 합데? 그럴 내기 어디 있소? 내
건너가 욕을 콱 해놓고 올게!

* 미화 당장 건너갈 듯 서두른다.
* 향옥 미화를 말린다.

향옥: 미화야, 가지 말라. 그 사람이 끝나자고 한 게 아니라 내가 끝내
자고 했다. 그러니 그 사람을 욕할 필요가 있니?

미화: 언니 끝내자고 했다구? 차차 볼 게지 끝내자는 말은 왜 했소?

향옥: 나도 모르겠다. 어째 했는지? 골이 아프다. 자자!

* 향옥 침대에 가 쓰러진다.

3. 한국 부산 명호네 집 안

* 명호 아버지 신문을 보는데 보모 찻물을 가져다 놓고 나간다.
* 초인종이 울린다.
* 잠간 후 보모 들어온다.

보모: 선장댁 공주가 왔습니다.

명호 아버지: 그럼…어서 들어오라고 그러지…

* 보모 나가고 희래 들어온다.

명호 아버지: 어서 오너라. 희래 너도 오랜만이구나. 부모님들 다 무
사하고?

희래: 네!

명호 아버지: 그래 오늘은 무슨 일로 이렇게 왔느냐?

희래: 명호씨한테서 소식이 있는가구요?

명호 아버지: 그 자식 말은 꺼내지도 말아라! 그날 그렇게 도망쳐 간
후부터 내 아직 한번도 전화를 안했다. 못 된 자식!

희래: 그런데 저한테 불길한 소식이 와서…

명호 아버지: 불길한 소식이라니? 무슨 소식?

희래: 저의 한 친구가 연변에 갔다 왔는데 그 친구 말이 명호씨 연변
아가씨와 연애를 한대서요.

명호 아버지: 뭐라구? 그 자식 하라는 공부는 안하고 연변아가씨와 연
애를 한다구? 이런 놈의 후레자식이라구야? 그래 그 소식 확실
하다니?

희래: 확실한지는 몰라도 그 친구 감측에 그렇더래요.

명호 아버지: 그럼 그놈 당장 오라고 해야지. 정말 그렇다면 여기 잡아
두고 보내지 말아야 할 게 아니니? 내 당장 전화를 쳐보자.

희래: 그런데 전화로 그저 그렇게 오라고 해서 오겠어요?

명호 아버지: 그것도 그렇구나. 그럼 어떻게 하지? 가만…그래, 희래야!
내가 전화를 하지 말고 네가 내 대신 전화를 하는 걸로 하자.

희래: 제가요? 제가 어떻게…

명호 아버지: 너 지금 이 집을 병원병실이라 생각하고 내가 되게 앓는다
고 전화를 치란 말이다. 내가 중히 앓는다면 그 자식 꼭 올 거다.
다른 건 몰라도 그놈 효성 하나만은 먹었네라.

희래: 그러다가 와서 보고 거짓말인줄 안 다음에 저와 해내면 어떻게
하라구요? 저…보모보고 치라고 하는 게 어떨까요?

명호 아버지: 그게 좋겠다. 너 보모를 불러오너라.…

4. 대학 교문 앞

＊ 명호와 창수 교문을 나오는데 명호의 휴대폰이 울린다.

명호: 여보세요? 네. 명홉니다. 뭐라구요? 아버지가 입원…중합니까? 네.
알았습니다. 곧 가겠습니다. 그새 아버지 잘 보살펴 주십시오.

＊ 명호 전화를 받고 당황해 한다.

창수: 형님 아버지 위중하다오? 그럼 어쩌오?

명호: 지금 인차 공항에 가야겠다. 너 향옥씨한테 왜 갔다는 말을 절대
하지 말아라. 그저 볼 일이 생겨서 갔다고만 하고…

5. 공항

＊ 택시 와 멎고 명호와 창수 택시에서 내려 공항으로 달려 들어간다.

6. 아줌마네 집 안(밤)

＊ 창수와 미화 공부를 하고 있다.

창수: 쫑궈쓰 쓰제쌍 런커우 쮜이둬더 궈쟈. 지후 짠 쓰제쫑런커우더
우펀즈이.
쫑궈더 루띠맨지유 960완핑팡꿍리.
쫑궈더 띠이따허 죠창쟝, 췐창 6,300꿍리.
땅뻐이팡 하이쓰 뼹펑쉐표더 쓰허우, 난팡더 하이난도 췌쬬이
쓰 춘탠앙란러…

* 창수 읽다말고 그만 둔다.

미화: 왜 그만 합니까?

창수: 오늘은 이만합시다. 미화씨 빨리 가서 향옥씨 동무를 해줘야 하
지 않습니까? 혼자서 얼마나 재미없겠습니까?

미화: 그런데 글쎄 무슨 말로 동무를 해주겠습니까?

7. 향옥이네 방 안(밤)

* 향옥 창가에 서서 창 밖을 물끄러미 내다보고 있다.
* 명멸하는 네온등이며 왁작거리는 밤 정경이건만 전혀 흥취가 없다.
* 향옥 돌아와서 명호가 준 사진과 편지를 꺼내 본다.

향옥(방백): 달의 딸…해나라 왕자…지구라는 행성이 있어서 달의 딸
과 해의 아들이 만날 수 있었는데 지금은 왜 다시 해와 달로 떨
어져 있어야 하는 걸가?

8. 공원 안(밤)

* 채색등불 휘황한 공원길을 향옥이 혼자서 멋없이 걷고 있다.

향옥(방백): 아버지의 과격한 성격 때문일까? 나의 매정한 냉대 때문
일까? 아니면 상처받은 명호씨의 자존심 때문일까? 이런 저런
원인 때문에 우리의 사랑 끝나야 한단 말인가?

9. 공원산 정자 안(밤)

* 향옥 명호와 함께 섰던 자리에 서있다.
* 그날 명호가 하던 말이 귀전에 울려온다.

명호(방백): 향옥씨는 정말 이름과 같이 착한 여성입니다. 달의 딸로서

손색이 없습니다. 달이야말로 얼마나 밝고 맑습니까? 항상 향기를 뿜는 옥- 달의 딸 향옥씨와 함께 영원토록 밝고 맑게 살아갈 겁니다. 향옥씨, 사랑합니다.

향옥(방백): 그런데 지금은 어디에 갔습니까? 간다온다 말도 없이 나만 홀로 남겨두고 어디로 갔습니까? 제가 끝났다고 한 말이 그렇게도 노여웠습니까? 끝났다고 말할 때 한마디 대답도 없더니 이렇게 홀쩍 떠나갈 생각을 하느라고 아무런 반응도 없었단 말입니까? 너무합니다. 야속합니다. 명호씨…

* 향옥 하늘을 우러러 눈물을 삼킨다.
* 구름 속을 파고드는 조각난 달.

10. 부산 명호네 집 안(밤)

* 명호 아버지와 설전을 하고 있다.

명호: 아무리 그래도 이런 법이 어디 있습니까? 왜 심장 떨어지게 그런 가짜 전화를 하는가 말입니다. 아버지도 '승냥이가 온다'는 전설을 잘 알고 있지 않습니까? 만약 후에 아버지가 진짜 중병에 걸려서 전화가 올 때면 내가 그 전화를 어떻게 받아들여야 합니까?

아버지: 글쎄…거짓말 한건 내 잘못했다고 하지 않니? 그건 그쯤하고 너 진짜 연변에서 연애를 했니 안했니? 그게 너를 오라고 한 중점화제가 아니니?

명호: 연애를 하면 제가 아버지 몰리고 할까봐 그럽니까? 연애를 하면 꼭 아버지 동의를 얻고야 합니다. 왜 아들도 이렇게 믿지 않는 겁니까? 아버지!

아버지: 그렇다면 이왕 온바하고 선장댁 공주와 말을 끊어라!

명호: 그건 안됩니다. 이번 이 가짜연극도 그 공주가 꾸며낸 게 맞지요? 아버지 성격으로는 절대 이렇게 처사할 수가 없습니다.

아버지: 아니다…아니다…공연히 남의 집 공주를 오해하지 말어라. 이번 연극의 총연출은 백프로 나 혼자서 맡아본 거다. 절대 희래하고는 아무런 상관이 없다.

명호: 아버지 지금 저와 또 거짓말을 하고 있습니다. 아버지 계속 이렇게 거짓말을 하면 저도 아버지와 다시는 속심 말을 안 할 겁니다.

아버지: 거짓말이 아니다. 정말 거짓말이 아니라니까…

명호: 네. 알았습니다. 그런 걸로 믿겠습니다.

　＊ 명호 밖으로 나간다.

아버지: 명호야, 너 어디 가니?

명호: 바람 쏘이고 옵니다.

아버지: 이건 제 자식도 내 마음대로 못하는 세월이니 참…

　＊ 명호 아버지 설레 머리를 젓는다.

11. 향옥이네 방 안(밤)

　＊ 미화와 창수 향옥이를 기다리고 있다.

창수: 어디 가서 아직도 안 올까? 무슨 일이 나는 건 아닙니까?

미화: 어디 가서 속을 풀고 오겠지 일이야 무슨 일이 나겠습니까? 그런데 명호씨 도대체 무슨 일로 갔습니까?

창수: 나도 모른다니깐 그럽니까.

미화: 정말 이럴 내깁니까? 창수씨 지금 저와 무슨 관겝니까?

창수: 네? 네…저…그런 관계지 무슨 관계겠습니까?

미화: 창수씨 지금도 저를 전심전의로 믿지 않고 있는 게 아닙니까?

창수: 전심전의입니다. 티끌만치도 불믿음이 없습니다.

미화: 그런데 왜 거짓말을 하는 겁니까?

창수: 내가 어디 거짓말을 합니까?

미화: 공항까지 배웅하고 온 사람이 그래 왜서 갑자기 떠나갔는지도 모른다는 게 말이나 됩니까? 바른대로 말하시오.

창수: 이 말은 아무와도 하지 말라고 하던데…

미화: 그래 나도 '아무'와에 속한단 말입니까? 그럼 좋습니다. 우리도 언니네처럼 그만 끝냅시다. 가시오. 나가시오. 난 자겠습니다. 나가시오.

* 미화 창수를 마구 밀어낸다.

창수: 이거…이러지 마시오. 이건 무슨 생억집니까? 내가 말하면 되지 않습니까?

미화: 말하면 됩니다. 말하시오. 명호씨 어째서 갑자기 집에 갔습니까?

창수: 향옥씨에겐 절대 말하지 마시오. 기실은 형님 아버지가 중한 병에 걸렸다고 해서 그래서 갔습니다.

* 그 말에 미화 까르르 웃어댄다.

창수: 왜 웃습니까?

미화: 그게 무슨 비밀입니까? 아버지 병이 중해서 갔다는 게…호호호… 아닙니다. 아직도 제대로 말하지 않았습니다. 제대로 말하시오.

창수: 정말입니다. 거짓말이면 개종잡니다.

미화: 그럼 좋습니다. 지금 명호씨한테 전화를 걸어서 병환이 어떤가 문안을 해보시오.

* 이때 향옥 들어오는데 미화와 창수 자기네가 떠들다나니 전혀 모른다.

미화: 빨리 명호씨한테 전화를 치시오. 병문안을 하는데 일 있습니까? 빨리…

창수: 알았습니다.

* 창수 휴대폰을 누른다.

12. 부산 명호네 집 안(밤)

* 명호 아버지 방안을 왔다 갔다 하는데 전화가 울린다.
* 유선전화를 쥐려다가 보니 명호의 핸드폰이 울리고 있다.
* 명호 아버지 핸드폰을 받는다.

아버지: 여보세요? 명호? 내 명호 아버지다.

13. 향옥이네 방 안(밤)

* 창수 전화를 받다말고 와뜰 놀란다.

창수: 네? 아버지…저 창숩니다. 네…병환이 중하시다던데 어떻습니까?
　　　뭐랍니까? 형님과 희래 씨 약혼문제 때문에 거짓말 전화…

* 창수 급히 자기 입을 막는데 미화나 향옥이나 이미 다 들었다.
* 향옥 화뜰 놀라는 바람에 미화도 향옥이를 발견한다.

창수: 네. 알았습니다. 놓습니다.

* 창수도 향옥이를 발견하고 어쨌으면 좋을지 몰라한다.
* 향옥 말없이 나간다.

창수: 보시오. 공연히 전화를 하는 바람에…인제는 어쩝니까?
미화: 글쎄 인젠 어쩝니까? 나도 모르겠습니다.

* 창수 미화의 팔을 끌고 나간다.

14. 아줌마네 집 안(밤)

 * 창수 미화와 함께 들어온다.

미화: 도대체 어찌된 일입니까? 아버지 병 때문에 간 겁니까? 아니면
약혼하러 간 겁니까?

창수: 갈 때는 확실히 아버지 병이 중하다고 해서 갔습니다. 그 전화
나도 같이 들었으니깐 이건 틀림없는 겁니다. 그런데 문제는 그
전화가 가짜전화였단 말입니다.

15. 향옥이네 방(밤)

 * 향옥 침대에 부은 듯 앉아있다.
 * 책상 위에 명호의 편지가 놓여있다. 「달의 딸」
 * 향옥의 손이 천천히 편지한테로 다가간다.
 * 향옥 편지를 쥐고 초점도 없는 눈으로 들여다본다.
 * 여기에 명호 아버지의 방백이 울린다.

명호 아버지(방백): "약혼하러 왔다. 약혼하러 왔다. 약혼하러 왔다…"

 * 향옥의 얼굴이 석고처럼 굳어진다.
 * 향옥 편지를 서서히 움켜쥔다.

16. 아줌마네 집 안(밤)

미화: 그래서? 그래서 어쨌단 말입니까?

창수: 그 선장 딸이 희래라고 있었는데 명호 아버지가 희래 부모와 명
호 형님 동의도 없이 약혼을 정했단 말입니다. 그런데 명호 형님
은 그 희래라는 여자에 대하여 감정이 전혀 없어서 여기로 유학
을 왔단 말입니다. 그런데 이번에 명호 아버지 앓는다고 오라하
고선 아마 약혼을 하라고 그러는 모양입니다.

미화: 그럼 그게 명호씨 문제가 아니지 않습니까?

창수: 원래부터 형님 문제가 아니지 않습니까?

미화: 그럼 별일이 없겠습니다. 갑시다. 언니한테 가서도 그대로 말하시오 예?

　

　* 미화 창수를 끌고 나간다.

17. 향옥이네 방 안(밤)

　* 향옥 그냥 침대에 앉아있는데 미화와 창수 들어온다.

미화: 언니, 근심하지 마오. 사실이 그런 게 아니라오. 창수씨. 빨리 뭘 하고 있습니까? 방금 그 말을 빨리 언니한테 그대로 해주시오. 빨리…

창수: 사실은 이런 겁니다. 저…

18. 부산 해변가

　* 명호와 희래 바다가 바위 위에 서있다.

명호: 희래 씨. 이번 연극은 희래 씨의 연출이 맞지요?

희래: 그래요. 연출이 잘못됐어요?

명호: 아니, 연출은 아주 잘 짰였습니다. 그 어디나 빈틈이 없이 아주 제대로 잘 짰였습니다. 그런데 이 주요배역이 자기 담당을 제대로 못했지요. 사전에 극본에 대한 연구가 없이 즉흥이 돼버리고 말았습니다.

희래: 사전에 극본을 주었더라면 이런 연극에 출연할 수 있었겠어요? 애초 극본을 접수하지도 않았을 거지요. 안 그런가요?

명호: 그런걸 알면서 왜 이런 극을 꾸민 겁니까?

희래: 바로 명호씨의 그 즉흥 대사를 듣고 싶었어요. 꾸밈없는 직설적
인 맘속의 대사를 말이얘요.

명호: 들어본 결과가 어떻습니까?

희래: 아주 시원해요. 팔팔 끓던 사막에서 오아시스를 만난 것처럼 말
이예요.

명호: 이후엔 어쩔 겁니까?

희래: 철저히 단념할 거얘요. 명호씨에 대한 미련 철저히 단념하고 마
라톤식 같던 기다림도 깨끗이 지워버릴 거얘요.

* 희래 혼자서 걸어간다.
* 그러던 희래 멈춰 서서 어깨를 구르며 흐느낀다.
* 명호 다가간다.

명호: 미안합니다. 희래 씨! 희래 씨의 마음 너무너무 몰라준 제가 대
단히 죄송합니다.

* 희래 돌아선다. 눈물이 글썽하다.

희래: 죄송할 게 뭐가 있어요? 사랑하고픈 사람 사랑하는데 죄송할 거
야 뭐가 있느냐 말이얘요. 그렇지만 왜 언녕 이런 말을 해주지
않았어요? 저를 사랑하지 않는다는 말 좀 더 일찍 말해주었더라
면 저도 벌써 다른 삶을 찾아갔을 게 아니야요? 왜 인제야…제
가 가짜연극을 꾸며서 핍박을 해야 말하는가 말이얘요…명호씨
나빠요. 명호씨 나쁘단 말이얘요…

* 희래 명호의 가슴을 두드린다.
* 명호 희래의 손을 잡아준다.

명호: 미안합니다. 용서하시오.

* 희래 명호의 품을 파고들며 흐느껴 운다.

19. 거리

* 명호 두 손을 호주머니에 찌르고 거리를 걷고 있다.
* 향옥 아버지의 부르짖음 소리가 들려온다.

향옥 아버지(소리): 닥쳐라! 누가 네 장인이고 누가 내 사위란 말이냐? 다 된 밥에 똥을 갈기는 그런 놈의 고약한 사위가 어디 있단 말이냐? 네가 뭐 길래 내가 하는 일에 이래라저래라 호령질을 하는가 말이다.

명호(소리): 장인어른, 그런 게 아니라 난 어른님을 위해서 그런 건데 이건 오햅니다. 오해…

향옥 아버지(소리): 오해건 사해건 다 상관없으니 당장 내 앞에서 꺼져버려! 다시는 내 앞에 나타나지도 말란 말이다. 당장 꺼져라… 당장 꺼져라… 당장 꺼져라…

20. 전야

* 전야를 가르며 열차가 질주하고 있다.

21. 열차 안

* 명호 차창 옆에 앉아 창 밖을 내다보며 사색에 잠긴다.

(회상)

* 도사 정원에서 산책을 하는데 명호 달려온다.

명호: 도사님, 도사님! 저 연변에 유학가기로 결정을 지었습니다.

도사: 잘했구나! 그래 언제쯤 떠날 예산이니?

명호: 인차 떠날 겁니다.

도사: 잘해봐라. 연변이라…너한테는 알맞춤한 곳이다. 자원이 풍부하고 시장이 넓고…한번 해볼만한 곳이지! 잘해봐라! 그러다가 곤란이 있으면 아무 때고 날 찾아오너라. 내 있는 힘껏 밀어줄 테니!

명호: 도사님, 감사합니다. 꼭 잘 해보겠습니다.

* 명호 사색에서 깨여나는데 열차가 홈에 들어선다.
* 명호 자리에서 일어난다.

22 명호네 집 안

* 명호 아버지 방 안을 왔다 갔다 하며 도리머리질을 자꾸 한다.

아버지: 나쁜 자식…이렇게 되면 난 어떻게 희래네 부모에게 교대를 한단 말이야? 자식이 싫단다고? 되지도 않을 소리…자식 못 이기는 것도 애빈가 하면 뭐라고…나쁜 자식…나쁜 자식…애비를 골탕 먹여도 분수가 있지! 에익, 나쁜 놈의 자식…

* 보모 급히 들어온다.

보모: 주인어른! 이거 어쩌면 좋을지…저도 정말 …이 일을 어쩌면 좋습니까?

명호 아버지: 무슨 일인지 사연부터 말해야 알게 아닙니까? 그저 이 일을…이 일을 ….하면 도대체 무슨 일인지 어떻게 압니까?

보모: 이건 정말 며칠 먼저 소식이 왔어도 모르겠는데 방금 소식이 와서 당장 내려오라는 게 아닙니까?

명호 아버지: 글쎄 내려갈 일인지 올라갈 일인지 용건을 말하시오.

보모: 우리 집 그 양반이 허리를 다쳐서 꼼짝을 못한다고 당장 보모일 그만두고 내려오라는 게 아닙니까?

명호 아버지: 난 또…그런 일이면 가야지 어쩝니까?

보모: 그런데 대신 보모도 못 얻어놓고 이렇게 훌렁 가면 주인님은…

명호 아버지: 그런 걱정 마시고 빨리 준비해 가지고 떠나시오. 내 로임에 장금까지 적당히 드릴게요.

보모: 이거 정말 안됐습니다. 감사합니다.

    * 보모 물러간다.

23. 서울약대 교수 아파트

    * 명호 아파트 앞에까지 온다.
    * 명호 아파트를 쳐다보다가 안으로 들어간다.

24. 도사네 집 안

    * 명호 들어오는데 도사 일어나 마주오며 맞아준다.

명호: 도사님 안녕하셨습니까?

도사: 야, 이거 명호 오래간만이구나! 자, 어서…앉아라!

    * 명호 도사의 앞에 가 앉는다.

도사: 명호 너 연변에 갔다면서?

명호: 네! 지금 연변에서 오는 걸음입니다.

도사: 연변에서 오는 걸음이라? 그럼…무슨 곤란한 문제가 있겠구나! 무슨 일이니? 용건부터 말해봐라!

명호: 도사님은 연변에 여러 번 가보셨지요?

도사: 그래…여러 번 가봤지! 그런데 피뜩피뜩 학술토론회나 세미나 같은 덴 많이 다녔지만 오래 가 있지는 못했어! 명호는 오래 있게 갔겠지?

명호: 네! 거기서 살 겁니다.

도 사: 정이 되게 들었는 모양이구나! 살 궁리까지 하는걸 보니…

명호: 네! 그래서 도사님을 찾아온 겁니다. 도사님 우리나라 고려삼과 연변 장백삼에 대하여 많이 강의하시지 않았습니까? 그래서 장백삼 가공업을 벌려볼까 해서 도사님을 찾아왔습니다.

도사: 그럼 좋지! 좋구말구! 좋은 항목을 잡았구나! 그래 내가 뭘 해줘야 되겠니?

명호: 설비를 좀 해결하도록 합작회사를 소개만 해 주십시오.

도사: 설비를? 가만…그러자면 고려삼정회사와 손을 잡을 만 하지! 그래! 그 회사의 설비실장이며 회장을 내가 잘 아니깐 내가 잘 소개해 주자! 그런데 삼자원은…

명호: 문제없습니다. 설비만 해결해 주면 삼은 얼마든지 있습니다.

도사: 그럼…쇠뿔은 단김에 빼랬다고 지금 나하고 같이 가자!

명호: 네! 감사합니다. 도사님!

　

* 도사 앞서고 명호 뒤따라 집에서 나간다.

25. 거리

* 명호 도사와 함께 승용차에 앉아가고 있다.

명호: 이제 합자 담판이 성사되면 연변에 인삼정공장을 앉힐 타산입니다. 세계에서 제일 좋은 인삼정을 만들어 낼 자신이 있습니다.

도사: 웅심이 좋구나. 그러지 않아도 고려삼회사 사장님도 요즈음 합작 대상을 물색하고 있는 중인 것 같더라. 일이 풀릴 상 싶다.

명호: 도사님 어떻게 하나 잘 말씀해 주십시오.

도사: 암, 그거야…명호가 누구라구 하하하하…

26. 향옥이네 방 안

* 향옥 어머니 손에 음식보따리를 들고 들어온다.
* 향옥 어머니 집안을 휘-둘러보다가 전화를 친다.

향옥 어머니: 응. 향옥이니? 내 지금 네 방에 와있다. 인차 왔다 갈만
　　하니? 응? 큰일은 없는데 보고 싶어서…응. 기다린다.

27. 음식점 안

* 창수와 미화 점심을 먹으며 향옥이와 명호의 일을 담론하고 있다.

미화: 향옥 언니 요즈음 정서가 전혀 없습니다. 명호씨는 갈 때도 언니와
　　말없이 훌쩍 떠나고는 가서도 왜 전화 한번 안한답니까? 진짜 언
　　니 말에 노해서 간 게 아닙니까? 정말 약혼하고 오면 우리 언니 어
　　쩝니까? 병이 나나 무슨 일이 생기지 않겠습니까?
창수: 우리 형님 그런 사람이 아닙니다. 그런 사람이면 원래 형님이라
　　고 친하지도 않았을 겁니다. 우리 형님 향옥씨를 얼마나 좋아한
　　다고 그럽니까? 향옥씨도 그렇지. 아무리 화가 났대도 끝내자는
　　말을 어떻게 그리 수월하게 합니까?
미화: 언니 문제도 있습니다. 언제나 그렇게 도고하게 노는 게 어쩝니
　　까? 아무리 그래도 끝내자는 말은 좀 깊이 생각하고 해야지 끝
　　내자 해놓고는 저렇게 그리워할게면 끝내자는 말은 왜 합니까?
　　그리고는 속으로 끙끙 앓으면서…어떤 때는 옆에서 보는 게 막
　　구차합니다.
창수: 미화씨는 나하고 끝내자는 말을 해서는 절대 안 됩니다. 난 우리
　　형님처럼 그렇게 속이 깊지 못해서 그런 말만 들으면 금방 카악
　　-죽습니다.
미화: 그럼 우리 지금 당장 끝냅시다.

창수: 뭐랍니까?

미화: '끝내자'는 말을 철저히 끝내자는 말입니다.

창수: 네! 철저히 끝냅시다.

28. 향옥이네 방 안

* 향옥 어머니 방안을 대수 거두는데 향옥이 들어온다.

향옥: 어머니, 오늘은 무슨 일이 있어 시내로 왔습니까?

향옥 어머니: 보고 싶은 사람이 있어서!

향옥: 저를 보고 싶어서 부러 왔단 말입니까?

어머니: 너보다도 더 보고픈 사람 있지 않니? 우리 사위 말이다. 봐라! 내 그 사위 좋아하는 시루떡이랑 송편이랑 해가지고 왔다. 그 사람 지금 어디 있니? 점심 먹기 전에 빨리 가보자. 어서!

* 향옥 어머니 나가려고 서두른다.

향옥: 어머니, 그분 지금 여기 없습니다.

어머니: 뭐라고? 여기 없다니? 이 시내에 없단 말이니?

향옥: 네! 실습하러 외지에 나갔습니다.

어머니: 그럼 오늘은 헛탕을 했구나. 그런데 향옥아, 그 사람 전번에 아버지한테서 괄시를 받고 와서 기분이 상해하지? 너 아버지도 그 성격은 정말 정말 폐롭다. 자상자상 차분하게 말해도 될 걸 공연히 사자처럼 으르렁 으르렁 소리를 질러대니 웬만한 사람이야 받아 당하겠니? 그래서 아버지대신 내가 좀 속이나 풀어줄까 해서 왔는데 오늘은 틀렸구나. 애, 향옥아! 난 어쩐지 그 사람 마음에 꼭 들더라. 자꾸 보고 싶단 말이다. 그런데 너 아버지 다시는 오지 말라고 호령질을 해 놔서 다시 오려고 할까? 우리 집에 말이다.

향옥: 남자라는 게 그렇게 속이 좁으면 그런 남자 어디다 씁니까? 아버
지한테 매도 맞을라니 욕 한번 먹은 게 무슨 그렇게 대단합니까?
그래서 싫으면 오지 말라고 하겠습니다. 남자 없습니까?

어머니: 어째 네 말이 별나다. 너 그 사람과 다툰 게 아니니?

향옥: 다투기는 왜 다투겠습니까? 어디 다툴 새나 있었습니까? 그 이튿
날로 인차 실습하러 가다나니…어머니, 나가 식사나 합시다.

어머니: 여기 떡이랑 가지고 온 게 있는데 여기서 먹자.

향옥: 여기는 아무 채도 없습니다. 나가 먹읍시다. 어머니…

* 향옥 어머니와 함께 나간다.

29. 명호네 집 앞

* 희래 명호네 집 앞에서 서성거리며 명호가 오는가 하여 여기저기를 내
다본다.
* 거리 저 편에서 명호가 희래를 부르면서 달려온다.
* 희래 좋아서 달려가 안기려면 명호 없어진다.
* 이번에 거리 저쪽 편에서 명호가 희래를 부르며 달려온다.
* 희래 또 달려가 안기려면 명호 또 없어진다.
* 희래 실망하여 돌아선다.

30. 명호네 집 안

* 명호 아버지 보모를 보내고 있다.

명호 아버지: 자. 이건 로임이고 이건 간단한 장금입니다. 그 동안 많
은 수고를 했습니다.…

보모: 이 장금은 못 받겠습니다. 제가 뭘 그렇게 잘했다고 장금까지 받겠
습니까? 덕분에 유쾌하게 잘 보냈습니다. 안녕히 계십시오.…

명호 아버지: 적다고 그럽니까? 꼭 받으셔야 합니다. 부산에 오시거든
종종 들리십시오. 그럼…

　* 명호 아버지 보모와 함께 나가는데 전화벨이 울린다.

명호 아버지: 그럼 더 안 나갑니다. 잘 가십시오.

　* 명호 아버지 전화를 받는다.

명호 아버지: 여보세요? 누구십니까? 네? 연변아줌마! 네! 알았습니다.
　　　　　　　인차 갈게요.

　* 명호 아버지 옷을 입고 밖으로 나간다.

31. 다방 안

　* 아줌마 앉아있는데 명호 아버지 들어온다.

명호 아버지: 미안합니다. 오래 기다렸습니까?

아줌마: 아니…저도 방금 오는 길입니다.

명호 아버지: 그런데 무슨 일이 있습니까?

아줌마: 저…인젠 연변으로 돌아가야 할 것 같습니다.

명호 아버지: 갑자기 무슨 일입니까? 집에 일이 있는 겁니까?

아줌마: 집에 일이 있는 게 아니라 여기서 내가 시중을 들던 그 노인
　　　　님이 세상을 뜨셨습니다. 그러니 내가 할 일이 없게 된 게 아닙
　　　　니까? 그래서…

명호 아버지: 그런 일이였습니까? 그럼 우리 집에 오십시오.

아줌마: 네? 그 집엘요?

명호 아버지: 우리 집에 있던 보모가 오늘 나갔습니다. 그래서 또 보모
　　　　　　　를 구해야 하는 판이었는데 마침 잘됐습니다. 우리 집에 오시오.
　　　　　　　내 로임을 애하지 않게 푼푼히 드릴 테니까요.

아줌마: 그래도 되겠습니까?

명호 아버지: 되기만 하겠습니까? 대단히 좋지요. 이건 정말 하늘이 맺
　　어주는 인연입니다. 인차 오십시오 네?

아줌마: 그럼 그렇게 할까요?

명호 아버지: 환영합니다. 자, 건배!

32. 서울공항 안

　* 방송원의 소리 들려온다.

소리: 중국 연변으로 가는 대한항공 비행기의 검표를 시작합니다. 연변
　　으로 가시는 손님들은 검표구에 가서 줄을 지어 나가도록 해주
　　십시오.…

　* 명호 검표구로 나간다.
　* 희래 달려와 텅 빈 검표구를 보고는 맹랑해 한다.

33. 거리

　* 창수 미화의 택시에 앉아있다.
　* 미화 향옥에게 전화를 건다.

미화: 언니요? 언니, 지금 공항에 나가오.

34. 다른 거리

　* 향옥 택시를 세워놓고 전화를 받는다.

향옥: 응! 알았다. 글쎄 내 알아서 할게! 너네 먼저 가라.

　* 향옥 전화를 끄고 사색에 잠긴다.

35. 연변공항

* 창수와 미화 출찰구 앞에서 한 면으로는 명호를 한 면으로는 향옥을
  기다리느라고 이쪽저쪽을 번갈아 내다본다.

미화: 이 언니 안 오는 게 아닐까? 비행기 벌써 들어왔는데 왜 아직도
　　 안 올까?

창수: 전화 안 통했습니까?

미화: 통했습니다.

창수: 그래 뭐라고 합디까? 오겠다고 했습니까?

미화: 알아서 하겠다고만 했는데…알아서 한다는데 무슨 말인지…

36. 거리

* 향옥 택시를 몰고 오는데 앞에서 걸어가던 한 늙은이 길가에 쓰러진다.
* 향옥 차를 세우고 달려간다.

향옥: 할아버지…할아버지 왜 이러십니까? 할아버지…

* 향옥 늙은이를 차에 앉히고 급히 돌아서서 달려간다.

37. 연변공항

창수: 저기 형님 나옵니다. 형님, 여기…

* 명호 출찰구로 나온다.
* 창수와 미화 마중 간다.
* 명호 향옥이가 보이지 않자 사위를 둘러본다.

미화: 언니 아직 안 왔습니다. 무슨 일이 생긴 모양입니다. 안 그러면
　　 꼭 오겠는데…

38. 병원 앞

* 향옥 늙은이를 업고 병원으로 들어간다.

39. 거리

* 빈 택시 안에서 휴대폰이 자꾸 울린다.

40. 공항

* 명호, 창수, 미화 그냥 기다리고 서있다.

미화: 오는 것 같지 않습니다. 전화도 안 받지… 먼저 갑시다.

* 셋은 미화의 택시에 앉아 떠난다.

41. 병원 안

* 의사들 늙은이를 구급하고 있다.
* 향옥 그 옆에 서있는데 젊은 부부 들어온다.

남편: 아버지…아버지…
부인: 의사 선생님, 우리 아버님 어떻습니까?
의사: 다행입니다. 빨리 병원에 오기를 잘했지 조금만 지체했더라면 큰
　　　 일 날 번했습니다. 저 아가씨가 아니었더라면…

* 의사 돌아서는데 향옥 언녕 나가고 없다.

의사: 방금까지 여기 있었는데…
부인: 방금 여기 서있던 그 아가씨 말입니까?
의사: 네! 그 아가씨가 이 분을 모시고 왔었습니다.

* 부인 인차 밖으로 뛰어나간다.

42. 병원 앞

* 향옥 택시에 오르는데 부인 뛰어나오며 소리친다.

부인: 아가씨- 거기 잠간 서시오.

* 향옥 인차 차를 몰고 떠나간다.

43. 공항

* 택시 공항에 급히 들어온다.
* 향옥 뛰어내려 출찰구 앞으로 가보나 이미 비어있다.
* 맹랑해서 돌아서는 향옥.

44. 공원(밤)

* 사랑을 언약하던 정자 안
* 향옥 정자 안에서 왔다 갔다 하며 명호를 기다리고 있다.
* 명호 뛰어온다.

명호: 그간 잘 있었습니까? 향옥씨!
향옥: 공항에 마중을 못 가서 미안합니다.
명호: 그간 무사했는가구요?
향옥: 무사하지 못했습니다. 그렇게 간다온다 말도 없이 홀렁 가버렸는데 제가 무사할 수 있었겠습니까?
명호: 그건 정말 미안하게 됐습니다. 저도 가짜 전화에 깜박 얼리워서 가다나니…
향옥: 약혼하러 갔댔다면서요?
명호: 무슨 말씀을 그렇게 합니까? 향옥씨가 여기 있는데 어딜 약혼하러 간단 말입니까?

향옥: 그날 아버지한테 꾸중을 듣고 또 저한테서 끝내자는 말까지 들어서 분해 달아난 게 아닙니까? 옳지요?

명호: 사람을 뭘로 보는 겁니까? 그쯤한 일에 분해서 달아날 그런 사람으로 보았습니까?

향옥: 네! 아닙니까?

명호: 네. 옳습니다. 제가 말한 적 있지요? 쇠가죽, 그것도 늙은 황소 가죽이라고 한 말 말입니다. 아버님과 우리 사이에는 확실히 차이가 있습니다. 이건 세대 차이라기보다도 관념 차이입니다. 이 관념 차이가 해결되면 아버님과 나의 관계는 자연히 좋아질 겁니다. 나 신심이 있습니다. 아버님도 꼭 나를 좋아하시게 될 겁니다.

    * 향옥 반신반의다.

향옥: 정말 그렇게 될 수 있습니까? 그렇게 신심이 있습니까?

명호: 있습니다. 꼭 그렇게 됩니다. 굳게 믿으시오.

    * 향옥 명호를 쳐다보다가 명호의 가슴에 얼굴을 묻는다.

명호: 향옥씨, 그새 무척 보고 싶었습니다.

향옥: 저도 명호씨 보고 싶었습니다.

제8회

1. 부산 명호네 집 안

　* 명호 아버지 서재에서 책을 보고 있는데 아줌마 들어온다.

아줌마: 선장님, 책 잠간 놓으시고 아침식사 하시지요.
아버지: 네, 벌써 아침이 다 됐습니까? 그럼 식기 전에 얼른 먹어야지
　　　요. 갑시다. 갑시다.

　* 명호 아버지 책을 덮고 일어난다.

2. 주방 안

　* 상 위에 산해진미가 차려져있다.

아버지: 아니, 무슨 채를 이렇게 많이 했습니까? 잔치라도 하는 겁니까?
아줌마: 구미에 맞겠는지 모르겠습니다. 연변식에 한국식에 아주 짬봉
　　　이 다 됐습니다.
아버지: 짬봉이 좋지요. 짬봉이 좋구 말구요. 그냥 한가지로만 먹으면
　　　맛이 납니까? 종종 색다른 채로 바꿔 먹어보는 것도 좋지요. 여
　　　기 오시오. 같이 듭시다.
아줌마: 아닙니다. 전 좀 있다가 후에 먹겠습니다. 어서 드십시오.
아버지: 아하…왜 이러십니까? 톡톡 다 털어야 우리 두 식구뿐인데 따
　　　로따로 식사를 할 필요가 있습니까? 어서 여기 오시오.
아줌마: 그래서 되겠습니까? 안 되겠는데…

아버지: 혼자서 먹는 음식이 제일 맛이 없습니다. 음식이라는 게 마주 앉
아서 얘기도 하면서 먹어야 맛이 나는 게 아닙니까? 어서 오시오.

　* 아줌마 못 이기는 척 하면서 밥상에 마주 앉는다.

아버지: 야, 작식 솜씨 죽여줍니다. 금방 한 젓가락 입에 넣은 것 같은
데 어느새 넘어갔는지 종적도 없습니다.
아줌마: 그렇게 맛있습니까? 그럼 많이 드십시오.
아버지: 더 말이 있습니까? 오늘 이 배가 세간을 난다고 아우성을 칠
때까지 줄기차게 먹어줄 작정입니다.

　* 명호 아버지 맛나게 아침을 먹는다.

3. 시골 향옥이네 집 안

　* 향옥 아버지 방금 아침상을 받았는데 향옥이와 명호 들어온다.
　* 명호는 손에 술 상자를 들었다.

향옥: 아버지, 어머니!
명호: 안녕하셨습니까? 장인님, 장모님!

　* 향옥 아버지 밥술을 들다말고 술을 내려놓고 나앉는다.

아버지: 저 놈아는 왜 또 왔다니?
명호: 네. 술 마시러 왔습니다. 오늘 장인어른과 술내기를 하려고 이렇
게 술을 사들고 왔습니다.
아버지: 누가 너와 술을 마시겠다냐?
명호: 술도 음식이 아닙니까? 제하 사람과 마셔도 괜찮답니다. 향옥씨,
술잔 좀…

　＊ 향옥 기다렸다는 듯이 쫑 달려가 술잔을 가져다 상 위에 놓는다.
　＊ 어느새 술병 마개를 따고 있던 명호 인차 술잔에 술을 붓는다.

명호: 장인어른, 오늘은 아무 말도 하지 말고 술만 마십시다. 자, 먼저
　　　 드십시오.

　＊ 명호 술잔을 들어 향옥 아버지한테 권한다.

아버지: 임마, 지금 식전이다. 식전!
명호: 술은 식전에 마셔야 맛있다고 그럽디다. 어른님들이 하시는
　　　 말씀이!
아버지: 그런데 지금은 아침 식전이란 말이다. 아침술을 어떻게 먹니?
명호: 아침술 점심술을 가릴게 있습니까? 남자라는 게 아무 때고 술이
　　　 생기면 마시는 게 아닙니까? 그럼…

　＊ 명호 자기가 먼저 한잔 낸다.

명호: 실례했습니다. 빨리 내십시오.

　＊ 향옥 아버지 눈이 둥그레진다.

아버지: 향옥아, 일없니? 저눔아 저렇게 마셔도…
향옥: 아버지 빨리 드시오. 남은 다 마셨는데…빨리 드시오, 네?

　＊ 향옥 술잔을 받쳐주는 바람에 향옥 아버지 얼결에 꿀꺽 마신다.

명호: 꿀꺽하면 산해관이라고 했지 예? 또 합시다.

　＊ 명호 또 술을 붓는다.

향옥: 어머니, 우리도 마십시다. 저기 포도주 사왔습니다.

　* 향옥 포도주를 두잔 붓는다.

아버지: 임마! 네 엄마는 술을 못한다.

어머니: 내 어째 못한다고 그럽니까? 까짓 포도주야 왜 못하겠습니까? 향옥아, 마시자! 사위, 깐베이!

　* 셋이 잔을 비운다.

어머니: 당신은 왜 보기만 합니까? 빨리 마시시오.

아버지: 오늘 해가 제대로 뜰까?

　* 향옥 아버지도 잔을 비운다.

4. 부산 명호네 주방

　* 명호 아버지 양치질을 하고 일어선다.

아버지: 야, 생전 처음 이처럼 맛나게 아침을 먹었습니다. 위가 주머니 터진다고 항의를 하지 않겠는지 모르겠습니다.

아줌마: 그럼 제가 실업을 당하는 게 아닙니까? 괜히…

아버지: 실업을 당할게 아니라 승급을 해야 되겠습니다. 우리 늙은이들 에게는 쌀이 막대라는 말이 있지 않습니까? 아줌마 덕분에 내가 한 백 살까지 앉을 것 같습니다.

아줌마: 그랬으면 얼마나 좋겠습니까?

아버지: 오늘은 우리 바다에 나가봅시다. 우리 고기배도 보고 섬 경치 도 구경하고 …잘 먹었으니 잘 놀아야지요. 잘 노는 것도 보약의 일종입니다.

아줌마: 네, 그럼 내 인차 걷어치워야겠습니다.

* 아줌마 서둘러 아침상을 치운다.
* 명호 아버지 그러는 아줌마를 바라보다가 서재로 들어간다.

5. 시골 향옥이네 집 안

* 모두 술이 잘 된 것 같다.
* 명호보다 향옥 아버지가 더 취해 보인다.

아버지: 야, 이게 어째 좀 얼빤하다. 그런데 이눔아! 너는 일없니? 안
        취하는가?
명호: 장인어른 벌써 취합니까? 저는 이제 기별이 올까말까 합니다. 몇
        잔 더 합시다.

* 명호 또 술을 붓는다.

아버지: 그럼 전번에는 네 임마 깡시를 썼댔구나. 그때는 한잔 하고 쓰
        러지던 게 오늘은 벌써 몇 잔째야? 이제 기별이 올까말까 한다
        구? 이눔아 이게 술독이구나…남자 같으루 하다. 자. 더 먹자!

* 향옥 아버지와 명호 또 술 한 잔을 낸다.
* 향옥 아버지 혀 꼬분 소리가 난다.

아버지: 내 원래 아침술을 못하는데 오늘 이게 벌써 몇 잔이야? 안되
        겠다. 내 좀 눕자…

* 향옥 아버지 스르르 쓰러진다.

명호: 안됩니다. 일어나십시오. 사내대장부 술 몇 잔에 쓰러지는 법이 어
        디 있습니까? 내 쓰러질 때까지 같이 해야 됩니다. 일어나시오.

어머니: 안되오. 가만 쉬게 놔두오. 이제 더 마시시면 안되오.

향옥: 어머니는 그저 보기만 하시오.

명호: 장인어른, 일어나시오. 술은 마시지 말고 이 사위 말을 좀 들으시오.

향옥: 아버지, 일어나시오.

아버지: 너는 애비 편인 게 아니라 저놈아 편이야?

향옥: 우리 다 아버지 편입니다. 글쎄 저분 말을 들어보시오.

명호: 장인어른, 제가 전번에 인삼을 못 팔게 해서 크게 노여웠지요, 녜?

아버지: 임마. 오늘은 말은 하지 않고 술만 마실내기라고 안했니? 그래서 내 말을 삼키면서 꺼내지 않았는데 네 먼저 그 말을 꺼내니? 그래 노했다. 어째? 틀렸니? 틀렸는가?

명호: 틀린 건 아닌데 더 크게 벌 돈을 적게 번단 말입니다. 그 좋은 인삼을 그대로 뽑아서 팔게 있습니까? 가공해서 팔면 얼마나 좋습니까?

아버지: 누가 그러면 좋은 줄을 몰라서 그대로 파니? 내 뭘로 어떻게 가공하니? 맨손 맨발로 가공하라니? 뭘로 하는가?

명호: 그러기 때문에 합작대상을 찾아야 된단 말입니다. 우리의 좋은 원료에 남의 좋은 기술설비를 합하면 좋은 돈벌이가 되는 게 아닙니까?

아버지: 합작이라는 게 너하고 내 도라수를 하는 것처럼 그렇게 수월하니? 떼이지 않으면 본전인가 한다. 어디 그렇게 좋은 합작대상이 있니?

명호: 장인어른, 여기 있습니다.

* 명호 합작의향서를 꺼내 보인다.

향옥: 아버지, 이분이 이번에 한국에 가서 전문 이 일 때문에 뛰어다녔답니다. 한국 고려삼회사에서 합작의향서를 받아가지고 왔습니다.

아버지: 뭐라니?

    * 향옥 아버지 술을 털어버리고 의향서를 찬찬히 뜯어본다.

향옥: 아버지, 이 분의 약학도사가 추천해서 성사시킨 일이랍니다. 절
      대 실수가 없답니다.

아버지: 약학도사? 그럼 이놈…아니, 자네…

6. 부산 바닷가

    * 명호 아버지 아줌마와 함께 고깃배에 오른다.
    * 선원들 앞 다투어 인사를 한다.
    * 명호 아버지 손을 젓자 배 항구를 떠나 바다로 미끄러져 나간다.
    * 망망한 바다, 기의한 섬, 떼 지어 날아예는 갈매기…
    * 명호 아버지 릴낚시를 멀리 바다에 뿌려 던진다.

아버지: 아줌마, 어떻습니까? 바다 경치 좋지요?

아줌마: 네! 좋습니다. 좋습니다. 우리 연변이야 앞뒤에 산이 꽉꽉 막
      혀서 언제 이처럼 시원한 바다를 볼 수가 있습니까? 정말 가슴
      이 확 트이는 것 같습니다.

아버지: 산은 또 산으로서의 독특한 멋이 따로 있지 않습니까? 우리 바
      다에 사는 사람들은 또 그런 산 경치를 몹시 부러워한답니다.

아줌마: 그렇다면 이 바다와 우리 산을 한데 붙여놓았으면 좋겠습니다.
      바다도 있고 산도 있는 산산해해— 얼마나 좋겠습니까?

아버지: 아줌마, 여기 보시오. 고기가 물렸습니다.

    * 명호 아버지 릴낚시를 채자 커다란 물고기 한 마리 펄떡거리며 달려
      올라온다.
    * 아줌마 마구 환성을 올린다.

7. 향옥이네 삼장

* 명호 여기저기 뛰어다니며 사진을 찍느라고 여념이 없다.
* 향옥 아버지 향옥이와 함께 삼장을 돌아보고 있다.

아버지: 향옥아! 저 놈이 언제 저렇게 술이 늘었…

향옥: 아버지 또 저 놈입니까?

아버지: 응…저 자식! 저 자식 보기와 다르더라. 숨은 남자기질이 있단
　　　　말이다. 그새 한국에 가서 합작대상을 물어온걸 봐라! 하기는 할
　　　　놈…하기는 할 자식이더라!

향옥: 자식, 자식…자식도 듣기 거북합니다. 자식이 뭡니까? 자식?

아버지: 임마, 자식벌이 되니깐 자식이라고 하는데 뭐가 거북하단 말
　　　　이니?

향옥: 그러니깐 인젠 사위로 승낙을 한다 그 말입니까?

아버지: 글쎄…

향옥: 아버지, 감사합니다.

* 향옥 아버지의 손을 잡고 풍풍 뛰다가 명호를 부르며 달려간다.

향옥: 명호씨! 명호씨!

8. 시골길

* 향옥이와 명호 택시에 앉아 시내로 돌아가고 있다.
* 차창 밖으로 아름다운 산야가 흘러가고 있다.
* 향옥 도정신해 차를 모는데 명호 사기가 나서 노래를 부르고 있다.

　　　[노래]

　　　진달래꽃 피였나 인물도 곱고요

미인송이 춤을 추나 몸매도 예뻐요
아… 좋아요 연변아가씨
인물 곱고 몸매 예쁜 연변아가씨

비단 위에 꽃인가 마음도 곱고요
하늘선녀 내렸는가 자태도 예뻐요
아…좋아요 연변아가씨
마음 곱고 자태 예쁜 연변아가씨

향옥: 연변아가씨를 그저 좋다고만 보지 마시오. 나쁘다 할 때는 기절
이 나게 나쁜 양 합니다. 꿈에 볼까봐 무섭게 말입니다.

명호: 향옥씨 한번 나쁜 양 해보시오. 내 구경 좀 하게 말입니다. 빨리,
빨리…

＊ 향옥 갑자기 낯을 흉물스럽게 찡그려 보인다.

향옥: 따웅-

명호: 오케이!

＊ 명호 향옥의 볼에 불이 번쩍 나게 키스를 한다.

향옥: 아, 미워!

명호: 미워도 방법이 없습니다. 장인어른까지 대답을 했으니 미우나 고
우나 우린 인젠 떨어질 수 없는 사이입니다. 해와 달!

＊ 쌔앵- 언덕길을 내리달리는 택시.

9. 대학 강의실

＊ 모두들 자리를 정돈하고 앉아 선생님이 오기를 기다리는데 이윽고 선
생님이 한 아가씨와 함께 들어온다.

선생님: 신입생 한 학생을 소개하겠습니다. 한국에서 온 희래씨입니다.

    * 희래 인사를 곱게 한다.
    * 명호와 창수 눈이 휘둥그레 서로 마주본다.

창수: 아니…형님 저…희래가 어찌 된 일이요?
명호: 몰라!

    * 희래 명호와 창수가 앉은 뒷걸상에 와 앉는다.
    * 인차 낭독이 시작된다.
    * 명호와 창수 낭독을 하고 있으나 정신은 몽땅 희래한테 가 있다.

낭 독: 앤밴－이츠쓰 유위치띠추 싼궈죠제더 앤밴, 구청즈웨이앤밴.
    1952낸9웨3르, 쭝화런민꿍허궈정우왠피쥰 쩡쓰청리앤밴초샌주즈
    즈취, 1955낸12웨까이웨이 앤밴초샌주즈즈저우.촨저우 유빠거샌
    스 218.8완런커우. 치중 초샌주 짠38.4

10. 향옥이네 아파트 앞

    * 향옥이와 미화 엘리베이터에서 나온다.

미화: 언니, 잔치는 언제 하겠소?
향옥: 바쁠 게 있니? 천천히 하지!
미화: 우리 바쁘니깐 그러지! 언니네 먼저 해야 우리도 하지!
향옥: 바쁘면 너네 먼저 해라. 일 있니? 우리는 아직도 한관 남아있다.
    시아버님 관!
미화: 며느리는 시아버지 며느리라는데 그 관이야 넘기 수월하겠지 무
    슨…근심할게 있소?
향옥: 모른다. 그분 아버지 봐 둔 아가씨 따로 있다더라.

미화: 명호씨 전번에 가서 그만뒀다지 않소?

향옥: 한국에서는 지금도 부모들 말이 최고지시라더라. 당사자는 저쪽
이라더라.

미화: 그래도 당사자 중요하지…명호씨만 견결하면 된다는 게요. 정말,
이번에 명호씨 언니네 집에 가서 대단히 매짜게 놀았다면서? 명
호씨 어쩝데? 양? "딸을 주겠습니까 안 주겠습니까? 난 어릴 때
부터 별명이 소 힘줄입니다. 줄 때까지 물고 늘어진다는 겝니다.
어쩌겠습니까? 주겠습니까, 안 주겠습니까? 한 마디로 꾹 찍어
대답해 주십시오.…"

향옥: 응! 준다, 준다, 준다. 콱 가져라…

  * 둘은 까르르르 웃으며 달려간다.

11. 학교 정원 나무숲 속

  * 명호, 창수, 희래 돌 의자에 앉아있다.
  * 잠간 누구도 말이 없다.
  * 명호가 먼저 침묵을 깬다.

명호: 희래씨! 어떻게 돼서 여길…

희래: 중국말도 배울 겸 명호씨의 연변아가씨도 만나볼 겸 겸사겸사
그저 그렇게 왔어요. 명호씨와 창수씨는 저보다 먼저 왔으니 중
국말 보도를 많이 해주세요. 그리고 짬나는 대로 연변아가씨 만
나게 해주었으면 고맙겠구요.

명호: 네. 그렇게 합시다.

창수: 저도 연변아가씨와 약혼을 했는데 저의 연변아가씨는 만나보지
않겠습니까?

희래: 좋지요. 함께 만나봅시다.

창수: 그럼 먼저 식사나 합시다. 내가 내겠습니다. 자, 일어납시다.

* 셋은 자리에서 일어난다.

12. 부산 모 병원 앞

* 아줌마 식품구럭을 들고 급히 병원으로 달려 들어간다.

13. 모 병실 안

* 명호 아버지 병상에 누워있는데 아줌마 들어온다.
* 아줌마 들고 온 구럭을 탁상에 놓고 명호 아버지를 극진히 보살펴준다.
* 이불도 열어보고 이마도 짚어보고 머리도 쓸어주고 얼굴도 닦아주고…
* 명호 아버지 정신을 차린다.

아버지: 이게…어딥니까?

아줌마: 네. 정신이 드셨습니까? 여기 병원입니다.

아버지: 병원? 그런데 내가 왜 병원에 와 누워있습니까?

아줌마: 제가 얼마나 놀랐는지 아십니까? 바다구경을 마치고 집에 돌
아왔는데 글쎄 선장님 갑자기 숨쉬기를 가빠하는 게 아니겠습니
까? 그러더니 마구 숨이 넘어가면서 구들에 쓰러지더란 말입니
다. 그래서 구급차로 급히 병원에 모셔왔는데 심장이 어떻다고
합니다. 이제 숨이 좀 나가는 것 같습니다. 뭘 좀 자시겠습니까?
여기 우유랑 과실즙이랑 사왔는데…

아버지: 아줌마 수고 많았겠습니다. 감사합니다. 저 드문드문 그런 곱
새병을 할 때가 있습니다. 그때 옆에 사람이 없으면 전 죽습니
다. 이번엔 아줌마가 저의 목숨을 살려주었습니다.

아줌마: 그럼 제가 구명은인입니까?

아버지: 네, 진짜 그렇습니다.

아줌마: 그럼 선장님 이 은혜를 단단히 갚아야 되겠습니다.

아버지: 더 이를 데 있습니까? 꼭… 꼭 갚아야 하지요.

아줌마: 은혜를 갚느라고도 하지 말고 빨리 개복해 일어나야 합니다.
그래야 나도 선장님 돈 좀 더 벌어가지고 가지 않겠습니까?

* 이때 의사와 간호원 들어온다.

의사: 일어나셨습니까? 다행입니다. 좀만 늦게 오셨더라면 위태로울 번 했습니다. 이 보모분 수고 많았습니다. 톡톡히 감사드려야 하겠 습니다.

아버지: 알았습니다. 알았습니다.

* 명호 아버지 아줌마의 손을 더듬어 쥔다.

아버지: 아줌마, 감사합니다.

* 아줌마의 손을 꼭 틀어쥔 명호 아버지의 두 손

14. 거리

* 희래 길가에서 손을 저으며 택시를 부른다.
* 택시 한 대 희래 앞에 와 멈춰 선다.
* 희래 택시에 올라탄다.

희래: 조선족이십니까?
향옥: 네! 어디로 가시렵니까?
희래: 네. 신화서점으로 가렵니다.
향옥: 알았습니다.

* 택시 부르릉 떠나간다.

15. 다른 거리

* 명호와 창수 걸어가고 있다.
* 창수 어쩐지 자꾸 불안해진다.

창수: 형님, 희래 왜 왔을까? 왜 오자부터 향옥씨를 보겠다고 할까? 혹
시 향옥씨 앞에서 불길한 소리라도 하면 시끄럽지 않을까? 방금
다 된 밥에 물을 퍼부으면 어쩌는가 말이요?

명호: 간대로야 그렇게까지 하겠니? 희래도 수양이 있는 여잔데…

창수: 여자들 마음이라는 건 모르오. 자기의 연적을 만났을 때는 저도
모르게 무슨 폭발적인 언행이 나갈지 모른단 말이요. 그 순간에
는 자제력이라는 게 거품처럼 무능해 진답데.

명호: 나도 모르겠다. 지나면서 두고 보자. 택시―

* 택시 와 멈춰 선다. 면바로 미화의 택시다.

미화: 두 도련님들 어디로 가시렵니까?

* 명호와 창수 택시에 오른다.

창수: 희래 왔습니다.

미화: 희래? 희래 누굽니까?

창수: 형님 아버지 부산에서 봐둔 아가씨…

미화: 네! 그 아가씨 왜 왔답니까?

창수: 향옥씨를 만나보겠다고 왔답니다.

미화: 만나보면 어쩐답니까? 방해를 놓는답니까? 그러면 내가 가만히
안 있는다는 겁니다.

* 쌔앵―
* 택시 쌔앵 달려간다.

16. 신화서점 앞

* 택시 서점 앞에 와 멈춰 선다.

향옥: 아가씨, 서점 다 왔습니다.

* 대답대신 신음소리 들려온다.
* 향옥 돌아다보니 희래 배를 부둥켜안고 이마에 송곳 땀을 흘리며 신음
하고 있다.

향옥: 아니, 어디 아픕니까?
희래: 방금까지도 펀펀하던 배가…뱔이 끊어지는 것처럼…아유, 난 어
쩌면 좋아요? 아이고 배야…
향옥: 그럼 인차 병원에 갑시다.

* 향옥 차머리를 돌려 병원으로 달려간다.

17. 병원 수술실 밖

* 향옥 수술실 밖에서 왔다 갔다 하며 수술이 끝나기를 기다린다.
* 이윽고 수술차 밀려나온다.
* 향옥 달려간다.

향옥: 선생님, 어떻습니까? 수술이…
의사: 맹장이 터졌댔는데 제때에 왔기에 수술이 잘됐습니다.

* 향옥 한시름 놓으며 수술차를 따라간다.

18. 부산 모 병원 앞

* 아줌마 명호 아버지를 부축하며 병원에서 나온다.
* 명호 아버지 문 앞에 나와 하늘을 쳐다본다.

아버지: 오랜만에 처음 보는 하늘같습니다. 죽었다가 살아난 그런 기분
입니다. 오늘부터 새로운 삶이 시작되는 겁니다.

* 아줌마 그 말의 뜻을 몰라 어리둥절해 있다.

아줌마: 새로운 삶?

아버지: 네. 그렇습니다. 아줌마, 우리 갑시다.

* 아줌마 명호 아버지를 부축하여 계단을 내린다.

19. 연길 병실 안

* 희래 침대에 반쯤 일어나 앉아있고 향옥 사과즙을 갈아 희래의 입에 넣어주고 있다.

희래: 아가씬 누구신지요? 왜 저를 이처럼 각근하게 호리해 주는 겁니까?

향옥: 저 택시기삽니다. 아가씨는 저의 손님이구요. 손님이 저의 택시를 타고 병이 났으니 으레 제가 책임져야 할 게 아닙니까?

희래: 여기까지 실어다만 주면 기사의 책임은 다 한 게 아닙니까?

향옥: 아닙니다. 사경에 처한 손님을 내버려둔다면 저의 양심이 허락하지 않을 겁니다. 사경에 처한 사람을 책임지고 구해주는 것은 우리 매개 공민의 의무입니다. 그래서 전 그저 의무를 이행할 뿐입니다.

희래: 전 치료비도 안 지니고 왔는데요?

향옥: 치료비는 제가 먼저 댔으니 완쾌된 다음에 천천히 얘기하도록 합시다. 지금의 급선무는 하루속히 원 신체를 회복하는 겁니다. 다른 부담 하나도 가지지 말고 치료를 바싹 합시다. 어떻습니까?

희래: 감사합니다.

* 사과즙을 받아 삼키는 희래의 눈굽이 촉촉이 젖어든다.

20. 부산 명호네 집 안

* 아줌마 명호 아버지를 침대에 눕히고 이불을 잘 여미어준다.

아줌마: 제가 미음을 써올 테니 잠깐만 누워계십시오.

아버지: 그러지 말고 아줌마도 여기 앉아 좀 쉬시오. 나 때문에 밤에
제대로 쉬지 못하여 피곤하시겠는데…

아줌마: 전 괜찮습니다. 습관이 됐으니깐요. 잠깐만 기다리세요.

  * 아줌마 주방으로 건너간다.

아버지: 연변아줌마라고 곱지 않게 봤댔는데…하마터면 큰 보배덩이를
놓칠 번했구나.…

  * 명호 아버지 아줌마가 나간 쪽을 바라보며 머리를 끄덕인다.

21. 연길 모 병실 안

  * 향옥 어디 나갔는지 보이지 않고 희래 침대에 앉아 전화를 친다.

희래: 여보세요? 명호씨 맞지요? 네. 여기 잠간 좀 왔다 가시겠어요?
네. 병원 입원실…네, 기다릴게요.

22. 아줌마네 집안

  * 명호 전화를 놓고 옷을 주어 입는데 창수 따라나선다.

창수: 형님. 도대체 무슨 전환데 혼자 어디로 가오?

명호: 희래 병원에 입원했단다.

창수: 양? 그럼 나도 같이 가야지. 형님 그래 나는 던져버리고 가려했소?

명호: 가겠으면 가자. 무슨 말이 그리 많니?

창수: 내 말을 많이 했소? 보오! "형님, 도대체 무슨 전환데 혼자 어디
로 가오?" 한마디! 그 다음… "양? 그럼 나도 같이 가야지. 형님
그래 나는 던져버리고 가려했소?" 두 마디…딱 두 마디를 했는

데 말이 많은 게요?

명호: 또 말이 많다. 빨리 가자!

 * 명호 먼저 나가자 창수 두덜거리며 따라 나간다.

23. 병실 안

 * 희래 명호와 창수에게 입원하게 된 자초지종을 이야기 하고 있다.

희래: 이렇게 마음씨 고운 아가씨가 어디 있어요? 그 아가씨가 아니었
더면 전 지금 어떻게 됐을지 모를 거애요. 단단히 보답을 해야겠
는데 제 재간에 무엇으로 보답을 하겠어요? 그래서 좀 도와달라
고 부른 거애요.

명호: 그런데 그 기사아가씨 어디 갔습니까? 우선은 만나야 보답을 하
던지 인사를 하던지 할 게 아닙니까? 이미 떠나가 버린 게 아닙
니까? 여기 사람들은 좋은 일을 하고도 이름을 남기지 않느라고
홀렁홀렁 떠나버릴 때가 많답니다. 여기서는 모두 산 뢰봉이라고
한답니다.

희래: 그런 것 같지 않은데요? 아까 의사 선생님이 불러서 함께 나갔
는데…지금 아마 의사사무실에 있을 거애요.

 * 이때 향옥 들어온다.

희래: 저기… 들어오네요.

 * 명호와 창수 돌아보다가 반색을 한다.

명호, 창수: 향옥씨!

 * 희래 휘둥그레진다.

희래: 아는 사이…

창수: 이 아가씨가 바로 우리 형님의 약혼녑니다. 향옥씨라고!

명호: 우리 아버지가 말씀하시던 희래 씹니다.

향옥: 네? 어쩌면 일이…

창수: 어쩌면 정말 일이 이렇게 묘하게 됩니까? 딱 영화나 텔레비전드 라마의 한 장면 같지 않습니까?

희래: 향옥씨! 감사해요. 명호씨, 축하해요…

향옥: 희래씨!

* 향옥 달려가 희래의 손을 꼭 쥔다.
* 서로 마주보며 웃기만 하는 명호와 창수

24. 부산 명호네 집 욕실 밖(밤)

* 명호 아버지의 등을 밀어주는 아줌마의 그림자가 욕실 문에 비껴있다.

아버지 소리: 그새 목욕을 못해서 근질근질했는데 이제 시원하게 때벗 이를 제대로 합니다.

아줌마 소리: 그래도 때는 크게 없습니다. 그 팬티 벗으시오. 제가 새 팬티 가져다 드리지요.

* 욕실 문이 열리고 아줌마 나온다.
* 아줌마 팬티와 잠옷을 들고 와 욕실 문을 빠끔히 열고 들여놓는다.

아줌마: 여기 놓습니다.

* 그리고 아줌마 인차 베란다로 나간다.
* 이윽고 명호 아버지 욕의를 걸치고 베란다로 나와 아줌마와 나란히 선다.

아버지: 부산의 밤경치 어떻습니까?

아줌마: 말 그대로 황홀합니다.

아버지: 마음에 듭니까?

아줌마: 네. 마음에 듭니다.

아버지: 여기서 살 생각이 있으십니까?

  * 순간 아줌마의 대답이 무거워진다.

아줌마: 지금 여기서 살고 있지 않습니까?

아버지: 잠시가 아니라 영원히 말입니다.

아줌마: 아직은…미처 생각해 보지 못했습니다. 혼자 몸이래서 그저 흘러 가는 구름처럼 여기저기 흘러 다니며 살려고만 생각했댔는데…

아버지: 인젠 연세도 계시고 한데 흘러만 다니지 말고 정착지가 있는 게 좋지 않습니까?

아줌마: 정착지가 있자면 우선 기댈 곳이 있어야 할 게 아닙니까?

아버지: 아줌마 보기엔 제가 어떻습니까? 기댈 곳이 될 상 싶지 못합 니까?

아줌마: 선장님 연변아줌마라면 원래 좀 이상하게 보지 않습니까?

아버지: 그건…그건 그때 제가 연변사람들을 잘 몰라서 그런 겁니다. 그런 데 아줌마와 지내보면서 옛날의 그런 관점이 지금은 다 변했습니다. 지금은 이상하게 보지 않습니다. 아주 자연스럽게 봅니다.

아줌마: 기실 연변사람 아주 순박합니다. 거짓을 모르고 솔직하고 검박 하고 부지런하고…

아버지: 그래서 연변사람에 대한 저의 견해가 일변했다고 하지 않습니 까? 난 아줌마가 마음에 듭니다. 우리 얼마 남지 않은 만년을 편 안하게 손잡고 살아갑시다. 어떻습니까?

아줌마: 후회하지 않겠습니까?

아버지: 아닙니다. 절대로 후회하지 않을 겁니다.

* 명호 아버지 한손으로 아줌마의 어깨를 끄당긴다.
* 아줌마 머리를 명호 아버지 가슴에 기댄다.

아줌마: 저기 누가 봅니다.

아버지: 어디? 누가 봅니까?

아줌마: 달! 달이 봅니다.

25. 강가(밤)

* 달이 떴다.
* 명호, 향옥, 창수, 미화, 희래 유보도 식당 식탁에 둘러앉아 맥주며 음료를 마시고 있다.

희래: 야, 달도 밝다.

창수: 미화씨, 저 달을 볼 때면 어떤 날에 있었던 잊지 못할 추억이 저절로 떠오르지 않습니까?

미화: 무슨 일이던가? 아, 어머니 보고 저 달 속의 토끼를 잡아달라고 졸라대다가 매 맞고 울던 일! 떠오릅니다. 떠오릅니다.

창수: 철이 못 든 사람에게는 아이 때 추억밖에 안 떠오르는 모양입니다. 방법 없지 어쩌겠습니까? 아, 맹랑하다…야속하다…차가운 달아…

미화: 가만있으시오. 누가 지금 시를 읊을까 합니다. 아! 달의 딸…달의 딸…태양의 왕자님 널 찾아 헤맸노라…

향옥: 왜? 왜 또 가만있는 사람을 건드릴까 하니? 심심하니?

미화: 양. 심심하오. 희래 씨! 희래 씨 모를 겁니다. 우리 향옥 언니 달의 딸이고 우리 명호씨가 태양의 왕자란 말입니다.

희래: 네! 그리고 보니 신통하게 딱 맞습니다. 태양의 왕자! 달의 딸! 정말 시적입니다. 아마 천성적으로 맺어진 그런 연분 같습니다. 하늘에서 맺어준 연분! 그러면서 한 가지 의견! 이제부터는 제가

"명호씨, 향옥씨" 이렇게 부르지 않고 "오빠, 언니" 이렇게 부르는 게 어떻겠습니까?

창수: 옳습니다. 그게 좋겠습니다. 우리 둘을 보고도 "오빠, 언니" 하고 불러야 됩니다.

희래: 그러지요. 명호 오빠. 어떻습니까? 나쁩니까?

명호: 나쁘기는 왜 나쁘겠습니까? 이렇게 귀여운 여동생을 얻는데 싫어서 나쁘겠습니까?

희래: 그럼 오빠들 언니들 한잔 냅시다.

일동: 건배!

26. 향옥이네 집 안(밤)

* 향옥 어머니 집 안에서 왔다 갔다 하며 향옥이 오기를 기다리고 있다.

* 향옥 어머니 집 안을 거닐다가 향옥이와 명호가 찍은 사진을 들고 본다.

향옥 어머니: 야, 신통하게도 딱 맞다. 어쩌면 빚어 만들어놓은 것처럼 요렇게 딱 맞을까? 남자! 얼마나 남자답게 생겼소? 어깨 바윗돌처럼 떡 버러지고 눈이 화톳불처럼 이글이글하고 콧마루 옥수수 덩대처럼 덩실하고 입이 창고 자물쇠처럼 묵직하고 거기다 또 골이 베아링처럼 팽팽팽팽 잘 돌아가지…나무랄 데 있소? 없지! 우리 딸은 또 어떻소? 나를 닮아서 정말 조선족 여자 같지! 임전하고 단정하고 소박하고 너그럽고 깨끗하고 끼끗하고 인자하고 예절바르고 유유하고 도도하고 …좌우간 어디 하나 빠진데 없다니깐…에그, 내 딸 내 사위야!

* 향옥 어머니 사진에 키스를 하는데 왁작 떠들며 향옥, 미화, 희래 들어온다.

어머니: 이제야 오니? 어디 갔댔니?

향옥: 어머니 언제 왔습니까?

미화: 안녕하십니까? 어머니!

어머니: 오, 미화는 볼 때마다 더 고와지는구나! 근데…

미화: 네. 새로 사귄 한국아가씹니다. 희래라고 부릅니다. 향옥 언니 어머니요.

희래: 네. 안녕하십니까? 어머니!

어머니: 어머니?

희래: 향옥 언니는 저의 구명 은인입니다. 그러니 어머니라고 불러야지요.

향옥: 됐소, 됐소.…인사하다가 밤 다 패겠소. 어머니 언제 가시렵니까?

어머니: 애 좀 봐라. 앉기도 전에 쫓아낼 궁리부터 하니? 난 가지 않고 여기서 살겠다. 왜?

향옥: 어머니두? 여기서 쉬고 가시겠는가 해서 그럽니다. 잠자리 안배해야지…

어머니: 잠자리고 설자리고 난 저녁부터 먹어야겠다. 지금 뱃가죽이 척추에 가 딱 붙었다.

향옥: 어머니 아직 식전입니까? 그럼…

어머니: 설칠 필요 하나도 없다. 내 여기 떡이며 김치며 다 사가지고 왔다. 그런데 그 사람 왜 안 보이니?

미화: 네. 저쪽 집에 있습니다. 인차 불러올 게요.

    * 미화 달려 나간다.
    * 그새 향옥이와 향옥 어머니 상을 차린다.
    * 명호, 창수, 미화 들어온다.
    * 인사가 복잡하다.

어머니: 자. 모두들 내가 해온 떡 맛을 좀 보오. 자. 한국아가씨부터… 그 다음은 자네!

미화: 우리는 저절로 짚겠습니다.

어머니: 응, 그래라! 마음대로 먹고픈 걸로 집어먹어라.

미화: 창수씨! 봤지요? 벌써 쪽이 쭉쭉 갈라지는 걸…서러워서 어떻게 삽니까?

어머니: 서럽긴? 그렇게라도 날마다 얻어먹을 일이 생겼으면 좋겠다. 자, 이 사람! 하나 더 받게!

미화: 못 산다. 난 못 산단데! 우린 갑시다.

어머니: 옳다. 너네는 좀 저쪽 방에 가서 먹어라!

미화: 정말 쫓습니까?

어머니: 내 조용히 할 얘기가 있어서 그런다. 5분만!

창수: 그러시오. 우린 가기요.

미화: 야, 섧다야! 엄마 없는 사람들 어떻게 살겠니?

　* 그러면서 창수, 미화, 희래 자리를 피해 나간다.
　* 향옥 어머니 정식으로 다가앉는다.

어머니: 내 오늘 어째 왔는가 하면 너네 둘의 혼사 일 때문에 왔다. 인젠 너네 아버지도 동의하지 않고 뭘 했니? 그러니깐 이럴 때에 바싹 일을 다우치자는 게다. 한국에다 전화를 해서 사돈님을 오라고 하란 말이다. 그래서 사돈 인사를 정식으로 하고 결혼 날짜도 딱 받아놓자는 게다. 어떻니? 사위는 어떻소? 내 생각이?

명호: 네. 좋습니다. 그래야 하지요. 그런데 우리 아버지 동의를 하시겠는지…

어머니: 어떻게 하나 동의를 하시게 만들어야지 이제 또 8년 항전을 하겠소? 이렇게 하기요. 양? 미화야! 회의 다 했다. 나오너라!

　* 미화, 창수, 희래 우르르 나온다.

미화: 벌써 다 했습니까?

어머니: 인민대표대회를 했는가 하니? 간단하게 가정회의를 한 게 이
만하면 짜른 회의도 아니지! 자, 빨리 먹자!

　* 향옥 어머니 또 떡을 나누어 주는데 잊지 않고 명호부터 준다.
　* 미화 또 입이 나올까 한다.

27. 아줌마네 집 안(밤)

　* 명호와 창수 명호 아버지를 불러올 작전방안을 짜고 있다.

명호: 좀 방법을 대라. 어떻게 하면 우리 아버지를 오게 하겠는가
말이다.

창수: 오게 하는 게야 수월하지! 온 다음에 어떻게 설복해서 결혼을
허락하게 하는가 그게 바빠서 그러지!

명호: 온 다음에 일은 근심 말고 글쎄 어떻게 오게끔 하겠는가를 말해
보란 말이다.

창수: 그건 헐하단데! 내 형님 급한 병에 걸려서 수술한다고 할게!

명호: 누가 거짓말을 쓰라니?

창수: 형님 아버지 전번에 앓지 않으면서 앓는다는 거짓 전화를 해서 형
님 갔다 오지 않고 어쨌소? 형님도 장계취계 한번 써보란 말이요.

명호: 임마, 아버지는 아들과 거짓말을 해도 괜찮지만 아들이 어떻게
아버지와 거짓말을 하니?

창수: 누가 형님더러 거짓말을 하라오? 내 한단데!

명호: 그래도 내 한 게 되지 어디 네 한 게 되니?

　* 명호가 말 하는 새에 어느새 창수 명호네 집에 전화를 쳤다.

창수: 명호 아버지입니까? 네, 여기 지금 병원입니다. 명호형님 급한
병에 걸려서 지금 수술실에 들어갔습니다. 모르겠습니다. 네. 빨
리 오시오 네?(전화를 놓고) 형님, 됐소. 온다오.

명호: 그 다음에는 어떻게 하니?

창수: 난 모르오. 내 임무는 그저 오게만 하는 게라고 하지 않았소? 온 다음에 일은 난 모르오.

명호: 임마 모르면 어쩌니? 창수 너 연애에서는 내보다 선배 아니고 뭐니? 방법 좀 대라!

창수: 선배라고 부르니깐 책임회피가 좀 어렵게 됐다…선배로서…선배로서…방법이 없다는 건 선배 자격이 없다는 말이니깐…형님, 있소. 희래 면바로 여기 와 있지?

명호: 그런데?

창수: 이렇게 하기요.

명호: 어떻게?

창수: 희래 있재이요?(귀에 대고 뭐라고 수근거린다.)

28. 공항

* 번개 치고 우레 울며 폭우가 쏟아진다.
* 택시 공항 앞에 와 멎고 명호와 창수와 희래 뛰어내려 공항으로 달려 들어간다.

29. 공항 안

* 셋이 공항 안에 들어서는데 방송원의 목소리 스피커에서 울려온다.

방송원 소리: 손님 여러분, 한국에서 오는 대한항공 비행기가 천기 이상으로 연기가 되어 오늘 본 공항에 도착할 수 없게 되었습니다. 이에 미리 알려드리는 바입니다. 미안합니다.…

희래: 한국에도 비가 되게 오는 모양이얘요.

창수: 글쎄 말이요. 번개만 치지 않아도 괜찮겠는데…

명호: 방법 있니? 돌아가자!

* 셋은 공항에서 나간다.

30. 부산 명호네 집 안

* 명호 아버지 비 내리는 창밖을 내다보며 근심에 쌓여있다.
* 아줌마 다가간다.

아줌마: 연변에도 비 이렇게 온답니까? 지금쯤 연변은 원래 홍수철이
옳습니다. 그러나 저러나 비는 오더라도 번개만 안 쳤으면 얼마
나 좋겠습니까? 그러면 비행기는 뜰 수 있겠는데…그런데 비 그
냥 이렇게 오면 어쩝니까? 아드님 수술을 받았다는데 옆에 돌봐
줄 사람도 없이…

아버지: 그 돌맹이처럼 단단하던 녀석이 쓰러진걸 보면 결코 작은 병
은 아닐 텐데…이 비가 멎어야 날아가지요. 이건 참…

* 명호 아버지 급해서 방 안을 왔다 갔다 한다.

31. 공항

* 비는 여전히 내리나 번개는 치지 않는다.
* 택시 달려오다 멎고 명호와 창수와 희래 뛰어내려 공항으로 들어간다.
* 명호와 창수와 희래 인파를 헤치며 앞으로 나가는데 명호 아버지 출찰
구로 나온다.
* 창수와 희래 달려간다.

창수: 명호 아버지…

* 명호 아버지 창수는 보는둥 마는둥 명호가 나왔는가부터 살펴본다.

아버지: 명호는? 명호는 지금 어떻니?

* 명호 아버지한테로 다가간다.

명호: 아버지…

아버지: 너 어떻니? 수술했다더니 어떤가 말이다. 어디가 아파서 어디
    를 수술했단 말이니?

창수: 근심하지 마십시오. 아무 일도 없습니다.

희래: 네. 아무 일도 없습니다.

아버지: 희래구나! 너도 소식 듣고 왔니? 나쁜 놈, 너한테는 먼저 기별
    을 한 모양이구나.

희래: 기실은 병도 없고 수술도 하지 않았습니다. 그저 오시라고 하면
    오시지 않을까봐 거짓 전화를 한겁니다.

아버지: 뭐라구? 편편한 놈이 거짓 전화를 했다구? 야 이 망할 놈
    자식아!

  * 명호 아버지 명호를 때리려다가 주위의 사람들 때문에 때리지 못하고
    손만 부들부들 떤다.

명호: 아버지, 죄송합니다. 용서해 주십시오.

아버지: 용서는 어디다 대고 용서냐? 나 지금 당장 한국으로 돌아
    갈 테다.

명호: 아닙니다. 꼭 가보실 데가 있어서 청한 겁니다. 꼭 만나보셔야
    할 분이 있습니다.

아버지: 모른다. 나 이 비행기편으로 돌아갈련다. 고얀 놈… 에익, 고약
    한 놈 같으니라구…

명호: 아버지, 욕하더라도 이 많은 사람들 앞에서…

창수: 네, 저기 집에 가서 욕하십시오.

희래: 네, 어서 나갑시다.

  * 명호와 창수 양옆에서 명호 아버지를 끌고 희래 뒤에서 밀며 밖으로
    나간다.

32. 아줌마네 집 안

* 명호 아버지 속이 내려가지 않아 눈을 부릅뜨고 앉아있고 명호, 창수, 희래 죄 지은 사람 모양 서있다.

아버지: 솔직히 말해봐라! 무슨 꼭두각시 연극을 꾸미고 있는 거니?

명호: 사실은 사돈님들이 아버지를 보시자고 해서…

아버지: 뭐야? 사돈님? 사돈님들이라니?

명호: 네. 제가 연변아가씨와 약혼을 했는데 ….

아버지: 점점…점점…그럼 이 희래는? 희래는 어쩌구 연변아가씨와 약혼을 했단 말이니?

희래: 우린 서로 오랍누이로 지낼 것을 약속했습니다.

아버지: 오랍누이? 그래 며느리감이 꺼벅 딸이 됐단 말이냐?

희래: 네. 나쁩니까?

아버지: 좋다 좋다… 나쁘긴 왜 나쁘겠느냐? (갑자기 큰 소리로) 이놈아! 그럼 내 희래 아버지와 뭐라고 어떻게 교대한단 말이냐? 사돈을 다 맺었었는데.

희래: 저의 부모님들과는 제가 다 알아서 처리할 겁니다. 그러니 사돈 보기를 하십시오.

아버지: 모른다. 난 내일 부산으로 돌아갈 테다.

명호: 아버지, 오셨던 걸음에…

아버지: 닥쳐라! 듣기 싫다.

33. 강변(밤)

* 명호와 향옥 강변길을 거닐고 있다.

향옥: 그럼 어떻게 합니까? 아버님이 계속 그렇게 강경하게 나오시면…

명호: 당금은 거짓 전화에 속히운 일 때문에 노여움이 가시지 않아서 그럴 겁니다. 이제 노여움이 좀 가시면 나아질 겁니다.

향옥: 그렇게 될 수 있겠습니까?

명호: 먼저 유람을 하면서 서서히 노여움을 풀게 합시다. 그러되 향옥씨는 신분을 밝히지 말고 그저 기사로만 함께 다녀야 합니다.

향옥: 그럼 또 아버님을 속이는 게 되지 않습니까?

명호: 잠시는 속이는 수밖에 없습니다. 안 그러면 아버지가 아예 우리 차를 타려고 하지 않을 겁니다. 약속합시다.

향옥: 어려운 약속인데요…

명호: 꼭 그렇게 해야 합니다.

　* 향옥 방법 없이 머리를 끄덕인다.

34. 산 길

　* 택시가 산길을 누비며 달리고 있다.
　* 향옥 운전을 하고 그 옆에 명호가 앉고 뒤 좌석에 명호 아버지 앉아있다.
　* 택시가 강변길을 달리고 있다.

아버지: 야, 그 경치 한번 멋지다. 그림 같구나… 그런데 아가씨 운전 기술이 이만저만 아닙니다. 언제부터 기사노릇을 한겁니까?

향옥: 네. 얼마 되지 않습니다. 이제 3년 겨우 됩니다.

아버지: 그런데 이렇게 용케 잘 몹니까? 오랜 기사 같습니다.

향옥: 저기를 보십시오. 저기가 간도- 사이섬입니다. 지금은 기슭과 한데 붙어서 섬이 아니지만 이전에는 섬이었답니다. 북간도 서간도 하는 간도라는 이름은 저기서부터 생겼답니다.

아버지: 우리 어렸을 때 간도란 말을 많이 들었었는데 저기가 바로 간도란 말이지요? 그때 조선 사람들이 간도로 간다고 많이 떠났었답니다.

향옥: 저 앞에 보이는 저기가 두만강 나루터입니다. 많은 조선 사람들이 저기로 해서 중국에 건너왔다고 합니다. 「눈물 젖은 두만강」이라

는 노래 아시지요? 바로 저기에서 지어 부른 노래랍니다.

아버지: 알지요. 알고말고요. '두만강 푸른 물에 노 젖는 뱃사공/ 흘러간 그 옛날에 내 님을 두고 떠나간/ 내 님은 어디로 갔소/ 그리운 내 님이여/ 그리운 내 님이여/ 언제나 오려나…' 조선 사람이면 다 아 는 노래가 아닙니까? 망국의 노래 서러움의 노래였지요.

* 달리던 택시 스르르 멈춰 선다.

향옥: 손님, 미안합니다. 잠깐만 시간을 좀 빕시다.

* 향옥 택시에서 내려 강가로 달려간다.
* 명호와 명호 아버지 영문을 몰라 향옥의 뒤를 따라 내다본다.

35. 강 가

* 물이 붓는 바람에 강을 건너던 징검다리가 물에 묻혀 학교 가던 애들 이 서성거리고 있다.
* 향옥 달려와 바지를 걷고 애들을 하나 둘 업어서 건네다 준다.
* 향옥 다 건너다주고 돌아서는데 애들 합창을 한다.

애 들: 고맙습니다. 감사합니다. 아지미, 안녕!
향옥: 친구들 안녕!

* 향옥 오래도록 손을 흔든다.

36. 산 길

* 택시 그냥 달려간다.

아버지: 저 애들을 잘 압니까?

향옥: 아닙니다. 전혀 모릅니다.

아버지: 그러면 모르는 애들을…아, 알았습니다.

 * 명호 아버지 대견한 눈길로 향옥의 뒷모습을 바라본다.

37. 영길

 * 멀리 백두산이 보인다.

명호: 아버지, 저 앞을 보십시오. 백두산입니다.

아버지: 뭐라니? 백두산? 그래 지금 백두산으로 간단 말이니? 어디 보자! 야, 백두산…말로만 들어오던 백두산을 내 오늘 직접 제 눈으로 보는구나!

명호: 이제 백두산에 올라가 보십시오. 또 다른 기분입니다.

아버지: 그래그래…그럴 테지…

38. 백두산 산봉

 * 셋은 백두산 상봉에 올라선다.
 * 명호 아버지 부지중 감탄을 울린다.

아버지: 야, 말 그대로 장관이다. 성산이다, 성산!

 * 아버지 손나발을 하고 소리친다.

아버지: 백-두-산-아- 내-가- 왔-다-

 * 향옥 어느새 사진기를 들고 있다.

향옥: 손님, 자제분과 함께 사진을 찍으십시오.

아버지: 오, 그래그래 명호야! 우리 한 장 박자!

* 명호 아버지 가슴을 내밀고 산처럼 거연히 서있다.

39. 영길

* 택시가 수림을 누비며 영길을 달려가고 있다.

아버지: 내 오늘 평생 원을 껐구나. 죽기 전에 내 눈으로 직접 백두산을 보았으니 이젠 원이 없게 됐다.

* 쾌청하던 하늘이 먹장구름을 몰고 오더니 뒤이어 소나기가 억수로 쏟아진다.
* 향옥 정신을 가다듬고 택시를 조심해 몬다.
* 택시가 도랑물을 건너오더니 갑자기 발동이 꺼진다.
* 향옥 인차 뛰어내려 차 뚜껑을 열고 발동기를 수리한다.
* 명호 아버지 차창으로 내다보다가 명호를 툭 치며 소리친다.

아버지: 명호야, 너도 같이 나가 거들어라.

* 명호 나가려고 차문을 여는데 향옥 차문을 도로 닫는다.

향옥: 가만 앉아계시시오. 인차 됩니다.

* 어느새 향옥이 물병아리가 되었다.
* 향옥 들어와 발동을 걸자 택시 다시 달리기 시작한다.

40. 강 가

* 택시가 강가에 왔는데 숱한 사람들이 강가에 몰려들어 홍수방지를 하고 있다.

향옥: 사태가 위급한 모양입니다. 자치주 주장님께서 친히 지휘를 하고 있습니다.

아버지: 뭐랍니까? 자치주 주장님이 친히 홍수방지를 지휘하고 있단
　　　　말입니까?

향옥: 네, 제일 위험한 곳일수록 우리의 지도자들이 제일 먼저 나선답
　　　　니다. 미안하지만 차에서 좀 기다려 주십시오.

* 향옥 차에서 내려 강가로 달려간다.
* 향옥 사람들 틈에 끼워 뛰어다니면서 모래주머니를 메여 나르기도 하
  고 통나무를 메여 나르기도 한다.
* 그런데 한 곳에 제방이 터지면서 강물이 논밭으로 흘러든다.
* 통나무를 메고 가던 향옥 통나무를 메치고 강물에 뛰어든다.
* 차 안에서 내다보던 명호 아버지 손에 땀을 쥐고 소리친다.

아버지: 아니, 저…저 아가씨 어쩔라구…저러다가 물에 밀려가면…아가
　　　　씨… 명호야, 넌 뭘 보고만 있는 거니? 빨리…빨리 저 아가씨를
　　　　끌어올려라 빨리…

* 명호 차문을 차고 뛰어나간다.
* 이때 많은 사람들이 물속에 뛰어들어 서로 손에 손을 잡고 사람방축을
  이룬다.
* 명호도 풍덩 향옥이 옆에 뛰어들어 향옥의 팔을 꼭 낀다.
* 명호 아버지도 참다못하여 밖으로 뛰어나와 팔을 흔들며 소리친다.

아버지: 그 아가씨는 올려 보내시오. 아가씨 올려 보내시오…

* 가슴을 치는 물속에 말뚝처럼 뻗쳐 서 있는 향옥…

41. 병원 병실 안

* 향옥 눈 감고 침대에 고요히 누워있다.
* 명호와 명호 아버지 침대를 지키고 있다.
* 이때 의사들 들어온다.

의사: 노인님, 잠간 자리를 내어주시겠습니까? 주정부 지도자들이 위문을 오셨습니다.

* 명호 아버지와 명호 한옆으로 비켜서는데 주장과 기타 지도자들 들어온다.

42. 병원 복도

* 명호 아버지 명호를 끌고 나온다.

아버지: 명호야, 괜한 소리지 사회주의가 좋다. 제일 높은 지도자들부터 저렇게 중시를 하는걸 봐라…그리고 그 택시아가씨 정말 조련찮은 여자더구나. 너도 저런 연변아가씨를 얻는다면 내가 왜 궁거워서 반대를 하겠냐?

명호: 아버지 지금 뭐랍니까? 저런 연변아가씨면 어쩐답니까? 약혼을 지지한다고 했습니까? 방금?

아버지: 저 아가씨 얼마나 참하니?

명호: 와- 만세! 만세!

* 명호 좋아서 껑충껑충 뛰며 소리친다.

아버지: 저 자식 돌았나?

* 이때 정부 지도자들 나온다.
* 명호 좋아라고 뛰어 들어간다.

43. 병실 안

* 향옥의 머리맡에 꽃다발이 가득 놓여있고 향옥 이미 정신을 차리고 있는데 눈귀에서 눈물이 흘러내리고 있다.
* 명호 들어오며 소리친다.

명호: 향옥씨, 기뻐하시오. 우리 아버지 동의하셨습니다. 우리의 약혼을
　　　동의했단 말입니다.

향옥: 네? 아버님이 그럼…명호씨 말했습니까? 우리 비밀?

　* 이때 명호 아버지 들어온다.
　* 향옥 일어나 앉으려 애쓴다.
　* 명호 향옥이를 일으켜 앉힌다.
　* 향옥 명호 아버지를 오래도록 쳐다본다.
　* 명호 아버지 영문을 몰라 어쩔 바를 모르는데 향옥 끝내 입을 연다.

향옥: 아버님…아버님!

아버지: 뭐라구? 아버님? 명호야, 이게 웬 일이냐? 엉? 이게 웬 일인가?

명호: 아버지, 이 아가씨가 바로 저의 연변아가씨 향옥씹니다.

아버지: 뭐라구? 너의 연변아가씨…그럼 내 며느리 될 사람이란 말이니?

명호: 네! 그렇습니다.

　* 음악이 터진다.

아버지: 며느리…며느리…내 며느리 연변아가씨!

　* 명호 아버지 다가가 향옥의 손을 덥석 쥔다.

향옥: 아버님!

　* 향옥 명호 아버지의 손을 쥐고 눈물을 떨어뜨린다.

44. 아줌마네 집 안

　* 명호와 향옥, 명호 아버지 마주 앉아있다.

명호: 아버지, 내일 사돈보기를 합시다. 그럼 지금 장인어른께 전화를
  하겠습니다.

아버지: 안된다. 지금은 안된다.

명호: 왜 또 안됩니까?

  * 명호와 향옥 근심스런 표정으로 명호 아버지를 쳐다본다.

아버지: 사돈보기를 하려면 있을 사람은 꼭 있어야 하는 법이다. 내 그
  새 네 새엄마를 한분 맞았으니 그 사람이 꼭 와야 한단 말이다.

명호: 아버지 저의 새어머니 맞아드렸던 말씀입니까? 그럼 빨리 전화
  를 치십시오. 비행기로 씽 날아오라고 말입니다.

  * 명호 전화를 꺼내 준다.

아버지: 그럼 그럴까?

  * 명호 아버지 전화를 받아 꾹꾹 누른다.

아버지: 여보시오?

45. 공항

  * 명호 아버지, 명호, 향옥 공항에 나와 기다리고 있다.
  * 이윽고 출찰구로부터 아줌마 나온다.
  * 명호 아버지 마중 가서 아줌마의 손을 잡고 나온다.
  * 모두들 서로 놀란다.

아버지: 얘가 내 아들이고 얘가 제 며느리 감입니다. 인사해라, 새어머
  니시다.

명호와 향옥: (동시에)아줌마!

아버지: 아줌마! 어머니다.

명호와 향옥: (동시에)어머니!

아줌마: 우리 아들, 우리 며늘!

* 명호와 향옥 달려가 아줌마한테 안긴다.
* 아줌마 좋아서 어쩔 줄을 모른다.
* 이때 창수와 미화, 희래 달려온다.

창수와 미화: 안녕하십니까? 축하합니다. 축하합니다.

명호: 너희들 어디로 가니?

창수: 형님네만 잔치를 하겠소? 우리도 한국에 잔치하러 가오.

명호: 그랬구나! 근데 희래, 너는?

희래: 난 외기러기니깐 잔치 하러는 못 가고⋯약혼하러 가오. 오빠 한국
  잔치 때 꼭 참가할거요. 내 신랑감 데리고! 자, 그럼 안녕!

일동: 안녕!

* 창수, 미화, 희래 공항으로 들어간다.

46. 시골 향옥이네 집 안

* 사돈인사가 한창이다.
* 밖에서는 동네사람들이 모여와 환성을 올린다.

47. 결혼식장

* 주례의 주최 하에 결혼식이 순서대로 이어나가고 있다.
* 춤판도 흥겹다.
* 그 속에서 행복에 잠겨 웃고 있는 명호와 향옥.

사랑의 샘

나오는 사람

제1회

[주제가]

바위틈을 비집고서 솟아나는 샘
모래알을 굴리면서 솟아나는 샘
티 없이 맑은 마음 힘이 되어서
지심을 뚫고나와 흘러가누나
아~사랑의 샘이여
한마음 자식들의 내일을 위해
쉼 없이 솟아나는 사랑의 샘이여

벼랑이면 주저 없이 뛰어내리고
얼음이면 서슴없이 뚫고 흘러라
저 멀리 아득한 바다를 향해
희망의 노를 저어 흘러가누나
아~사랑의 샘이여
한마음 자식들의 내일을 위해
쉼 없이 흘러가는 사랑의 샘이여

1. 용골(새벽)

* 밝는가 마는가 서서히 동터오는 용골
* 산등성이를 물들이며 피어오르는 노을.
* 잠 없는 수탉의 야무진 울음소리.
* 용골의 전경.
* 통 털어 열호가 되나마나한 용골의 모습이 차츰 한눈에 안겨온다.

2. 용골 꼴밭(새벽)

* 썩! 썩! 풀 베는 소리.
* 학수 이슬에 폭 젖은 채 소꼴을 베고 있다.
* 큼직하게 꼴단을 묶어들고 일어서는 학수.

3. 용골 고갯길(새벽)

* 학수 꼴단을 어깨에 둘러메고 고갯길을 내린다.
* 여기에 영애의 방백이 울린다.

영애(방백): 여보세요, 문옥의 선생님이 그러시는데 우리 문옥이도 만
약 시내학교에 가 다닌다면 중점고중은 물론 중점대학도 문제없
답니다. 우리 시내에 들어갑시다. 예? 우리야 인젠 더 바랄게 있
습니까? 애들의 장래밖에!

(회상)

4. 강냉이 밭

* 학수 후치질을 하고 있는데 시내에 갔던 영애 돌아온다.

영애: 여보시오! 내 방금 문철이네 학교에 갔다 오는 걸음인데 문철이
공부 좀 딸리는 모양입니다. 학교에서 밤10시면 모두 불을 끄게
해서 저마다 전짓불을 켜들고 이불 속에서 공부를 한답니다. 시
내에 집이 있는 애들은 제집에 가서 마음대로 한다는데… 문철
이는 내년에 대학시험을 쳐야지, 문옥이는 금년에 고중시험을 쳐
야하는데 우리 문옥이를 봐서도 그렇고 문철이를 봐서도 그렇고
시내에 올라가 집을 한 채 세 맡고 애들의 뒷바라지를 해 주는
게 어떻습니까?

학수: 글쎄… 그런데 시내에 가서 살 만할까?

영애: 허리띠를 졸라매고서라도 살아야지 어쩌겠습니까?

    * 깊은 사색에 잠기는 학수

(회상 끝)

    * 학수 꼴단을 쳐 메고 고개를 내린다.

5. 학수네 외양간

    * 학수 지고 온 꼴단을 내려놓고 외양간에서 소를 풀어 내온다.
    * 싱싱한 꼴단에 머리를 박고 맛나게 먹어주는 황소
    * 학수 빗자루로 소잔등을 쓸어준다

학수: 곤두 뿔아! 운명이 폐로워서 우리도 갈라져야 되겠구나! 부디 좋은 임자를 만나서 잘 살아라!

    * 주인의 마지막 사랑을 감지한 듯 머리를 쳐들고 생각하는 황소.

6. 고갯길

    * 학수 황소를 몰고 소장으로 들어간다.

7. 소장거리

    * 학수 말뚝에 소를 매기도 전에 장꾼들이 왁 몰려든다.

장꾼들 소리: "야! 그 소 한번 살만하다!"

    "오늘 진짜 연변소가 나왔구먼! 저 껑충 쳐든 대가리를 보시우!"

"그리고 저 쩍 벌어진 가슴팍, 짤록한 허리, 힘 꽤나 쓰겠지요?"
"참 좋은 종우입니다. 종우, 보기 드문 종웁니다…"

* 이때 장꾼 하나 학수 앞에 다가간다.

장꾼: 저… 소 임자 입니까?
학수: 네! 그렇습니다!
장꾼: 그런데 이 좋은 황소를 왜 팝니까? 부리기 한창 좋은 소를 말입니다.
학수: 네! 그런 사연이 있습니다. 애들을 시내에 보내 공부를 시키려고…
장꾼: 네! 그렇군요! 옛날부터 우리 조선 민족은 소 팔아 자식 공부시킨다는 옛말이 있지 않습니까? 이 소는 내가 사겠습니다.

* 학수 돈을 받아 세어보는 사이 장꾼 소고삐를 풀어들고 흥얼거리며 떠나간다.

학수: 여보시오? 잠깐만!

* 학수 황소의 대가리에 자기 볼을 부비고 빨리 가라고 황소의 궁둥이를 가볍게 쳐준다.
* 서러운 듯 영각하는 황소 "음메…"

8. 식당 안

* 학수 혼자서 술을 마시고 있다.

9. 식당 단칸방 안

* 영화 향란이와 함께 술을 마시고 있다.

영화: 향란이, 이젠 나의 셋집에 와서 같이 살기요!

향란: 영화씨 아직 이혼도 하지 않았는데 그러다가 그 여자 찾아와서 난리를 벌리면 어쩝니까?

영화: 이혼이야 이미 하기로 돼 있는 게 아니요?

   * 이때 설매 문을 와락 열고 들어선다.

설매: 그렇지 글쎄! 뛸 데 있습니까? 이러자고 시내에 들어왔지. 예? 저 여자 누굽니까?

영화: 양? 저… 장사 친구요!

설매: 장사 친구? 장사 친구라는 게 그렇게 빨고 핥으면서 놀아댑니까?

   * 설매 다짜고짜 향란에게 덮쳐든다.

설매: 이 쌍년아! 너도 농촌에서 굴러 왔다던데 이런 군입질을 하려고 올라왔니? 내 보는 앞에서 한번 쫄딱 벗고 놀아봐라!

   * 영화 설매를 뜯어말리나 설매 더 영악스레 향란에게 덮쳐든다.

10. 식당 안

   * 학수 술이 거나해졌다.
   * 이때 단칸방에서 치고 박는 소리가 나서 학수 단칸방을 들여다본다.

학수: 아니, 저 아주머니가…

   * 학수 자리에서 일어난다.

11. 식당 단칸방 안

   * 학수 달려가 설매를 뜯어말린다.

학수: 아주머니, 왜 이럽니까? 공중장소에서 이러면 안됩니다. 아주머니, 좀 진정하시오!

＊ 설매 씩씩거리며 겨우 손을 뗀다.

설매: 내 진정하게 됐소? 먼저 시내에 와서 자리를 잡은 다음에 우리 춘나와 춘남이를 데려다 시내에서 공부를 시키겠던 게 저 남자 무슨 짓을 피우고 돌아다니는가 보오!

영화: 도대체 내 뭘 어쨌다고 이 난시야? 매부도 알지만 시내에서 여자들과 술을 마시는 일은 다 보통일이 아니고 뭐요? 그런데…

설매: 그저 곱다라니 술만 마셨는가? 술만 마셨는가 말입니다.

학수: 남 보기 창피하게 여기서 떠들지 말고 동네에 가서 토론합니다. 갑시다!

설매: 내 떠들지 않게 됐소? 나는 혼자서 농사질을 다하고 아새끼들 둘까지 키우느라고 엉덩이 땅에 붙을 새 없이 돌아치는데 소위 남편이란 저 남자 지금 뭘 하는가 보오! 일전 한 푼 집에다 안 부치고 계집들 옆구리에 다 쑤셔 넣으니…

학수: 네! 알만합니다. 이런 말들은 집에 가서 천천히 하시오! 자, 그만 갑시다!

＊ 설매 학수에게 끌려가면서도 그냥 소리친다.

설매: 이제 보시오! 내일 내 아새끼들을 다 데리고 시내로 올라오는 걸! 난 무슨 똥 진 오소린가 합니까? 아새끼들 아니면 나도 멋들어지게 삽니다.…

＊ 학수 설매를 끌고 밖으로 나간다.

12. 용골로 가는 언덕길

* 학수 비틀거리며 언덕길을 오르고 있다.
* 취흥에 노래를 흥얼거린다.

[노래]

땅 없이 못 사는 농민이란다
소 없이 못 짓는 농사란다
소 팔고 땅 내놓고 고향을 떠나
시내로 올라가는 발길 무겁다
아~이 세상 한끝에 간대도
내 이름 변함없는 농민이란다

13. 용골 고갯마루 샘터

* 퐁퐁 솟아나는 샘물
* 학수 샘물을 마시고 얼굴을 씻는다. 술이 깨고 정신이 개운해지는 듯
  고갯마루에 뛰어올라 고향을 내려다본다.
* 오붓하게 자리 잡은 용골마을이 다정히 안겨온다.

학수(방백): 나서 자란 고향, 조상의 뼈가 묻힌 고향을 내일이면 영영 떠
　　　나야 한다. 뼈로 가꾼 기름진 밭을 버리고 정이 배인 기와집을 버
　　　리고 인정 많은 고향사람들을 작별하고 길 설고 사람 설고 생활마
　　　저 생소한 시내로 가야 한다.… 무엇 때문에? 도대체 무엇 때문에?

* 학수 고갯마루에 털썩 앉아버린다.
* 고향의 산과 들 일초일목이 볼수록 정답다.

학수: 내가 우둔한 짓을 하는 건 아닐까? 그러다가 애들이 대학에 못
　　　가면… 내가 못 갈 길을 택한 게 아닐까?

* 학수 엉덩이를 털고 일어나 고갯길을 내린다.

14. 학수네 집 안

* 영애 아래위 방을 오르내리며 자질구레한 짐 보따리를 꾸리고 있다.
* 영애 갑자기 무슨 중요한 일을 생각한 듯 걸상을 놓고 올라서서 천정을 들춘다.
* 비닐과 종이에 정히 싼 문철이와 문옥이의 영예증서다.
* 영애는 두 아이의 1학년 때부터의 최우등증서, 개근생증서, 우수소선대원증서 등을 몽땅 모아두었다.
* 증서를 펼쳐보고 시름이 놓이는 듯 가슴에 대보는 영애
* 이때 학수 들어온다.

영애: 이렇게 빨리 왔습니까? 소를 팔았습니까?

* 학수 머리만 끄덕인다.

영애: 점심 차리랍니까?

학수: 소를 판 사람이 굶어왔겠소?

* 학수 돈뭉치를 영애에게 준다.

학수: 여보, 우리 한번 곰곰이 재검토를 해보는 게 어떻소? 우리가 도시에 들어가…

영애: 아니… 왜 동요가 생깁니까?

학수: 동요가 생긴 게 아니라 한번 떠난다는 게 수월하오?

영애: 시내생활을 하자면 고생을 해야 한다는 거 이미 다 각오한 게 아닙니까?

학수: 고생을 하는 건 문제가 아닌데 그러다 혹시 애들이 대학에 못 가기라도 하면 무슨 낯으로…

영애: 야, 못 붙을 생각부터 합니까? 꼭 붙습니다.

학수: 그게 우리 생각대로 되는 일이요?

영애: 애들의 정황은 선생님들이 우리보다 더 잘 압니다. 시내에 들어 가라는 것도 문옥이네 반주임 선생님이 귀띔해준 게 아닙니까? 문옥의 지금 기초에서 시내 학교에만 가면 문제없답니다.

학수: 글쎄… 맘처럼 됐으면 걔들을 다 대학에 보내고 다시 마을로 돌 아와도 낯이 서겠는데…

영애: 됩니다! 꼭 된다는데 그럽니까? 우리 동요하지 말고 결심한대로 해봅시다.

학수: 그럼 애들과도 똑똑히 말해줘야 하겠소!

15. 가쪽 산소 앞

* 영애와 문옥 서있고 학수 술을 부어 제사상에 올린다.
* 김씨 저와는 전혀 상관없는 일처럼 한쪽에 앉아 산천구경을 하고 있다.

학수: 아버지, 이 불효한 아들은 내일 아버지의 곁을 떠나갑니다. 아버 지의 손자와 손녀를 공부시키기 위하여 정든 고향을 떠나 낯선 시내로 떠나갑니다. 아버지 대에선 왜놈들 때문에 학교를 못 다 녔고 우리 대는 '문화대혁명' 때문에 중학교도 제대로 못 다녔습 니다. 이제 우리의 후대까지 문맹으로 만들 수 없지 않습니까? 이제 명년 이때면 우리 가문의 첫 대학생이 나올 겁니다. 그때 와서 아버지께 희소식을 전해드리겠습니다.

* 문옥이 술을 붓고 맹세한다.

문옥: 할아버지, 부모님의 기대에 어긋나지 않게 열심히 공부하겠습 니다.

영애: 됐습니다. 빨리 내려갑시다.

16. 고갯길

* 문옥 앞서 내려가고 학수와 영애 뒤따라 내려간다.

학수: 여보! 저녁엔 술과 고기나 푹 사다가 동네사람들을 청하기요! 이
별주라도 마셔야지!

영애: 네! 그런데 어머니가…

  * 김씨 그냥 무덤 앞에 앉아있다.

김씨: 영감, 난 시내로 안 갈 테요! 난 영감 곁에서 동무를 할 거요!

  * 학수와 영애 달려와 김씨를 부축해 일으킨다.

영애: 어머니, 이젠 내려갑시다.

  * 학수와 영애 김씨를 모시고 산을 내린다.

17. 설매네 집 밖

  * 춘남 문 앞에 쪼크리고 앉아있다.
  * 춘나 학교에서 돌아온다.

춘나: 춘남아, 너 왜 거기 앉아있니?

춘남: 배고파서!

춘나: 어머니는?

  * 춘남 머리를 가로 젓는다.

춘나: 빨리 들어가자! 누나 밥 해줄게!

  * 춘나 춘남이를 일으켜 세워 집으로 들어간다.

18. 학수네 집 안(밤)

  * 구들이 모자라게 술상이 차려지고 집안이 터지게 동네사람들이 모여 앉았다.

학수: 동네 여러분! 이렇게 와주시니 참 반갑습니다. 오늘저녁에는 취하게 마시고 춤추며 놉시다! 자, 잔을 듭시다!

* 정서 없이 잔을 드는 동네사람들.

19. 설매네 집 안(밤)

* 춘남 정신없이 밥을 퍼먹더니 배를 어루 쓸며 일어난다.

춘나: 왜 일어나니? 더 먹어라!

춘남: 많이 먹었습니다. 엄마 없으니깐 누나도 밥을 영 맛있게 합니다. 예? 난 누나 한 밥이 엄마 한 것보다 더 맛있습니다.

춘나: 배고플 때 먹는 음식이 원래 더 맛있단다.

* 이때 설매 들어온다.

설매: 춘남아, 아버지 우리를 시내에 올라와 살란다.

춘남: 네? 우리도 인젠 시내에 가 삽니까? 아버지랑 같이?

설매: 응! 좋니?

춘남: 네! 좋습니다. 시내에는 집이랑 얼마나 높고 먹는 게랑 얼마나 많습니까? 그리고 전자유희도 놀고 공원에도 가고…

설매: 그래! 우리 춘남이도 이제 공원구경을 시켜야겠구나! 비행기도 태우고 보트놀이도 시키고…

춘남: 잰내비(원숭이)도 보고 공작새도 보고… 좋지?

춘나: 어머니, 우리 시내로 가지 맙시다. 거기 가서 어떻게 삽니까?

설매: 어떻게 살겠니? 멋있게 살지! 두더지처럼 한평생 땅만 뚜지며 살겠니? 장사랑해서 돈이랑 벌어가지고 멋이랑 피우면서 살아야지!

춘나: 아무것도 없이 빈털터리로 들어가서 잘 살만 합니까?

설매: 가서 벌면 있는 게지! 누구네는 농촌에서 스팀집이랑 메고 갔다
더니? 뭐나 없던 데로부터 차차 있게 되는 거지. 처음부터 뭐나
다 있는 게 어디 있니?

춘나: 아버지도 시내에 가 돈을 벌어 부친다던 게 어디 한번이나 부쳐
왔습니까?

  * 그 말이 설매의 급소를 찌른 듯 설매 후닥닥 일어선다.

설매: 하기에 내 악을 쓰고 더구나 시내로 간다는 게다. 너네 아버지
돈을 못 벌어서 집에다 안 부치는가 하니? 다른 데로 다 새나가
서 그렇지! 이제 내가 간 다음에 보자는 게다! 흥!

춘나: 그럼 어머니와 춘남이나 가시오! 난 안 가겠습니다.

춘남: 그러면 나도 안 가겠습니다. 난 누나와 같이 살겠습니다.

설매: 가기 싫으면 말아라! 신경질이 나게…

20. 학수네 집 안(밤)

  * 침묵 속에 지속되는 술판.

학수: 자, 또 한잔씩 듭시다!

  * 모두들 술잔은 드나 말들이 없다.

학수: 인제는 노래나 하면서 노는 게 어떻습니까?

  * 그래도 무반응!

학수: 영삼아, 네 먼저 한곡 떼라! 이거 너무 잠잠한 게 틀렸구나!

  * 영삼이란 나그네도 반응이 없다.
  * 학수 술잔을 들고 영삼이한테로 간다.

학수: 아직 도수 모자라니?

* 영삼 입술을 실룩거리다가 학수의 손을 덥석 잡는다.

영삼: 학수! 우리 어디 노래 부를 정서 있니? 우리 지금 생일 술을 마시니? 잔치 술을 마시니? 짜개바지 때부터 같이 자란 친구가 떠나간다고 이별주를 하시는데 노래 부를 정서 어디 있니?

* 학수도 그 말에 눈시울이 젖어난다. 그래도 참으며 웃음을 지어보이는 학수

학수: 그렇다고 너 울면서 나를 떠나보내겠니? 네가 못 부르겠다면 내 먼저 부를게!

[노래]

땅 없이 못사는 농민이란다
소 없이 못 짓는 농사란다
소 팔고 땅 내놓고 고향을 떠나
시내로 올라가는 발길 무겁다
아~이 세상 한끝에 간대도
내 이름 변함없는 농민이란다.

* 여기서 노래는 차츰 합창으로 번져 진다.

학수: 여러분! 춤이나 좀 춰주시오!

* 영삼 선참으로 일어나 춤을 추자 뒤이어 하나 둘씩 일어나 춤판을 이룬다.
* 웃음 없는 춤판, 기쁘지 않은 춤판, 너무나도 어색한 춤판이다.

[노래]

봄이면 밭 갈아 씨를 뿌리고

가을엔 풍년가 높이 불렀지
정이 든 고향사람 언제 또 볼가
시내로 올라가는 발길 무겁다
아~이 세상 한끝에 간대도
내 이름 변함없는 농민이란다

 * 학수 허리 굽혀 연신 사례한다.

21. 용골(새벽)

 * 용골마을의 새날이 또다시 밝아온다.
 * 닭이 울고 날이 밝고 해가 뜨고…

22. 학수네 집 밖

 * 학수 가대기를 손질하고 있는데 영삼 찾아온다.

영삼: 학수! 너 그 가대기도 가져가려고 그러니?

학수: 농사꾼이 가대기 없이 농사를 어떻게 짓니?

영삼: 시내에 가서도 농사를 짓니?

학수: 다시 돌아올지 아니?

영삼: 다시 오면 또 새 걸 하나 갖추면 되지!

학수: 그게 손때 묻은 쟁기만 하니? 남의 새 빗자루보다 자기가 쓰던 몽당비자루가 낫다지 않니?

영삼: 넌 그 촌 때를 못 벗겠구나! 그런데 학수! 마음뿐이지 쥔 게 없어서… 옛다! 받아라!

 * 영삼 호주머니에서 돈을 꺼내 학수의 손에 쥐여준다.

학수: 영삼아, 내 너네 집 형편을 몰라서? 옛다! 도로 넣어라!

영삼: 어째? 적다고 그러니? 내 자동차 온 다음에 또 올게!

  * 씽 떠나가는 영삼

학수: 자식!

23. 설매네 집 안

  * 춘나 어머니를 도와 이삿짐을 꾸린다.

설매: 그따위 헌 소래짝도 다 싸 넣니? 던져라! 시내에서 누가 그런
      소래짝을 쓴다더니? 그리고 사발, 젓가락…다 던져라!
춘나: 이런 건 꽤나 쓸만한데 그럽니까?
설매: 너 참… 춘남이 옷이나 입혀라!

  * 설매 잡히는 대로 가장집물을 들어 왈왈 내던진다.

24. 학수네 집안

  * 영애 아침상을 치우는데 동네아낙네들 찾아온다. 아낙네들 자기들이 들
    고 온 올망졸망한 보따리를 영애 앞에 내놓는다.

아낙네들: "옜소! 이건 봄에 꺾어 말린 고사리요!"
        "옜소! 우리 남편이 잡아 말린 물고기요!"
        "문철이 책값에나 보태 쓰오!"
        "난 아무것도 없어서… 기장쌀을 좀 가져왔소!"

  * 영애 마을사람들의 성의를 받으며 어쩔 줄을 모른다.

영애: 아니, 이건… 여러분들도 바쁠 텐데… 감사합니다.

아낙네들: 무슨 남이라고 감사는? 우리 좀 있다가 또 올게. 양?

　* 동네 아낙네들 만류할 사이도 없이 나가버린다.
　* 아낙네들이 두고 간 물건과 돈…
　* 감격에 눈물을 꿀꺽 삼키는 영애.

25. 영길

　* 영길을 달려오는 자동차

26. 학수네 집 뜰

　* 문옥 달려 들어오며 소리친다.

문옥: 어머니, 자동차 옵니다!

　* 문옥이 집안으로 달려 들어가고 동네사람들 꾸역꾸역 모여온다.
　* 어느새 뜰에 들어서는 자동차.

27. 설매네 집 뜰

　* 춘남 뛰어오며 소리친다.

춘남: 어머니, 자동차 왔습니다!

　* 설매 자그마한 보따리 하나를 들고 춘나와 함께 나온다.

설매: 빨리 가자! 빨리!

28. 학수네 집 뜰

　* 이미 자동차에 짐을 다 싣고 있다.
　* 설매 춘나와 춘남이를 데리고 뛰어온다.

설매: 생원이! 생원이 어디 있소?

학수: 아주머니, 왜 그럽니까?

설매: 우리도 이 자동차에 앉아 가기요!

학수: 정말 떠나려고 그럽니까?

설매: 정말 가지 않고! 어제 못 봤소? 저네 처형이란 분이 얼마나 희한한 분인가? 내 무슨 머저리라고.

학수: 네! 됐습니다. 알만합니다. 올라타시오!

＊ 이때 영애 뛰어 나온다.

영애: 여보시오! 어째 어머니 보이지 않습니다.

학수: 뭐라오?

＊ 학수와 영애 밖으로 뛰어나간다.

29. 마을길

＊ 학수와 영애 김씨를 부르며 찾아다닌다.

30. 다른 골목길

＊ 동네사람들도 김씨를 찾아 뛰어 다닌다.

31. 산소

＊ 김씨 산소 앞에 멍하니 앉아 있는다.
＊ 김씨 손으로 자꾸 흙을 떠 무덤에 올려놓으며 푸념하듯 중얼댄다.

김씨: 난 영감 곁에 있겠소! 난 시내에 안 가겠소!

＊ 학수와 영애 헐떡이며 뛰어온다.

학수: 어머니, 빨리 갑시다.

김씨: 자네들이나 가오! 난 여기서 영감을 동무하겠소!

학수: 왜 이럽니까? 숱한 사람들이 기다리고 있습니다.

  * 학수 김씨를 억지로 안아 일으킨다.

32. 학수네 집 뜰

  * 부르릉! 떠나가는 자동차
  * 손 저어 배웅하는 동네사람들
  * 손들어 화답하는 학수, 영애
  * 저고리고름으로 눈굽을 찍으며 한 손을 자꾸 내젓는 김씨

33. 영길

  * 먼지를 날리며 영길을 달려가는 자동차

34. 모 도시 전경

* 쭉쭉 일어선 층집
* 차량으로 붐비는 거리
* 인파로 북적이는 시장거리…

35. 학수네 셋집 마당

* 학수 땀을 훔치며 삼륜차를 조립하고 있다.
* 영애 웃으며 달려온다.

영애: 여보시오! 됐습니다.

학수: 문옥이를 학교에 붙였단 말이지?

영애: 네! 문철이 다니던 반에 붙였는데 담임선생도 그냥 원래의 담임 선생이 아니겠습니까?

학수: 그러니 첫 시름을 났구만!

영애: 그런데 학교가 너무 멀어서…

학수: 그래 왜 셋집을 이렇게 시내 끝에다 맡았소?

영애: 시내 중간에는 셋집 값이 얼마씩인지 압니까? 몽땅 2백 원, 3백 원입니다.

학수: 학교가 멀어서 걔들이 바쁘겠는데…

* 학수 집으로 들어간다.

36. 영화네 셋집 안

* 영화와 설매 서로 다투고 있다.

설매: 당신 그새 번 돈을 다 어쨌습니까?

영화: 벌이가 잘 안돼서 못 벌었다지 않소?

설매: 못 벌었습니까? 딴 데다 썼습니까?

영화: 글쎄… 쓰기도 썼지!

설매: 어디다 썼습니까? 그 향란이란 여자한테?

영화: 정신 나갔재이요? 여자들 돈을 떼먹으면 떼먹었지 거기다 돈을 쑤셔 넣을 머저리 남자 어디 있소?

설매: 그럼 돈을 다 어쨌습니까?

영화: 못 벌었다지 않소? 이건 정말…

* 영화 제 쪽에서 왕 한다.
* 이때 문이 열리며 춘나 들어온다.
* 춘나 말없이 책가방을 내던지고 구석에 가 머리를 파묻고 흐느낀다.

설매: 춘나야, 너 왜 우니?

춘남: 누나 울지 마시오!

영화: 말해라! 왜 우니?

춘나: 난 학교에 안가겠습니다.

설매: 정신 있니? 학생이 학교에 안가고 뭘 하겠니? 도대체 무슨 일이 있었니?

춘나: 호적도 없는 떠돌이라면서 애들이 뒤에서 수군거리는데 어떻게…

* 설매 대뜸 영화와 걸고든다.

설매: 당신 호적은 문제없다고 하지 않았습니까? 지금 당장 가서 호적을 해오시오!

영화: 호적을 하는데 돈이 얼마나 드는지 알기나 하오? 어디 가서 당장 떼 온단 말이요?

설매: 모릅니다. 좌우간 해오겠습니까? 안 해오겠습니까?

영화: 내 언제 안 해오겠다고 했는가? 돈이 당장 문제라고 그랬지!

설매: 당신 원래 사기를 잘 치지 않았습니까? 어디 가서 여자들 돈이
　　라도 사기쳐오시오! 정말, 당신 여 동생네 소 판 돈이 아직 있을
　　겁니다.

영화: 소 판돈?

37. 학수네 셋집 안

　　* 영애 순대소를 넣고 있는데 영화 찾아온다.

영화: 어째 너 혼자 있니?

영애: 양! 오빠 왔구만! 빨리 올라오오!

영화: 학수는?

영애: 애들의 학교 멀다고 자전거 보러 갔소! 무슨 일이 있소?

영화: 일이야 무슨… 그런데 너네는 문철이와 문옥이 호적을 안올리니?
　　하겠으면 내 우리 춘나와 춘남이 걸 할 때 같이 해주자고!

영애: 하면 좋겠는데…

영화: 그저 '하면 좋겠는데' 이런 정도야? 이제 봐라! 걔들도 학교에
　　가면 떠돌이라고 애들한테 놀려대지 않는가?

영애: 그런데 호적을 하자면 돈이 많이 드오?

영화: 문이 없으면 많이 들고말고! 그러나 달라는 대로 다 내겠니? 부
　　실하게!

영애: 오빠는 호적을 하는데 문이 좀 있소?

영화: 야, 이게… 좀이라는 게 뭐야? 호적과 최 과장이랑 공안국 허 국
　　장이랑 이젠 다 술친구다. 술만 벌써 몇십 번 같이 먹었다구?

영애: 오빠 괜찮겠소. 양? 그런 모모한 사람들과 다 친하구…

영화: 내 누구야? 용골에서 제일 먼저 날아 나온 용인데!

영애: 그렇게 문을 뚜져서 호적을 하자면 돈이 얼마나 드오?

영화: 둘이 그저 한 4천 원쯤 쓱 메치면 될 거다.

영애: 4천 원이나?

38. 백화상점, 자전거 매대 앞

* 학수 자전거를 돌아보고 있다.
* 마음에 끌리는 자전거가 있어 가까이 다가갔다가는 가격표를 보고 다시 물러서군 한다.

39. 학수네 셋집 안

영화: 너네 소 판돈이 있지 않니?

영애: 집세를 내고 삼륜차를 사고 애들 학비를 내고 두루두루 쓰다나니 한 2천 원밖에 안 남았소!

영화: 2천 원? 어쩌겠니? 조카 호구를 해결하는 엄숙한 문젠데 나머지 돈을 내 변통해서 해줄 테니 그 2천 원만 내라!

영화: 그런데 아직 문철이 아버지 없어서…

영화: 그 매부 있으면 반대를 하겠니?

영애: 그래도 이런 일은 나 혼자 못 처리하오! 인차 오겠는데 좀 앉아 있소!

* 이때 마침 학수 들어온다.

영화: 매부 면바로 오는구먼!

학수: 형님 어떻게?

영애: 오빠 우리 문철이와 문옥이 호구를 해결해준다고 왔습니다. 한 4천 원 든다는데 먼저 이천 원만 내랍니다. 나머지는 오빠 먼저 대겠답니다.

학수: 그건 좋은 일인데 그렇게 되면 애들 자전거가 문제구만!
영화: 자전거가 중하오? 호적이 중하오? 큰돈으로 큰일부터 해야지 부
스럭 돈이 되면 큰일을 망치지 않소? 일요일 날에 자전거시장에
가면 싼거리 자전거 가득하오!
학수: 글쎄…

40. 영화네 셋집 안(밤)

　 * 설매 부엌에서 수건목욕을 하고 춘남이 자고 있다.
　 * 춘나도 옷을 벗고 춘남이 옆에 자리 펴고 눕는다.

설매: 춘나야, 오늘은 왜 공부를 안하니?
춘나: 학교에 안 다닌다지 않았습니까?

　 * 춘나 포대기를 머리끝까지 뒤집어쓴다.
　 * 영화 얼근해서 흥얼거리며 들어온다.

설매: 어디 갔다 이제야 옵니까? 또 술을 마셨지?
영화: 술 안 먹고 일을 하는가? 일이라는 게 다 술상에서 풀리는 세월
인데!
설매: 그래 무슨 큰일을 했습니까?

　 * 영화 호주머니에서 호적 책을 꺼낸다.

영화: 보오! 무슨 큰일을 했는가?

　 * 설매 호적 책을 받아들고 흥분한다.

설매: 호적 책?

* 설매 목욕을 채 끝내지도 않고 구들에 뛰어올라가 춘나가 뒤집어쓴 포대기를 젖힌다.

설매: 춘나야, 이것 봐라! 아버지 호적을 해왔다. 빨리 일어나라!

* 차츰 밝아지는 춘나의 얼굴

41. 학수네 집 안

* 김씨 혼자 앉아 식사를 하고 영애 순대를 담고 있다.
* 문철이와 문옥이 학교를 가며 인사를 한다.

문철: 어머니, 학교 갑니다!
문옥: 학교 갔다 오겠습니다!
영애: 그래! 빨리 가봐라! 늦겠다!

* 문철이와 문옥이 문을 열고 밖으로 나간다.

영애: 어머니, 좀 더 자시겠습니까?

* 김씨 싫다는 소리 없이 사발을 내민다.
* 영애 순대 몇 개를 더 놓아준다.

영애: 어머니, 천천히 드시오. 네?

* 영애 옷을 쳐 입는데 학수 들어온다.

학수: 지금 나가오?
영애: 네!
학수: 나도 나가야겠소!
영애: 그럼 같이 갑시다! 어머니, 멀리 나가시지 말고 동네에서 노시오. 네?

* 밖으로 나가는 학수와 영애

42. 거리

* 학수의 삼륜차에 앉아가던 영애 순대그릇을 이고 내린다.

영애: 난 저쪽 골목에 가 팔아야 되겠습니다.

* 영애 순대를 사라고 소리치며 저쪽 골목으로 꺾어든다.
* 학수 눈으로 영애를 배웅하고 페달을 밟는다.

43. 주택거리

* 영애 순대를 이고 다니며 소리친다.

영애: 순대 사시오!

44. 시장거리

* 학수 삼륜차를 세우려고 두루 둘러보나 세울만한 자리가 없다. 하는 수 없이 학수 삼륜차를 길녘에 붙여 세운다.

45. 주택거리

* 순대 사러 나오는 사람이 없자 영애 집집의 문을 두드리며 판다.

영애: 주인 계십니까?
주인: 누구신지…
영애: 순대를 안 사시겠습니까? 금방 한겁니다.
주인: 어디 좀 봅시다! 야, 먹음직스럽기도… 두 근만 떠주시오!
영애: 네!

46. 시장거리

* 외딴 곳에 앉아있는 학수 일감이 생겨 떠나가는 삼륜차군들을 부럽게 바라본다.
* 마침 학수한테도 일감이 생긴다. ·
* 한 젊은 각시가 찾아온 것이다.

각시: 쌀 좀 실어주겠습니까?

학수: 네! 갑시다!

* 좋아라고 뛰어 일어나는 학수.

47. 주택거리

* 영애 또 다른 집 문을 두드린다.

영애: 주인 계십니까?

* 한 청년이 뭔가를 질근질근 씹으며 문을 열고 내다본다.

영애: 순대를 안 사겠습니까?

청년: 난 또… 갑소! 안 사꼬마! 쉬 싹 날았네.

* 청년 문을 탕 닫는다.
* 한매 맞은 듯 얼굴이 상기되는 영애

48. 거리

* 학수 삼륜차를 몰고 간다. 쌀자루와 함께 각시도 앉아간다.

학수: 아직 멀었습니까?

각시: 거의 다 왔습니다. 저 앞 골목에서 왼쪽으로 꼬부라들었다가 좀 나간 다음에 다시 오른쪽으로 조금 가면 됩니다.

* 힘겹게 돌아가는 삼륜차바퀴.

49. 영화네 셋집 안

* 설매 자고 있는 영화를 흔들어 깨운다.

설매: 일어나시오! 어디 가 돈을 좀 얻어와야지 이러고 어떻게 삽니까? 이 개굴 같은 집에서 토끼처럼 그냥 풀채만 먹으며 살겠습니까? 시내에 한번 나가자 해도 갈아입을 옷 한 견지 없지! 빨리 일어나서 돈 좀 얻어오라는데 못 들었습니까?

* 영화 방법 없이 일어나 앉는다.

영화: 야, 복잡한 양도 한다. 내 갑자기 어디 가서 돈을 얻어오란 말이요? 도적질을 하라오?

설매: 도적질이라도 해야지 어떻게 계속 이 주제대로 삽니까? 당신 정말 도적질보다 사기를 잘 치지 않습니까?

영화: 어째 놀리오?

설매: 향란이 달라했으면 진작 얻어줬을 게야! 그 여자 끼고 다니는 귀걸이랑 금반지랑 다 당신 사준 게지?

영화: 얏! 사줬소! 어째? 당신도 재간이 있으면 당신 사달라는 대로 팍팍 잘 사주는 그런 남자를 친하오!

설매: 친하라면 못 친할 것 같습니까? 그런 놀음이 흥취 없어 그렇지! 향란이겠습니까?

영화: 또 향란인가? 향란이란 말 빼놓고는 말이 안되오?

설매: 네! 이제부터는 향란, 향란, 향란이라는 말을 안하겠습니다. 향란…

영화: 야, 이거…

* 당장 한대에 때려눕힐 듯 주먹을 쳐드는 영화
* 눈썹 한번 까딱 않고 마주 쳐다보는 설매

50. 아파트 단지

* 삼륜차 아파트단지 앞에 와 멈춰 선다.

각시: 이 쌀자루를 집까지 메다주시오!

학수: 어느 집입니까?

각시: 저 6층 두 번째 집입니다.

* 아찔하게 쳐다보이는 층집
* 학수 쌀자루를 메고 각시의 뒤를 따라 층계를 올라간다.
* 두 번째 쌀자루까지 메어 올리자 각시 돈 3원을 학수에게 준다.

각시: 여기까지 실어만 오면 원래 2원인데 올려다준 값까지 해서 3원
     입니다.

* 뒤이어 탕 닫기는 문
* 학수 돈을 잘 접어 쥔다.

51. 주택거리

* 영애 또 한집을 찾아간다. 아까처럼 푸대접을 받을까봐 문 두드리기를
  저어하는데 밖에 섰던 웬 아낙이 수상한 눈길로 훑어보기에 큰맘 먹고
  문을 두드린다.

영애: 주인님 계십니까?

주인: 누구신지?

영애: 순대를 사시겠습니까?

주인: 네! 한 둬 근 주시오! 내 그릇을…

  * 주인 집안으로 사라지자 아까 훔쳐보던 아낙이 제꺽 그 집으로 들어간다.
  * 뒤따라 주인의 얼굴이 나타나 쏘듯이 톡 뱉는다.

주인: 안 사겠소! 가오!

  * 탕 닫기는 문
  * 영애 영문을 몰라 하며 순대그릇을 이는데 집안에서 두 아낙이 찧고
    박는 소리 튕겨 나온다.

아낙(소리): 장사는 무슨 장사? 순 도적놈이라는데 그러오? 아무 집이
    고 문을 두드리며 '계십니까?' 하고 불러보다가 사람이 빈 집이면
    인차 들어가서 눈에 보이는 걸 마구 주어간다오! 안 그러면 촌에
    서 빈털터리로 올라와 어떻게 사오? 방금도 내 뒤에서 감시하는
    눈치를 알고 문을 두드린 게요.

주인(소리): 에구! 세상에 별난 도적놈이 다 있소. 양?

  * 영애 화로를 뒤집어쓴 듯 분하고 억울하고 기막혀 어쩔 줄 모르다가
    눈물을 뿌리며 뛰어간다.

52. 학수네 집 밖

  * 영애 엎어질듯 달려와 문을 차고 집안으로 뛰어 들어간다.

53. 학수네 집 안

  * 영애 순대그릇을 내던지고 쓰러져 운다.
  * 한바탕 울고 난 영애 점차 냉정해진다.

영애(방백): 아버지, 이제 내년이면 우리 가문의 첫 대학생이 나올 겁
    니다. 그때 다시 와서 아버지께 희소식을 전해드리겠습니다…

  * 영애 눈물을 훔치고 다시 순대그릇을 이고 밖으로 나간다.

54. 거리

 * 한 청년 학수를 찾아온다.

청년: 소파를 좀 실어다주겠습니까?

학수: 네! 그렇게 합시다.

청년: 아들 같은 애들과 무슨 '네, 네!' 합니까? '야! 자!' 하시오!

학수: 얏! 그러기요!

 * 학수 청년과 함께 소파를 날라다 싣는다.

학수: 자, 올라앉소!

청년: 난 자전거를 타고 왔습니다.

 * 청년 자전거를 타고 학수와 나란히 가면서 얘기를 나눈다.

청년: 원래 시내에 계셨습니까?

학수: 아니! 농촌에! 용골이라는 조고만 동네서 살았소!

청년: 그런데 시내에는 어떻게 돼 들어오셨습니까?

학수: 아들딸을 공부시켜 대학에 보낼까 해서 오기는 왔는데…

청년: 도시생활이 헐치 않을 겁니다. 시내에선 돈이 없으면 한발자국도
　　　움직이기 바쁩니다.

학수: 글쎄… 끝을 보겠는지? 지금 같아서는…

청 년: 들어온 바에 끝을 봐야지 어쩌겠습니까? 세우시오! 다 왔습니다.

 * 학수 삼륜차를 세우고 소파를 멘다.

청년: 저 6층집입니다. 인주시오! 내 나이 새파란 게 저절로 올려가지
　　　않으리라고 그럽니까? 옜습니다. 수고비나 받으시오!

* 청년 10원짜리 한 장을 꺼내준다.

학수: 그런데 거스름돈이…
청년: 누가 거스름돈을 달랍니까? 다 받아 넣으시오!
학수: 그걸 어떻게… 그럼 옜소! 내가 무상으로 실어다준 셈 치기오!
청년: 왜 이러십니까? 맥주나 한 병 사 마시시오! 내가 한턱 낸 셈 치
　　　고 말입니다.

* 청년 소파를 안고 충계로 올라간다.
* 청년과 돈을 엇갈아보며 감격을 삼키는 학수

55. 학수네 집 안

* 김씨 낮잠을 자고 일어난다.
* 김씨 무슨 생각을 했는지 신을 주어신고 밖으로 나간다.

56. 학수네 집 밖

* 김씨 밖으로 나와 손차양을 하며 하늘을 쳐다보더니 터벅터벅 거리로
　걸어간다.

57. 거리

* 해가 지고 황혼이 깃든다.
* 영애 드디어 순대를 다 팔고 집으로 돌아간다.

58. 거리

* 김씨 갈팡질팡하며 거리를 가로 건넌다.
* 행인들의 놀란 눈길

59. 다른 거리

* 삼륜차군들 하나둘씩 헤어져 돌아간다.
* 제일 마지막까지 앉아 기다리다가 돌아서는 학수

60. 학수네 집 안(저녁)

* 학수와 영애 거의 동시에 집에 들어선다.

학수: 먼저 왔구만!

영애: 나도 방금 들어오는 길입니다.

학수: 장사가 잘됩데?

영애: 네! 당신은 잘됩디까?

학수: 양! 심심하지는 않겠습데!

영애: 시내사람들이 어떻습니까?

학수: 뭐가?

영애: 인품이라 할까? 감정 상하게 놀지 않던가 말입니다.

* 학수 아내에게 부담을 주지 않으려고 인상 좋던 것만 골라서 말한다.

학수: 시내사람들이 확실히 다릅데! 거스름돈 같은 건 줘도 안 받더구
먼! 어떤 손님은 글쎄 2원이면 된다는데도 기어코 십 원짜리를
주지 않겠소? 내 오히려 무엇해서… 당신 보기엔 어떻습데? 시
내사람들이?

* 영애도 학수와 꼭 같은 생각

영애: 영 좋습디다. 우리를 못산다고 깔보는 게 아니라 하다못해 십전
이래도 더 주지 못해 애쓰는 게 아니겠습니까? 그러니깐 장사도
영 재미있습니다.

학수: 그럼 잘 됐소! 난 당신이 어디 가서 괄시를 받는 것 같아 은근
히 근심했는데…

영애: 나도 당신이 어디 가서 인격무시를 당하는가 해서 조마조마했습
니다. 당신 원래 자존심이 강한 게 혹시…

학수: 자존심? 아무렴, 자존심이야 죽지 말아야지! 그것마저 죽으면…
　　　정말, 당신 맥이 없지! 그 무거운 그릇을 이고 다니느라고…

영애: 괜찮습니다. 이거야 팔수록 점점 가벼워지는 건데 당신은…

학수: 내야 일하는 시간보다 앉아있는 시간이 더 많지 않소? 바쁠 정
　　　도로 일감이 생겼으면 좋겠소! 하루에 한 백 원씩 벌게 말이요!
　　　빨리 저녁이나 하기요! 애들도 인차 오겠는데…

영애: 네! 제꺽 해먹고 인차 쉽시다.

학수: 내 석탄을 들여다 주지!

　＊ 학수 밖으로 나간다.
　＊ 영애 솥을 가시고 쌀을 일어 안친다.
　＊ 학수 석탄을 들여온다.

학수: 그런데 왜 어머니가 보이지 않소?

영애: 네? 정말!

61. 동네(밤)

　＊ 학수와 영애 김씨를 찾아다닌다.

62. 학수네 집 안(밤)

　＊ 영애 먼저 들어오고 학수 뒤따라 들어온다.

영애: 못 찾았습니까?

학수: 본 사람들이 말하는데 저녁때쯤 돼서 시내 쪽으로 가드라오.

영애: 그럼 빨리 가서 찾아봅시다. 어머니 혼자서 여기를 못 찾아옵니다.

　＊ 영애 옷을 주어입고 학수 쪽지를 써놓고 둘이 급히 밖으로 나간다.

63. 거리(밤)

* 학수 영애를 삼륜차에 앉히고 이 거리 저 거리를 훑으며 김씨를 찾는다.

64.다른 거리(밤)

* 행방 없이 발 가는대로 걸어가고 있는 김씨

65. 학수네 집 안(밤)

* 문철이와 문옥 집으로 들어온다.
* 문옥 쪽지를 발견하고 읽는다.

쪽지 글: 문철아, 문옥아! 할머니가 잃어져서 우리는 할머니 찾으러 간
다. 집에 오거든 밥을 꺼내 먹고 가만히 앉아서 공부를 해라! 아
버지 씀.

문철: 할머니도 참! 이 큰 시내에서 어디가 있는지 어떻게 알고 찾니?
아버지 어머니 또 애를 먹겠구나!

문옥: 할머니 인젠 노망을 쓰지 않니? 오빠, 배고프지? 내 인차 차려
줄게!

* 밥상을 차리는 문옥

66. 거리(밤)

* 김씨를 찾아 헤매는 학수와 영애

영애: 아이참, 어디로 갔을까?
학수: 어디에 있으나 있겠지!

* 페달을 힘주어 딛는 학수

67. 야간 경찰 근무소 앞(밤)

* 근무 중이던 경찰 쓰러질듯 걸어오는 김씨를 발견한다.
* 휘청거리며 걸어오던 김씨 아무렇게나 펄썩 앉는다.

경찰: 할머니, 왜 여기에 앉으십니까? 어디로 가시던 길입니까?

김씨: 집에!

경찰: 집이 어딥니까?

김씨: 농촌에!

경찰: 시내에는 누가 있습니까?

김씨: 아들이!

경찰: 아들집이 어딥니까?

김씨: 모르오!

경찰: 아들 이름이 뭡니까?

김씨: 학수!

경찰: 어디서 일합니까?

김씨: 삼륜차!

* 이때 학수 김씨를 발견하고 달려온다.

학수: 아니, 어머니가… 경찰동무! 우리 어머니가 위법이라도 한겁니까?

경찰: 아닙니다. 방금 여기와 앉기에 정황을 물어보던 참입니다. 아드님
이십니까?

학수: 네! 집에 돌아가 보니 어머니가 안 계시지 않겠습니까? 그래서
온 시내를 홀떡 뒤집던 중입니다.

경찰: 얼마나 놀라겠습니까? 어서 모시고 가십시오!

학수: 감사합니다!

김씨: 용골 집으로 가자! 용골…

* 영애 달려와 학수와 함께 김씨를 삼륜차에 앉힌다.

68. 학수네 집 안(밤)

* 문철이와 문옥이 공부를 끝낸다.

문옥: 오빠, 우리도 찾아보지 않아 될까?

문철: 쪽지에 우리를 집에 있으라지 않았니? 자칫하면 서로 찾아 헤매다가 밤을 새운다. 자라!

* 이때 발자국소리 들린다.
* 영애 앞서 들어오고 학수 김씨를 업고 들어온다.
* 김씨를 내려앉힌 후 학수와 영애 기진맥진해 스르르 물앉는다.

69.영화네 집 안(밤)

  * 춘나 공부를 하고 춘남 자고 있다.
  * 설매 앉았다 섰다 안절부절 못한다.

설매: 어디 가서 돈을 좀 얻어오라고 내보냈더니 차라리 좋아라하고 어디 가 계집들을 끼고 놀아나지 않는가? 보나마나 그 향란이란 여자한테 빠졌지!

춘나: 어머니는 혼자서도 그렇게 떠듭니까?

설매: 떠든다! 어째? 떠들지 않게 됐니? 네 아버지 하는 짓… 됐다 안 떠들게!

춘나: 그런 건 아버지 오거든 잘 말하시오! 내 앞에서 자꾸 떠들어 무슨 소용이 있습니까? 공부도 못하게!

설매: 하기에 말 안하다지 않니? 공부해라!

  * 설매 한껏 좋다는 옷을 꺼내 입고 입 연지를 덧바르고 밖으로 나간다.

설매: 아버지 물어보면 무도장에 갔다 해라!

70. 무도장 밖(밤)

  * 설매 무도장 밖에서 오락가락하는데 세풍 설매께로 다가간다.

세풍: 춤추시겠습니까?

설매: 춤… 잘못 춥니다.

세풍: 지금 춤은 잘못 출수록 좋습니다. 자! 들어가 보지요!

* 둘은 무도장으로 들어간다.

71. 학수네 집 밖(밤)

* 학수와 영애 애들의 공부에 방해될까봐 밖에 나와 토론한다.

학수: 모인 돈이 한 천원 되오?

영애: 네!

학수: 애들의 자전거부터 사주는 게 어떻소? 이제 저녁공부를 하노라
면 퍽 늦어지겠는데…

영애: 글쎄… 아무 때 사도 살 건데 내일 사줍시다.

학수: 그러기요!

* 방긋이 웃는 달.

72. 무도장 안(밤)

* 설매 세풍이와 몸을 붙이고 춤을 춘다.

세풍: 지금처럼 살게면 농촌에 있지 시내에 와 뭘 합니까? 시내에 올
때의 목적이야 시내사람들처럼 잘 먹고 잘 입고 잘 살아보자는
욕망에서 온 게 아닙니까?

설매: 그런데 글쎄 재간이 없는 걸 어쩝니까?

세풍: 시내에서 잘 살자면 꼭 외국에 한번 갔다 와야 합니다.

설매: 갈 재간이 있습니까?

세풍: 재간이란 게 따로 있습니까? 노력을 하면 되는 겁니다. 노력은
있겠지요? 네! 그러면 꼭 됩니다.

73. 향란이네 셋집(밤)

* 영화 일어나 옷을 찾아 입는다.

향란: 어째 벌써 일어납니까? 열두 시도 안됐는데…
영화: 인젠 집에 가봐야지! 안 그러면 또 앵앵앵… 시끄럽소!

* 영화 일어나 나가려는데 향란 매달린다.

향란: 영화 씨! 또 그게 비였습니다.
영화: 또 월급을 달라는 말이지?
향란: 아니, 아버지 환갑을 쇠겠다고 해서…
영화: 아직 잔치도 안했는데 가시아버지 환갑상까지 차려줘야 하는가?
향란: 어디 잔치를 안했습니까?
영화: 좌우간 보기요! 내 내일 또 사업해보지! 안녕!

74. 영화네 집 안

* 영화와 설매 자고 있다.
* 춘나 부엌에서 밥을 하느라고 서두르는데 춘남 배고프다고 보채댄다.

춘남: 누나, 배고픕니다.
춘나: 다 됐다! 인차 떠줄게!
춘남: 누나 한 밥이 또 맛있겠구나!

75. 학수네 집안

* 문철이와 문옥이 학교로 간다.

문철: 어머니, 학교에서 돈 거둡니다.

문옥: 우리도 거둡니다.

영애: 응! 준다! 빨리 가라!

* 문철이와 문옥 밖으로 나간다.

학수: 자전거 한대가 또 날아갔구먼!

영애: 학교에서 거두는 거야 어쩌겠습니까? 꾸지 않고 애들의 뒤를 섬기
는 것만도 행복입니다. 자전거 값은 또 벌면 되지 않습니까?

학수: 양! 벌기요! 또 나가보지!

* 이번에는 영애 김씨와 신신당부한다.

영애: 어머니, 오늘은 절대 먼데 나가지 마시오. 네?

김씨: 내 언제는 먼데 갑데? 맥도 없는데…

영애: 동네에서 노시오, 네?

* 머리를 끄덕이는 김씨
* 학수와 영애 밖으로 나간다.

76. 영화네 집 안

* 춘남 걸탐스레 밥을 먹고 있다.
* 춘나 둬 술 뜨는둥 마는둥 하다가 일어나 학교 갈 준비를 한다.

춘남: 누나 왜 고렇게 밥에 안 먹습니까? 더 먹으시오! 배고픕니다.

춘나: 누나는 다 먹었다. 너나 많이 먹어라!

* 춘나 책가방을 메고 급히 밖으로 나간다.
* 춘남 누룽지를 들고 따라 일어선다.

춘남: 누나, 배고플 때 먹으시오!

 * 그냥 자고 있는 영화와 설매

77. 전호네 집 안

 * 전호 자다가 벌떡 일어나 시계를 보더니 침대에서 뛰어내려 급급히 옷
   을 들춰 입으며 부산을 떤다.
 * 이리 시끄러운 듯 눈을 비비며 푸념한다.

이리: 오늘은 무슨 바람이 불어 아침부터 이리 복잡합니까? 자지도 못
   하게…
전호: 비행장에 마중 갈 일이 있어서…

 * 노크를 앞세우고 전우 들어온다.

전우: 돈 주시오!
이리: 무슨 돈?
전우: 택시비 있어야 학교로 가지! 걸어서 가랍니까?
전호: 변속자전거를 사 달라 해서 금방 사줬는데 자전거 타고 갈 게지!
전우: 야, 아버지는 경리라는 게 어째 그냥 농촌 촌장처럼 말합니까?
   학교마당에 가보시오! 그 잘난 변속자전거 폐품무지처럼 쌓였습
   니다. 야, 빨리! 지각하겠습니다. 가다가 또 먹어야지!

 * 이리 십 원짜리 한 장을 꺼내준다.

전우: 더 주시오! 아버지는 노촌장이고 어머니는 노깍쟁이입니까?

 * 전호 50원짜리를 준다.
 * 그래도 시원치 않아 입이 쀼죽해서 나가는 전우.

78. 영화네 집 안

* 설매 부스스 깨어나자 바람으로 영화를 흔들어 깨운다.

설매: 일어나시오! 이게 어느 땝니까? 그냥 자면서…
영화: 또 어째 식전부터 앵앵대오?
설매: 오늘 어디 가서 돈 만 원만 얻어다주시오!

* 영화 너무 놀라 벌떡 일어나 앉는다.

영화: 이제 뭐라오? 만원? 내 어디 가서 만 원을 얻어오란 말이요? 상
점을 털라오? 은행을 치라오?
설매: 모릅니다. 털든지 치든지 어쨌든 얻어다주시오!
영화: 당신 돈 만 원을 해서 뭘 하오?
설매: 출국하겠습니다.
영화: 출국? 만 원을 가지고 출국? 어디?
설매: 러시아?
영화: 러시아? 우리 촌 부인이 어쩌다가 출국을 하겠다는데… 내 그림
힘써보지!

79. 모 여행사

* 영화 없는 멋을 가득 차리고 여행사 간판을 쳐다본다.

80. 여행사 안 복도

* 영화 곧추 경리실을 찾아가 노크한다.
* 소리가 없자 영화 저절로 문을 열고 들어가려 한다.
* 이때 한 여 사무원 서류를 들고 오다가 영화를 쳐다본다.

여 사무원: 누구를 찾습니까?

영화: 동무네 경리 어디 갔소?

여 사무원: 네! 손님이 오셔서… 지금쯤 식당에 계실 겁니다. 손님은?

영화: 손님? 내 어디 손님이요? 아가씬 여기로 온지 얼마 안되는 모양
　　　 이구만! 나 말이요? 여기 전 경리 동생이요!

여 사무원: 네! 그렇습니까? 그럼 들어가서 앉아 기다리십시오! 인차
　　　 올 겁니다.

　　* 영화 틀거지를 빼며 경리실로 들어간다.

81. 거리

　　* 영애 순대그릇을 이고 다니며 소리친다.

영애: 순대 사시오!

　　* 식당에서 손님과 함께 나오던 전호 영애의 목소리를 알아듣는다.

전호: 아니, 영애가 순대장사를 하다니?

　　* 영애가 사라진 곳을 지켜보며 생각에 잠기는 전호

82. 여행사 경리실 안

　　* 영화 뒷짐을 지고 흔들거리며 집안을 돌아보고 있다.

83. 여행사 복도

　　* 전호 층계를 막 올라오는데 아까 본 여 사무원 마주 온다.

여 사무원: 전 경리님, 누가 찾아왔습니다. 정말… 동생이랍니다.

전호: 동생?

* 전호 경리실로 들어간다.

84. 경리실 안

* 경리의 회전의자에 앉아있던 영화 인차 일어나 전호를 반긴다.

영화: 형님, 이제 오오?

전호: 응! 손님이 와서! 무슨 일이 있니?

영화: 내 와서야 형님한테 좋은 일이 있소? 우리 촌닭이 어쩌다가 출국을 해보겠다는데 형님 좀 힘써주오!

전호: 촌닭이라니?

영화: 내 처 말이요!

전호: 제수가 가겠다니깐 좀 바쁘다… 정말, 영화! 영애도 지금 시내에 와서 사니?

영화: 양! 내 정말 형님과 말 안했던가? 형님, 그 내 조카 있지 않고 뭐요! 문철이! 그눔아 작년에 여기 중점고중에 붙었소! 지금 2학년이요!

전호: 몇 반이라더니?

영화: 1반이랍데!

전호: 그럼 우리 전우와 한반이구나!

영화: 양! 옳소! 그리고 그 문철의 여동생 문옥이 금년에 초중졸업반이란 말이요. 그런데 농촌치고는 공부 괜찮은 모양입데! 그래서 그 두 아들딸을 대학에 붙이겠다고 지금 시내에 들어와서 셋집을 맡고 사는데 내 동생은 순대장사를 하고 매부는 삼륜차를 모오!

전호: 그럼 생활이 바쁘겠구나!

영화: 더 말이 있소? 최하층이요! 최하층! 이 오빠라는 게 좀 돈이나

팍팍 벌었으면 조금씩 바쁠 때 도와주겠는데 잘 안되오! 내 동생
이 저렇게 된 건 다 형님 문제요! 우리 동네에 집체호로 왔을 때
형님 내 동생과 약혼까지 다하고 후에는 그게 뭐요? 그때 형님
마음이 안 변했더라면 내 동생 신세 지금처럼 저렇게 안됐지! 당
당한 경리 부인이 됐겠는데…

전호: 됐다! 너는 그때 일을 잘 모른다.

영화: 양! 내 그때 일은 더 말 안할게! 그 대신 지금 일은 잘해줘야 되
오. 양? 우리 처 출국 문제 말이요!

전호: 응! 보자!

　* 영화 나간다.
　* 전호의 머리 속에 새삼스레 지나간 나날의 필름이 되풀려나온다.

(회상)

　* 개울가 버드나무에 밝은 달이 매달려있다.
　* 영애와 전호의 방백이 오간다.

전호: 믿어주오! 내 마음속엔 오직 영애밖에 없소!

영애: 동문 하향지식청년이고 전 귀향청년인데도 될 수 있을까요?

전호: 되고말고! 꼭 되오!

　* 회상에서 깨여나는 전호.

전호: 단순했던 첫사랑.

85. 강변 공원

　* 영애 버드나무 밑 걸상에 가볍게 앉는다.

* 잔잔한 물결, 휘늘어진 버들가지를 머리채처럼 당겨다 가슴에 대보며 회
  상에 잠기는 영애

(회상)

* 개울가 버드나무에 밝은 달이 걸려있다.
* 영애와 전호의 방백이 오간다.

영애: 내일 시내로 돌아가면 이 영애는 점점 동무의 머리 속에서 멀어
　　　 지고 말겠지요?

전호: 아니, 점점 더 나의 가슴속을 파고 들 거요! 갈라져있을수록 그
　　　 리움이 더 진해지는 법이니깐!

영애: 아니에요! 갈라져 있을수록 그리움도 차츰 흐려진다더군요.

전호: 절대로 그럴 수 없소! 못 믿겠으면 이제 두고 보오!

* 회상에서 깨여나는 영애의 입귀에 허구픈 웃음이 어린다.

86. 식료품 도매상점

* 사탕가루포대를 삼륜차에 싣고 있는 학수

주인: 시장까지 실어오시오! 내 먼저 가겠습니다.

* 주인 먼저 승용차를 타고 떠나간다.
* 학수 삼륜차에 올라앉는다.
* 힘겹게 자국을 떼는 삼륜차바퀴.

87. 거리

* 땀을 훔치며 순대그릇을 이고 가는 영애.
* 얼음물장사 앞에서까지 가 섰다가 마른 입술을 감빨며 되돌아서는 영애

88. 거리

* 쨍쨍 내리 쬐는 뙤약볕에 줄 땀을 흘리며 페달을 눌러가는 학수

89. 건축공지

* 흘러나오는 수돗물
* 영애 그리로 다가가 수돗물을 한껏 들이킨다.
* 다시 일어나는 영애의 눈에 이슬이 감돈다.

90. 거리

* 학수 삼륜차를 힘겹게 끌면서 오르막길을 톯고 있다. 올라가다는 다시 미끄러져 뒷걸음치는 학수
* 학수의 등골에서 물처럼 흐르는 땀

91. 건축공지

* 입술을 씹으며 괴로움을 삼키는 영애
* 영애 학수에게로 뛰어간다.

92. 오르막길

* 삼륜차를 끌던 학수 짐이 가벼워짐을 느끼며 뒤를 돌아다본다.
* 영애가 눈물을 삼키며 뒤에서 밀고 있다.
* 사나이의 가슴을 울컥 올리미는 뜨거운 불덩이
* 학수 물처럼 흐르는 땀을 뿌리며 발끝에 힘주어 오르막을 오른다.

93. 학수네 집 밖

* 영애 지친 다리를 끌며 마당에 들어선다.

94. 학수네 집 안

* 영애 집안을 둘러본다. 김씨의 자리가 비어있다.

영애: 아니, 어머니가 또…

  * 급히 밖으로 뛰어나가는 영애

95. 동네거리

  * 영애 동네 아낙네를 붙잡고 물어본다.
  * 동네 아낙네 손짓을 해보이며 어디로 가더라고 알려준다.
  * 영애 그리로 뛰어간다.

96. 뒷산 언덕

  * 김씨 언덕에 앉아있다.
  * 헐떡이며 뛰어 올라오는 영애

영애: 어머니, 왜 여기 와 앉아계십니까?
김씨: 먼데 가지 말라기에 내 먼데 안 가고 이 가까운 산에 왔재이요?
영애: 산에는 뭘 하러 옵니까?
김씨: 양? 금년에도 곡식이 잘 되는가 보자구!
영애: 날도 저무는데 빨리 내려갑시다.
김씨: 양! 가기요!

  * 김씨를 부축하여 산길을 내리는 영애

97. 학수네 집 안

  * 학수 집에 들어오자 구들에 들어 눕는다.
  * 이때 영애 김씨와 함께 들어온다.

영애: 왔습니까?
학수: 어째? 또 시내에 갔습데?

김씨: 내 시내에 안 갔소!

영애: 바람 쐬러 뒷산에 올라갔습디.

학수: 산에는 뭘 하러 갔다오? 또 한참 찾았겠구만!

영애: 옆집아주머니와 말해놓고 갔습디다. 답답해서 어떻게 그냥 집에
만 있습니까? 바람도 좀씩 쐬여야지!

* 영애 저녁 차비를 한다.
* 학수 호주머니의 돈을 몽땅 털어 내놓는다.

학수: 오늘 벌이는 괜찮소! 보오! 한 오십 원 되오! 자, 옜소!

* 돈을 받는 영애의 손에 눈물이 달랑 떨어진다.

학수: 왜 이러오?

* 영애 눈굽을 찍으며 한참이나 말을 못한다.

영애: 여보시오! 우리 용골로 돌아갑시다. 네?

학수: 정신 나갔소? 지금 어떻게 돌아가오?

영애: 내 잘못했습니다. 이제라도 돌아갑시다. 네?

학수: 오늘 갑자기 왜 이러오? 무슨 일이 있었소?

영애: 더 고생하기 전에 돌아갑시다. 난 차마 못 보겠습니다. 당신 그 뙤
약볕에 물자루가 돼서 산 같은 물건을 끌고 가는걸 보니 내 가슴
이 아파서 못 보겠습니다. 당신이 잘 생각해보고 오자는 걸 내가
우겨서 올라와 나는 힘 안 드는 순대장사를 하고 당신은 소처럼
고생하게 하는 게… 여보시오? 우리 돌아갑시다, 네?

학수: 왜 애들처럼 이러오? 우리 이럴 각오를 못하고 떠나왔소? 문옥
이를 중점학교에 붙이고 문철이를 대학에 보내기 위하여 시내생

활이 고달플 줄 뻔히 알면서 올라온 게 아니요? 이제 정말 우리
뜻대로 돼서 문옥이가 중점고중에 붙고 문철이가 대학에 간다면
이까짓 고생이 다 뭐요? 우리 그날을 보고 시내로 올라온 게 아
니요? 그런데 올라오자마자 돌아갈 소리부터 하면 우리의 결심
은 뭐가 되는 거요?

영애: 그런데 글쎄… 당신 고생하는걸 보면…

학수: 고생 끝에 낙이라지 않소? 낙을 위한 고생은 달콤한 거요! 빨리
눈물이나 닦소! 애들이 오는 것 같구먼!

  * 문옥 들어온다.

문옥: 아, 다리야! 어머니, 자전거 사주시오! 온 반급에 자전거 없는 사
람이 나밖에 없습니다. 춘나도 새 자전거를 샀던데…

학수: 내일 사줄게!

문옥: 정말입니까?

학수: 응! 정말!

98. 자전거 상점

  * 학수 자전거를 사서 삼륜차에 싣는다.

99. 거리

  * 학수 자전거를 싣고 흐뭇해 가고 있다.

100. 하학하여 나오는 애들마다 자전거를 타고 떠나간다.

  * 문옥이 혼자 걸어서 교문을 나서는데 춘나 자전거를 타고 오다 뛰어
  내린다.

춘나: 문옥아, 뒤에 앉아라! 같이 가자!

문옥: 먼저 가라! 난 버스를 타고 가겠다.

춘나: 그럼 내 버스정류소까지 태워다줄게!

문옥: 싫다는데! 빨리 가라!

춘나: 그럼 천천히 오라!

　* 춘나 자전거에 뛰어올라 떠나가고 문옥 혼자서 터벅터벅 걸어간다.

101. 학수네 집 밖

　* 학수 삼륜차에서 자전거를 내려놓고 바퀴를 돌려보고 있는데 영애 순대그릇을 옆구리에 끼고 돌아온다.

영애: 자전거를 샀습니까?

학수: 양! 벌써 오오?

영애: 이제 애들이 오면 좋아하겠습니다.

학수: 그런데 돈 때문에 하나는 자전거시장에 가서 타던 걸 샀소!

영애: 이것도 아주 좋습니다. 새것 같습니다.

　* 문옥 맥없이 들어오다 자전거를 보고 소리친다.

문옥: 자전거 샀습니까? 아버지!

　* 문옥 달려가 학수의 허리를 끌어안고 돌아친다.

학수: 계집애도! 빨리 좋은가 타보기나 해라!

문옥: 네!

　* 문옥 제꺽 변속자전거를 밀고나가 저쯤까지 타고 갔다 온다.

문옥: 아버지, 영 좋습니다.

영애: 그건 오빠 거고 이게 네 거다.

  * 문옥 대뜸 입술이 한자나 나온다.

문옥: 이 잘난 걸! 이걸 오빠 주시오! 오빠는 남자가 돼서 아무거나 괜찮습니다.

학수: 너네 학교를 가는 길은 평길이고 오빠네 학교는 오르막길로 가지 않니? 그러니 네가 이걸 타라!

영애: 이런 여자용 자전거를 오빠가 어떻게 타니?

문옥: 그럼 다 변속자전거를 살 게지! 난 저 잘난 걸 안 타겠습니다. 가져다 물리시오!

  * 문옥 토라져서 집으로 들어간다.
  * 학수 욕은 못하고 자전거방울을 연실 울려댄다.
  * 그러는 남편의 쓰린 가슴을 헤아리는 영애
  * 영애 문옥의 뒤를 따라 집으로 들어간다.

102. 학교 마당

  * 문철이 혼자서 걸어 나오고 있다.

103. 식료품 상점 안

  * 전우 웬 친구와 맥주를 마시고 있다.

전우: 우리 먹은 게 모두 얼맙니까?

주인: 26원이요!

친구: 내 낼게! 너네 학생들이 무슨 돈이 있니?

전우: 형님 정말 모르오? 돈을 벌지 않고 돈 잘 쓰는 게 학생이요! 형님 되오?

* 전우 돈을 메치고 밖을 내다보다가 문철이 지나가는 것을 보고 부른다.

전우: 문철아, 여기 오라!

* 싫다고 물러서는 문철이를 전우 한사코 끌어들인다.

104. 학수네 집 안

* 문옥 학수 앞에서 반성하고 있다.

문옥: 아버지, 내 잘못했습니다. 변속자전거는 오빠를 주시오! 난 아무거
　　　나 다 좋습니다. 그리고 아버지도 내일부터는 몸을 돌봐가며 일하
　　　시오! 그러다가 우리 대학에 가기 전에 병이라도 나면 어쩝니까?

* 자식의 반성에 애비구실 못한 죄책감을 느끼며 더구나 가슴이 쓰려나
　는 학수

105. 전호네 집 안 객실

* 전호와 이리 텔레비전을 보고 있다.

전호: 전우는 왜 아직도 안 오오?
이리: 아버지 모르는 일을 내 어떻게 압니까? 이제 돌아오면 좀 짯짯
　　　하게 따끔하게 말해놓으시오! 다 잘못 번진 다음에 욕만 하지 말
　　　고 말입니다.
전호: 내 그냥 밖에 나가 사는 게 언제 어쩔 사이 있소? 당신 좀 잘
　　　교육하오!
이리: 어디 내 말을 듣습니까?

* 이때 전우 들어온다.

전호: 너 어디 갔다가 이제 오니?

전우: 놀다가 옵니다.

전호: 너 술 마시지 않아?

전우: 내 어디 술 마십니까? 맥주 좀 마셨습니다.

이리: 학생이란 게 술이랑 먹어도 일없니?

전우: 누가 술 마셨습니까? 맥주도 술입니까? 어머니는 그저…

이리: 그럼 담배는 왜 피우니?

전우: 지금 담배 안 피우는 학생이 몇이 된다고 그럽니까? 선생님들도
　　　 가만있는데 어머니는 그저…

이리: 보시오! 내 말을 듣습니까?

전호: 됐소! 당신도 좀 작작 앵앵거리오!

　　* 전호 전우를 데리고 다른 방으로 간다.

전호: 전우야, 너네 반급에 문철이라는 학생이 있니?

전우: 네! 있습니다.

전호: 공부랑 잘하니?

전우: 계속 일등 아니면 이등입니다.

전호: 어느 때 한번 우리 집에 데리고 오라!

전우: 아버지 문철이를 압니까?

전호: 글쎄 내 한번 보자!

106. 영화네 집 안

　　* 춘나 공부를 하는데 영화 친구들과 함께 마작을 놀고 있다.
　　* 귀청 아픈 마작 뒤섞는 소리, 춘나 참다못해 한마디 한다.

춘나: 아버지! 내일 기중시험을 치는데…

영화: 웅! 인차 끝난다.

춘나: 야, 정말!

* 춘나 다시 공부를 하려고 애쓰지만 마작소리 때문에 공부가 되지 않는다.
* 춘나의 옆에 턱을 고이고 앉아있던 춘남 마작판으로 가서 마작보를 뒤집어 놓는다.

춘남: 우리 누나 시험 친다는데 그냥 놉니까?

* 깨여지는 마작 판

107. 버스 역

* 영애 버스를 기다리며 서있는데 택시 주르륵 영애 앞에 와 선다.
* 설매 차창으로 머리를 쑥 내민다.
* 옆에는 세풍이 앉아있다.

설매: 춘나 아재! 왜 여기 서있소?

영애: 학부형회의를 가는데 형님은 어째 안 가오?

설매: 그런 데 간다고 춘나 학습 성적이 올라가오? 춘나 아재 내 대신 잘 듣고 오오! 내 지금 일이 바빠서…

* 다시 떠나가는 택시

108. 교실 안

* 교실에는 학부모들이 가득 앉아있다.

이 선생: 방금 시험성적표를 내드렸는데 잘 보십시오!

　　* 성적표에서 문옥의 이름을 내리 찾는 영애
　　* 끝내 찾아낸 영애의 놀란 눈길

영애: 아니 전 반급에서 31등?!

제4회

109. 학수네 집 안(밤)

* 학수와 영애, 문철이 문옥 마주 앉았는데 영애 구들을 치며 문옥이를 훈계하고 있다.

영애: 네절로 똑똑히 봐라! 이게 뭐야? 이게! 전 반에 51명밖에 안되는데 거기서 31등이란 게 이게 뭔가 말이다. 이런 점수를 맞으라고 아버지 어머니 땅까지 다 버리고 시내에 와서 괄시를 받으면서 애면글면 벌어 네 뒷바라지를 했는가 하니? 넌 아버지, 어머니 너네 뒤를 대겠다고 손톱이 빠지고 허리뼈 물러나게 고생하는 게 하나도 안 보이니? 그래도 다른 집 애들한테 짝지지 않게 하겠다고 철따라 새 옷을 사주고 자전거를 사주고 학교에서 거둔다는 돈은 다 벌어주는데 이게 뭐야? 31등. 이래가지고 어떻게 중점고중에 가고 대학에 붙니. 네 오빠를 봐라! 이번에도 전 반에서 2등, 전 학년에서 6등을 했다. 너는 왜 오빠를 본받지 못하니? 응? 야, 정말 답답하다.

문철: 어머니, 너무 이러지 마시오! 나도 처음 와서는 26등밖에 못하지 않았습니까? 농촌에서 1, 2등 하던 건 다 쓸데없습니다. 농촌에 있을 때보다 두세 배 더 노력해도 따라가기 바쁩니다. 문옥이 금방 와서 아직 이런 도리를 몰라 농촌학교만큼 믿고 그런 것 같은데 이제부터 정신을 차리고 바싹 노력하면 될 겁니다.

학수: 그래! 되겠지! 이번 교훈을 잘 살려서 이제부터라도 바싹 노력해 봐라! 늦은 새는 빠른 새보다 먼저 날아야 되고 거북이 토끼를

따라가자면 다리가 각이 물러나게 뛰어야 하니라! 이제부터 잘
할만하지?

* 머리를 끄덕여 굳은 결심을 다지는 문옥
* 주제가의 선율 속에 아래의 화면이 흐른다.

110. 뒷산 나무숲(신 새벽)

* 외국어를 암송하는 문옥

111. 거리(새벽)

* 삼륜차에 짐을 싣고 달려가는 학수

112. 문옥이네 교실

* 혼자 앉아 공부하는 문옥

113. 거리

* 팥죽을 팔러 다니는 영애.

114. 학수네 집 안(밤)

* 자다말고 벌떡 일어나 탁상 등을 켜놓고 눈을 집어 뜨며 책을 펼쳐
  드는 문옥
* 영애 일어나 앉는다.

영애: 문옥아, 잘 때는 자면서 해라! 그러다 병나겠다.
문옥: 어머니 쉬시오! 내 한 문제만 데꺽 풀고 인차 자겠습니다.
영애: 인차 자라!

* 다시 눕는 영애, 점점 정신이 올똘해지는 문옥

115. 영화네 집 안

* 영화와 춘남이 아직 이불 속에 있는데 설매 치장을 진하게 하고 옷을
갈아입고 있다.

영화: 어디를 가는 게 새벽부터 그리 분주하오?

설매: 어디 가겠습니까? 해관에 신체검사하러 가지?

영애: 그래 진짜 가오?

설매: 웃긴다, 정말! 출경통행증까지 다 뗐다는데도 그래 그냥 거짓말
인가 했습니까?

* 영화 눈곱을 뜯으며 일어나 앉는다.

영화: 그래 이 춘남이와 춘나를 몽땅 나한테다 밀어놓고 간단 말이요?

설매: 내 놀러 갑니까? 나 혼자를 위해 고생하러 갑니까? 집에서 그래
그만한 고생쯤 하는 게 무엇이 대단합니까?

영화: 그저 고생인 게 아니라 내 애들 둘을 어떻게 키우오?

설매: 어째 못 키웁니까? 나도 5년이나 농촌에서 개고생하면서 혼자
키웠는데 다 큰 애들도 혼자 못 키우겠습니까?

영애: 당신은 그래도 여자 아니요? 내 어떻게…

설매: 남자 돼서 그래 제 안깐(아내)은 농촌에 파묻어두고 시내에 와 다
른 여자들과 히들거렸습니까? 내 가거든 그 여자보고 밥도 해주고
집도 거두어 달라고 하시오!

영화: 그것도 말인가? 안되오! 둘이 하나씩 갈라보기요! 내 춘나를 책
임질게 당신 춘남이를 책임지오!

설매: 내 어떻게 책임집니까? 러시아 데리고 가랍니까?

영화: 데리고 가든 누구한테 맡겨놓고 가든 어쨌든 책임져놓고 가오!
그렇잖으면 못 갈 줄 아오!

설매: 지금도 내 당신 가라면 가고 못 간다면 못 가는가 합니까?

영화: 어쨌든 난 춘나 하나밖에 못 책임지겠소! 당신 맘대로 하오!

* 영화 다시 들어 눕는다.

설매: 봅시다. 글쎄…

* 설매 밖으로 나간다.

116. 열차 안

* 세풍과 설매 창가에 마주앉아있다.

세풍: 오늘 신체검사를 하면 모레쯤 인차 떠나야 하오!

설매: 그런데 우리 그 나그네 자기는 아이들 둘을 못 책임지겠다고 나더러 작은 걸 책임져놓고 가라는데 어쨌으면 좋겠는지…

세풍: 거기 무슨 어쩔게 있소? 누구한테다 맡겨놓고 가면 되지! 시내에 친척이 없소?

설매: 시누이네 집 한 집밖에 없는데…

세풍: 그럼 그 집에다 맡겨놓고 갈게나.

설매: 그 집에서도 셋방살이를 하는데 애들 둘에 늙은 엄마까지 있단 말입니다.

세풍: 그럼… 정말 하남 어느 곳에 전문 출국하는 집 애들을 맡아 봐주는 그런 집이 있답데. 돈만 내면 된다오!

설매: 어디 돈이 있습니까? 그리고 숱한 애들을 봐주는 게 잘 봐주겠습니까?

세풍: 그럼 하나씩 봐주는 개인 보모도 있소!

설매: 그런 집에서는 영 많이 받는답니다.

세풍: 그럼 그게 곤란하구만! 정말 어느 땐가 설매 부모 생전이라 안했소?

설매: 그런데 농촌이란 말입니다.

세풍: 농촌이 일 있소?

설매: 우리 춘남이 이제 여름이면 학교에 붙어야 되겠는데…

세풍: 그 먼 데까지 생각할게 있소? 먼저 부모들 집에 맡겨놓고 떠나잔 말이요! 떠난 다음에야 남아있는 사람들이 방법이 있지 않을까봐!

설매: 글쎄 말입니다. 예?

* 전속으로 내달리는 열차

117. 학수네 집 안(저녁)

* 학수네 식구들 방금 밥상에 마주앉는데 밖에서 찾는 소리 난다.

소리: 여기가 문옥 학생네 집입니까?

문옥: 우리 반주임 같습니다.

영애: 뭐라구?

* 학수 한쪽으로 상을 치우고 영애 나가 문을 연다.

영애: 어서 들어오시오!

문옥: 선생님!

학수: 어서 올라오시오! 선생님이 어떻게 이 누추한 집에… 어서 앉으시오!

* 반주임 집 안을 휘— 둘러본다.
* 막대기를 휘둘러도 걸릴 것 하나 없는 집
* 육붙이 하나 없이 차려진 저녁상

반주임: 문옥이가 우리 반으로 온지 몇 달째 되는데 진작 찾아와 보지
　　　　 못해 미안합니다.

영애: 아니, 무슨 말씀을… 이런 집에 반주임 선생님께서 찾아주시니
　　　 참 고맙습니다.

반주임: 기중고시 후에 문옥의 학습 성적이 환히 알리게 좋아지고 있
　　　　 습니다. 그런데 몸이 약한지 전혀 맥이 없어하기에 집안 형편이
　　　　 나 알려고 찾아왔습니다.

118. 영화네 집 밖(밤)

  * 이씨 물어물어 문 앞까지 찾아온다.

이씨: 계십니까?

안의 소리: 누굽니까? 들어오시오!

  * 문을 열고 들어가는 이씨.

119. 영화네 집안(밤)

  * 이씨 들어오는 것을 보고 공부하던 춘나 일어난다.

춘나: 외할머니, 어떻게 왔습니까?

이씨: 말 말아라! 저녁 전에 온 게 여태까지 헤매고 찾았다.

춘남: 외할머니!

이씨: 어이구! 우리 춘남이 이렇게 컸구나! 어디 좀 안아보자!

  * 이씨 춘남이를 안고 구들에 올라가 앉는다.

이씨: 어른들은 다 어디 갔니?

춘나: 어머니는 낮에 신체검사 간다던 게 아직 안 오고 아버지는 모르
　　　겠습니다. 어디 갔는지?

춘남: 내 압니다. 마작 놀러 갔습니다.

이씨: 그래 저녁들은 먹었니?

춘나: 네! 묵은 밥에다 장국을 끓여 먹었습니다. 할머니 못 자시지 않
　　　았습니까?

이씨: 그래! 나도 시장기가 나는구나! 자, 우리 함께 먹자!

　* 이씨 들고 온 보따리를 풀고 삶은 풋 강냉이를 꺼내놓는다.

춘남: 야! 강냉이!

이씨: 그래! 풋 강냉이다. 손녀 보러 오면서도 이렇게 강냉이만 들고
　　　왔구나!

춘남: 난 강냉이 제일 좋아합니다.

이씨: 그래? 그럼 많이 먹어라! 춘나야! 너도 얼른 먹고 공부를 하렴아!

춘나: 네!

　* 춘남 제일 큰 걸로 골라 춘나에게 가져다준다.

춘남: 누나 빨리 먹으시오.

　* 춘남이와 춘나 맛있게 강냉이를 먹는다.

120. 반주임네 집(밤)

　* 이 선생과 박 선생 각기 책상과 밥상에 마주앉아 교수안을 쓰고 있다.

이 선생님: 여보시오! 당신네 반에 문철이라고 있지 않습니까? 초중
　　　때 내 학생이던 그 문철이 말입니다.

박 선생님: 그런데?

이 선생님: 내 오늘 저녁에 그 집에 갔다 왔습니다.

박 선생님: 그 집에는 어째?

이 선생님: 그 문철의 여동생이 우리 반에 붙었습니다.

박 선생님: 그렇습데! 거 정말 희극적이요! 당신이 졸업시킨 문철이를 내가 맡았는데 문철이 여동생이 또 당신 반에 붙었다?

이 선생님: 그런데 그 집 정황이 형편없이 곤란합니다. 자그마한 셋집 에서 다섯 식구가 살고 있는데 야, 정말! 우리 좀 푼푼했으면…

박 선생님: 그런데 그 문철이는 그런 티를 조금도 내지 않던데…

이 선생님: 글쎄 자식들을 시내 다른 애들과 조금도 짝지지 않게 꾸며 내놓겠다고 삼륜차몰이와 순대장사를 하면서 번 돈을 몽땅 애들 에게 처넣지 않겠습니까? 자시는 것도 맨 풀 채에…

박 선생님: 농촌에서 시내에 들어와 애들 둘씩이나 공부시킨다는 게 헐한 일이요?

이 선생님: 이런 줄 알고 당신도 문철이를 잘 돌봐주시오!

박 선생님: 당신은 문철의 여동생을 잘 보살펴주오…

이 선생님: 네!

＊ 다시 교수안을 펴나가는 선생부부

121. 영화네 집 안(밤)

＊ 춘나 공부하고 이씨 춘남이와 함께 누웠는데 설매 술내를 풍기며 들어 온다.

설매: 엄마 왔구만. 이리 빨리 왔소?

이씨: 전달하는 사람이 영 급한 소리를 하는 걸 어쩌니? 내일 떠나와 도 됐겠는걸.

설매: 빨리 오면 일 있소? 이 딸과 하룻밤 자면서 얘기도 하고 너무 좋아서?

이씨: 너 술을 먹고 오지 않았니?

설매: 양! 지금 술 안 먹는 여자 어디 있소? 시골인가 하오?

이씨: 잘한다. 이러자고 시내를 올라왔겠구나!

설매: 그렇잖구! 잘 먹고 잘 살려고 시내에 오지 않고 그래 뭘 하러 오오?

이씨: 잘 먹고 잘 살면 됐지 러시아엔 뭘 하러 간다니?

설매: 뭘 하러 가겠소? 돈을 벌어다 지금보다 더 잘 먹고 더 잘 살자고 가지!

＊ 설매 옷을 대충 벗고 춘남이 옆에 눕는다.

설매: 엄마도 눕소! 누워서 얘기하오! 아버지는 몸이랑 일없소?

이씨: 일없다는 게 글쎄 더하지 않으면 일없는 게지! 아직까지 제 먹을 벌이는 한다.

설매: 내 이제 러시아 가서 돈을 가득 벌어온 다음에 큰 집을 사놓고 모셔올게 그새 우리 춘남이를 잘 봐주오. 양?

이씨: 글쎄 돈도 돈이겠지만 남편이구 애들이고 이렇게 다 버리고 가면 이 집은 그새 뭐가 되니? 집이라는 게 남정들 손이 갈 데 따로 있고 여자들 손이 갈 데 따로 있지 가못댁이라는 게 홀렁 달아나면 이 집안이 제대로 되니? 더군다나 애들한테는 엄마가 있어야 되는데 하루 이틀도 아니고 몇 달 몇 년이 걸릴지 모르는 길을 떠나니…

＊ 설매 잠자코 반응이 없다.

이씨: 너 듣니?

* 이씨 몸을 일으켜 보니 설매 벌써 꿈나라로 들어가 버렸다.
* 어이없어 되눕는 이씨

122. 학수네 집 안(이른 아침)

* 온 집식구 모여앉아 아침을 먹고 있다.
* 문철이와 문옥이 먼저 먹고 일어나 학교로 간다.

문철: 아버지, 어머니 학교 갑니다.
문옥: 학교 갑니다.

* 문철 문옥 나간다.
* 밥상을 다시 내려다보는 영애의 가슴에 멍이 든다.

영애: 다른 집에서는 때마다 고기요리가 있어 인제는 고기를 마다하고
풀채를 찾는다는데 우리 쟤들은 한 달에 고기요리 한 끼도 맛보
나마나하고 줄곧 풀 요리만 먹으면서 그 바쁜 공부를 할 라니…
밥상을 차릴 때마다 내 가슴에 그냥 못이 박힙니다.
학수: 그렇소! 다른 집 애들과 비해보면 그것들이 불쌍하지! 부모를 잘
못 만나서! 그래도 음식 타발 한번 없이 훌떡 먹고 일어나는걸
보면 나도 애비구실 잘못하는구나 하는 생각이 들어 마음이 썩
좋지 않소!
영애: 요즈음 문옥이도 그렇고 문철이도 그렇고 모두 공부에 바쁜 것
같은데 돼지고기라도 좀 사다 먹입시다.
학수: 그러오! 괜히 애들이 시험치기 전에 지쳐 쓰러지겠소! 우리도 인
젠 나가보지!

123. 영화네 집

* 설매 춘남이를 이씨한테 딸려 보내고 있다.

춘남: 어머니, 난 안가겠습니다. 난 누나와 같이 살겠습니다.

설매: 어머니 말 들어라! 누나는 공부해야 되기에 안된다.

춘남: 내 옆에서 떠들지 않으면 되지 않습니까? 난 누나와 있겠습니다. 누나 밥이랑 영 잘합니다.

   * 설매 춘나를 나무람 한다.

설매: 춘나야! 봐라! 네가 학교에 안 가기에 춘남이도 외할머니 따라 안 가겠다는걸! 빨리 학교에 가라!

춘나: 난 이제부터 학교에 안 다닙니다. 춘남이도 놔두고 가시오!

설매: 학교는 왜 안다니니?

춘나: 어머니 생각해보시오! 내 당장 졸업시험을 쳐야 되지 춘남이도 오래잖아 학교에 붙게 되는데 어머니 우리를 두고 떠나가는 게 그래 나를 공부하라는 겝니까? 내 어떻게 공부를 합니까?

설매: 하기에 춘남이를 외할머니 집에 보내지 않니? 아버지와 둘이 있는데 왜 공부를 못하니?

춘나: 어머니, 지금이라도 잘 생각해보시오! 어머니 이런 때에 러시아로 돈벌러 간다는 게 도리 있는지?

설매: 누가 너더러 그런 도리를 캐라니? 애들이 어른들 도리를 어떻게 아니? 그래 그냥 이렇게 거지처럼 살겠니? 엄마 빨리 춘남이를 데리고 가오!

춘남: 싫습니다. 난 누나와 있겠습니다. 누나…

   * 춘남 춘나에게 달려가 춘나의 허리를 꼭 안고 매달린다.

춘나: 그럼 어머니더러 러시아에 가지 말라고 해라!

   * 춘남 설매 앞으로 간다.

춘남: 어머니, 돈 벌러 가시 마시오! 내 인제는 뭘 사먹겠다고 돈 달란
　　　 말을 안 하겠습니다. 예? 어머니, 가지 마시오!

춘나: 어머니, 우리를 조금이라도 생각하신다면 제발 러시아로 가지 말
　　　 아주시오. 예? 어머니 빕니다! 우린 아직 어머니 없이 못삽니다.
　　　 어머니…

이씨: 내 생각에도 애들을 보나 가정을 보나 아직은 가지 않는 게 좋
　　　 겠다.

설매: 됐소! 엄마까지 그런 말을 하오? 빨리 춘남이나 데리고 떠나오!

이씨: 정 그렇다면 방법 있니? 춘남아! 외할머니 따라가자!

　* 춘남이 울면서 끌려 나간다.

춘남: 어머니, 가지 마시오! 누나 우리 같이 삽시다.

　* 춘남 밖으로 나가자 춘나 따라 나간다.

춘나: 춘남아!

124. 영화네 집 밖

　* 춘나 달려 나와 춘남이를 끌어안는다.

춘나: 춘남아!

춘남: 누나!

　* 둘은 끌안고 운다.

집안에서 소리: 엄마! 뭘 하오? 빨리 가란데!

　* 이씨 춘남이를 데리고 간다.

춘남: 누나 날 보러 오시오…
춘나: 춘남아! 잘 가라!

125. 영화네 집 안

  * 춘나 씽 들어오더니 말도 없이 책가방을 들고 나간다.

설매: 이제 어디 가니?

  * 춘나 대답도 없이 문을 탕 닫는다.

설매: 춘나야! 춘나…

126. 역전 플랫폼

  * 기차가 와 멈춰서고 손님들 틈에 끼여 영화와 향란 차에서 내린다.

영화: 오늘이나 내일쯤 우리 집에서 러시아로 떠날 거요. 그럼 집에 나
    와 춘나 밖에 없소!
향란: 그게 저와 무슨 상관이 있습니까?
영화: 어째서 상관이 없소? 감시경찰이 없어지는데…
향란: 꼬마여자경찰을 두고 가지 않습니까?
영화: 춘나? 걔는 아직 어려서 모르오!
향란: 어디 어립니까? 이팔청춘이라는데!

  * 둘은 출찰구로 나간다.

127. 영화네 집 안

  * 영화 밖으로 나오는데 마침 영애 들어온다.

영화: 너 어쩌다 왔니?

영애: 오빠, 형님 일을 아오?

영화: 무슨 일?

영애: 러시아에 가는 일말이요!

영화: 웅! 안다, 어째?

영애: 그래 오빠도 동의요?

영화: 가겠다는걸 어쩌겠니? 나도 못 버는 게 갔다 오라지. 무슨!

영애: 양! 좋겠소! 태평이 돼서! 잘 토론해보오!

　* 영애 떠나간다.

129. 역전 플랫폼

　* 영화, 춘나, 영애, 학수 러시아로 떠나가는 설매를 바래고 있다.
　* 가는 사람이나 보내는 사람이나 다 열정적이 못된다.

영애: 어쨌든 가서 안전에 주의하오!

학수: 아주머니, 몸조심하오! 그리고 웬만하면 오래 있지 말고 인차
　　오오!

　* 세풍 먼저 올랐던지 차창으로 머리를 내밀고 소리친다.

세풍: 빨리 오르시오!

　* 설매 기차에 오른다.
　* 서서히 떠나가는 열차.
　* 싫은 손을 저어보이는 춘나.

130. 학수네 집 안(저녁)

　* 학수 부엌에서 불을 지피고 영애 가마목에서 돼지고기 요리를 볶고 있다.

학수: 야, 그 볶는 냄새만 맡아도 속이 막 늑신하구만!

영애: 오늘은 생활개선이니 당신도 술을 좀 마셔야 됩니다. 예?

학수: 시내에 와서 딱 끊은 술을 오늘 또 다시 대라구? 싫소! 되 붙이를 하면 큰일이요!

영애: 되 붙이를 하면 일 있습니까? 다시 마시면 되지!

학수: 아니 아니, 그건 절대 안 되오!

* 학수 엎드려 불을 뚜지고 나무를 집어넣는다.
* 그러는 학수를 내려다보는 영애

영애(방백): 그처럼 반가워하던 술을 애들 공부 때문에 딱 끊다니? 참 용한 양반이지!

학수: 기름이 타는 것 같소!

영애: 네?

131. 영화네 집 안(저녁)

* 춘나 집으로 들어온다.
* 텅 빈 집이 그를 맞는다.
* 춘나 솥을 열어보고 밥을 짓기 시작한다.

132. 학수네 집 안(저녁)

* 온 집 식구 밥상에 모여앉아 저녁술을 든다.

학수: 자, 오늘은 생활개선이다. 양껏 먹어라. 어머니, 많이 자시시오!

* 학수와 영애 고기 쪽으로 짚어서 김씨와 애들의 밥그릇에 놓아준다.
* 맛나게 먹고 있는 아들딸을 지켜보다가 웃으며 마주보는 학수와 영애

133. 영화네 집 안(밤)

* 가마목에 홀로 앉아 외로이 밥을 먹고 있는 춘나
* 춘나 몇 숟가락 뜨는둥 마는둥 하다가 수저를 놓고 책상에 가 책을 꺼
  내든다.
* 영화 술에 취해 들어온다.

영화: 춘나, 밥 먹어?

춘나: 네!

영화: 먹었으면 됐다. 난 잔다.

* 구들에 그대로 들어 눕는 영화

134. 학수네 집 안(새벽)

* 학수와 영애 장사를 나가느라고 일어선다.

학수: 여보, 거기 맨 국물이라도 춘나를 좀 가져다주오! 어미도 없는
  게 뭘 제대로 끓여먹는지 모르겠소!

영애: 네! 그럽시다.

* 솥을 열고 국을 떠 담는 영애.

135. 영화네 집 안

* 영화 그냥 자고 있다.
* 춘나 밥을 지어 놓고는 솥을 닫고 학교 갈 준비를 한다.
* "춘나 있니?" 하는 소리를 앞세우고 영애 들어온다.

영애: 아버지는 그냥 자니? 깨워라!

춘나: 놔두시오! 어제 술을 너무 많이 마셔서 못 일어납니다.

영애: 아침은 먹어?

춘나: 네! 먹었습니다.

  * 영애 솥뚜껑을 열어보고 다시 닫는다.

영애: 안 먹었구나! 자! 내 고기국물을 가져왔으니 데껵 먹고 학교에
     가거라.

춘나: 먹었다는데 그럽니까?

영애: 어디 먹었니? 안된다. 데껵 먹고 가라!

  * 영애 무작정 국에 밥을 말아 춘나에게 내민다.

영애: 빨리 먹어라! 요즈음 시험공부를 하는 게 굶고서 어떻게 삐치니?

  * 밥그릇을 들고 한참 들여다보던 춘나 국밥과 함께 뜨거운 그 무엇을
   꿀꺽 넘긴다.

136. 문옥이네 교실 안

* 책가방을 메고 밖으로 나가던 문옥 어지럼증이 나서 책상에 엎드린다.
* 하학하고 나가려던 이 선생님 문옥이한테로 다가간다.

이 선생: 문옥아, 너 왜 그러니? 골이 아프니?

문옥: 아닙니다. 맥이 좀 없어서 그럽니다.

이 선생: 너 그 맥이 없다는 게 그저 일 같지 않구나.

문옥: 잠간 앉아있으면 괜찮습니다. 선생님 먼저 가보십시오.

이 선생: 응! 주의해라!

* 이 선생 밖으로 나가다가 되돌아선다.

이 선생: 문옥아, 내일 아침 밥 먹지 말고 우리 집에 오라!

문옥: 왜 그럽니까?

이 선생: 묻지 말고 오라! 꼭 아무것도 먹지 말고! 알만하니?

문옥: 네!

의아한 눈길로 이 선생님을 목송하는 문옥

137. 이 선생네 집 안

* 박 선생 출근할 궁리를 하지 않는 이 선생을 이상하게 바라본다.

박 선생: 당신 왜 출근할 궁리를 안 하오?

이 선생: 병원에 좀 가보려고 그럽니다.

박 선생: 뭐라오? 당신 어디 아프오?

이 선생: 내 아픈 게 아니라 우리 반 문옥이를 좀 보이자고 그럽니다.
며칠 전부터 그냥 맥이 없다는 게 그저 일 같지 않습니다.

박 선생: 혹시 영양부족은 아닐까? 좌우간 잘 검사해보오!

＊ 박 선생님 먼저 나간다.
＊ 잠깐 후 문옥이 찾아온다.

문옥: 선생님, 무슨 일입니까?

이 선생: 아무 일도 아니다. 날 따라 가자!

＊ 이 선생 문옥이와 함께 나간다.

138. 화험실 안

＊ 팔을 거두고 피를 뽑는 문옥
＊ 이 선생님과 의사를 엇갈아 쳐다보는 문옥의 의문 띤 얼굴

139. 영화네 집 안(아침)

＊ 춘나 쌀을 일려고 쌀독을 열어보나 쌀이 없다.
＊ 부득불 아침을 굶고 학교로 가는 춘나

140. 향란이네 셋집 안

＊ 향란이 늦잠을 자고 있는데 영화 깨운다.

영화: 일어나오! 밥 먹어야지!

＊ 향란이 몸을 탈며 그냥 자려한다.
＊ 영화 이불을 벗기고 향란의 볼기를 툭툭 친다.

영화: 부인님, 어서 식사합시다.

  * 향란 응석스레 일어나 앉는다.

향란: 여보시오! 우리도 인젠 아파트랑 사놓고 좀 사는 것처럼 살아야
     지 이게 뭡니까?
영화: 그러면야 얼마나 좋겠소? 보모도 척 두고… 그런데 고게 있소?
향란: 고게야 골을 쓰기에 가지. 무슨…
영화: 또 무슨 패뜩 골이 돌았소?
향란: 영화 씨네 동네에 지식청년으로 내려갔던 전 경리 있지 않습
     니까?
영화: 양! 있소!
향란: 그 여행사에 가서 출국수속지표를 몇 개만 달라고 하란 말입니
     다. 지금 수속비 하나 값에 보통 8~9만원 하는데 그 지표를 한
     스무 개만 얻어오면 벼락부자 되지 않습니까?
영화: 정말, 내 왜 그런 생각을 못했을까? 아, 이 돌대가리야!

141. 문철이네 교실 안

  * 문철이 혼자 책을 보고 있는데 전우 들어온다.

전우: 문철아, 가자!
문철: 어디?
전우: 우리 아버지 너를 모셔오라더라!
문철: 너네 아버지? 어째?
전우: 나도 모른다. 가보면 알겠지! 가자!

  * 전우 문철이를 끌고나간다.

142. 전우네 집 객실

* 전우와 문철 들어온다.
* 문철 궁전에 온 듯한 감이 들어 인차 들어가지 못하고 집 안을 빙 둘러
  본다.

전우: 올라오라! 어째 그냥 서있니?

* 문철 신을 벗고 맨발바람으로 올라간다.

전우: 어째 맨발로 올라오니? 그 신 신어라! 집에서 신는 신이다.

* 전우 끌신을 가져다준다.
* 문철 집안에서 신을 신는 것이 무엇하여 주밋대며 겨우 신는다.

전우: 앉아라! 내 제꺽 소변 보구!

* 전우 위생실로 들어간다.
* 문철 다시 신을 벗어놓고 바닥에 앉는다.
* 전우 위생실에서 나오다가 다시 끌신을 가져다준다.

전우: 왜 땅바닥에 앉니? 그 신 신고 여기 소파에 와 앉아라!

* 문철 소파에 가 앉는다.
* 이때 전호와 이리 들어온다.

전우: 아버지, 문철이 왔습니다.
전호: 오, 문철이겠구나! 앉아라! 앉아라!

* 전우 이리를 소개한다.

전우: 우리 어머니다.
이리: 양! 앉소! 앉소!
전호: 전우야, 너 주방에 가서 채가 됐는가 봐라!

  * 전우 주방으로 들어간다.

전호: 문철아, 너 금년에 몇 살이니?
문철: 열아홉 살입니다.
전호: 음! 엄마를 많이 닮았구나!

  * 전우 주방에서 나온다.

전우: 아버지, 채 다됐습니다.
전호: 문철아, 저녁 먹자!

143. 주방

  * 상이 넘쳐나게 음식이 차려져있다.
  * 모두 자리를 잡고 앉자 전호 맥주병을 뜯는다.

전호: 오늘 귀빈이 왔는데 우리 맥주나 한 컵씩 마시자!

  * 문철 황급히 사절한다.

문철: 전 마실 줄 모릅니다.
전우: 그 잘난 맥주도 못 먹니? 먹어라!

  * 억지로 맥주잔을 입술에 가져다대는 문철.

144. 학수네 집 안(저녁)

  * 한창 저녁식사 중이다.

영애: 문옥아, 아침에 선생님이 왜 오라고 했다더니?

문옥: 나를 병원에 데려가서 피를 검사시킵디다.

영애: 그래 무슨 병이라더니?

문옥: 아직 모릅니다. 피만 빼놓고 인차 학교로 간 게 어떻게 압니까?

  * 이때 이 선생 찾아온다.

이 선생: 식사 중이십니까?

영애: 선생님, 올라오십시오!

학수: 어서 올라오십시오!

  * 구들로 올라가는 이 선생

145. 전호네 주방(저녁)

  * 이리 문철의 그릇에 자꾸 요리를 집어준다.

전호: 제 집이거니 생각하고 많이 먹어라! 처음 하향해서 집체호 짓기
      전까지 나는 너의 외할머니 집에 들어가 먹고 자고 했단다. 내
      집처럼 말이다.

146. 학수네 집 안(밤)

이 선생: 화험단이 나왔는데 문옥이 급성간염이랍니다. 초기에 바싹 치
        료하면 나을 수 있답니다.

영애: 아니… 우리가 잘 먹이지 못해서 영양부족으로 온 게 아닙니까?

이 선생: 졸업시험도 멀지 않았으니깐 공부도 공부지만 치료도 바싹
        해줘야 하겠습니다. 제가 먼저 열흘 먹을 약을 사왔습니다. 제때
        에 잘 먹게 해 주시오!

영애: 아니… 선생님! 병을 진단해 준 것만도 감사한데 돈을 팔면서 약
까지 사주다니… 선생님, 내 선생님의 그 고마운 마음을 헤아려서
라도 꼭 문옥의 병을 잘 치료해 주고 선생님의 바람대로 꼭 중점
고중에 붙게 하겠습니다. 문옥아, 선생님께 감사드려라!

이 선생: 이러지 마십시오.

문옥: 선생님, 감사합니다. 꼭 공부를 잘 하겠습니다.

* 문옥이나 영애의 눈에서 맑은 이슬이 똘랑똘랑… 학수도 사나이 눈물
을 속으로 삼킨다.

학수: 선생님, 선생님 보기가 미안합니다. 이 세대주라는 남자가 제 노
릇을 못해서 선생님한테까지 부담을 끼칩니다.

이 선생: 제발 이런 말씀을 더 하지 말아주십시오! 부모님들이나 우리
선생님들이나 다 애들의 장래를 위해서 사는 게 아닙니까? 늦어
서 그만 가봐야겠습니다.

* 이 선생 밖으로 나간다.
* 이 선생을 따라 밖으로 나가는 영애, 학수 문옥…

147. 학수네 집 밖(밤)

* 학수, 영애, 문옥 이 선생님을 바래고 있다.

학수, 영애, 문옥: 선생님! 조심해 다녀가십시오!

이 선생: 네! 어서 들어가 보십시오!

* 어둠 속으로 잦아드는 이 선생

148. 전호네 객실(밤)

* 전호 서랍에서 손목시계를 꺼내다 문철이를 준다.

전호: 어쩌다가 온 고향손님인데 줄만한 선물이 없구나! 자, 이거라도
    받아라!

문철: 안됩니다. 이건… 안됩니다.

전호: 손님으로 와서 주인이 주는 선물을 거절하는 건 예절이 아니다.
    그건 주인의 성의를 무시하는 거니깐! 자, 받아라!

전호: 비싼 것도 아니다. 받아라!

    * 전우가 받아 문철의 손에 쥐여준다.

문철: 감사합니다.

    * 영화와 향란 찾아온다.

영화: 형님, 어떻게 오늘은 초저녁인데 집에 있소? 문철아! 너는 어떻
    게 왔니?

전우: 우리 한 반급인데 왜 못 오겠습니까?

영화: 아?! 정말 그렇지!

문철: 전 먼저 가겠습니다. 천천히 말씀하십시오!

전호: 왜? 더 놀다가 가라!

문철: 많이 놀았습니다. 안녕히 계십시오!

전호: 전우야, 택시 태워 보내라!

전우: 네!

    * 문철 전우와 함께 나간다.
    * 영화 들고 온 식품구럭을 내놓고 전호 옆에 앉는다.
    * 영화 향란이를 인사시킨다.

영화: 형님, 우리 장사 친구요! 향란이, 인사하오! 우리 형님! 전 총경
    리오!

향란: 전 경리! 안녕하십니까?

전호: 양! 앉소! 그런데 영화, 무슨 일로 찾아왔니?

영화: 내 형님을 찾을 때에야 좋은 일이 있소? 먼저 우리 처를 러시아에 가게끔 힘써줘서 감사하다는 인사를 하려고 온 게고 그다음에는 저… 한 수 더 도와달라는 게요!

전호: 툭 찍어 말해라! 무슨 일이니?

영화: 지금 형님이 다른 사람의 출국수속을 해주지 않소? 거기서 지표를 한 스무 개쯤 나한테 주오! 내 그저 수고비만 좀 먹고 몽땅 형님한테 바칠게!

향란: 네! 지금 저를 보고 출국수속을 해달라는 사람이 영 많습니다. 그런데 우리야 어디 그런 재간이 있습니까? 그러니 우리를 중간 심부름꾼으로라도 좀 써달라는 겁니다.

영화: 형님, 우리를 생각하는 것처럼 생각하고 좀 주오!

전호: 그런 게 아무 사람이고 달라면 다 주는 게야! 그러다 일이 잘못되면…

영화: 야! 형님이 누구고 내 누구요? 형님 내 성질을 몰라서 그러오? 내 딸이 금년에 초중을 졸업하는데 그걸 제대로 입히지 못하고 먹이지 못하는 게 속에 맺혀서… 그래서 좀 벌어볼까 해서 그러는 게니깐 웬만하면 형님 좀 생각해주오!

전호: 웅! 생각해보자!

149. 거리(밤)

  * 영화와 향란 전호네 집에서 나온다.

향란: 전 경리 '좀 생각해보자!' 할 때 바싹 들이대서 답을 얻고 나올 게지 그게 뭡니까? 미적지근하게 뒤를 달고 나오면서!

영화: 향란이 아직 저 형님 성격을 몰라서 그러오! 저 형님 안될 건

그저 '안된다!' 이렇소! '생각해보자!' 이럴 때는 다 된 거란 말이
요! 향란이는 오늘부터 출국대상이나 부지런히 물색하오!

향란: 그런 건 근심 마시오!

　* 어둠 속으로 사라지는 영화와 향란

150. 영화네 집 안(밤)

　* 춘나 공부를 하려고 애쓰나 춘남이 자꾸 생각이 나서 공부가 잘 되지
　　않는다.
　* 춘나 만년필을 놓고 사진첩을 꺼낸다.
　* 춘남이와 찍은 사진이 확대되어 안겨온다.
　* 그 위에 덧놓이는 화면, 춘남 춘나가 해 준 밥을 맛스레 먹는다.

춘남: 누나, 누나 한 밥도 영 맛이 있습니다. 예?

　* 춘남 마작 상을 뒤엎는다.

춘남: 우리 누나 공부하는데… 그만 노시오!

　* 춘남 누룽지를 춘나에게 준다.

춘남: 누나, 배고플 때 드시오!

　춘남 외할머니와 함께 떠나가며 소리친다.

춘남: 누나, 우리 둘이 같이 삽시다.

　* 춘나 사진을 볼에 딱 붙여댄다.
　* 흘러내리는 눈물

춘나: 춘남아!

151. 거리

* 영애 순대를 팔고 있다.

영애: 순대 사시오…

* 어느 가게에선가 시계가 9시를 가리키고 있다.
* 영애 아차하고 허벅다리를 치며 급히 달려간다.

152. 영애네 집 뜰

* 영애 약을 달이고 있다.

153. 버스정류소

* 영애 약병을 쥐고 차를 기다린다.
* 버스 와 멈춰서고 영애 인차 올라탄다.

154. 다른 버스정류소

* 버스 와 멈춰 선다.
* 영애 버스에서 내려 다른 버스를 바꿔 타러 길을 꿰질러 건너간다.

155. 다른 버스정류소

* 버스 와 멈춰서고 영애 버스에 오른다.
* 떠나가는 버스

156. 또 다른 버스정류소

* 영애 버스에서 내려 반달음으로 달려간다.

157. 학교 교문

* 영애 학교로 달려 들어간다.

158. 학교 복도

* 영애 한 교실 앞에 와 문을 두드리자 이 선생님 나온다.

이 선생: 네! 잠깐만…

* 이 선생님 들어가고 문옥 나온다.
* 영애 약을 꺼내준다.

영애: 자, 식기 전에 빨리 먹어라!

문옥: 집에 가서 먹어도 된다는데 이 먼 데를…

영애: 약이라는 게 아무 때나 먹어도 되는 거니? 더군다나 선생님이 돈을 팔며 사온 약인데 제시간에 먹고 빨리 나아야지!

* 약을 받아 마시는 문옥

159. 거리

* 빈 병을 들고 정류소로 걸어가던 영애 버스가 오는 것을 보고 달려간다.

160. 거리

* 학수 일거리가 없어 앉아있는데 웬 청년 걸어온다.

청년: 아바이, 일감이 없습둥?

학수: 양! 없소!

청년: 그럼 우리 집 액화가스를 좀 넣어다 주겠습둥?

학수: 얏! 가기요!

161. 거리

  * 청년 삼륜차에 앉아 이쪽저쪽하며 길을 인도한다.

청년: 잠간 좀 세웁소! 저기 우리 형님네 집이 있는데 형님네도 넣겠
       는가 내 제꺽 물어보고 오겠습꾸마!
학수: 그러오!

  * 청년 골목으로 사라진다.
  * 학수 무료히 앉아 기다리는데 청년 뛰어온다.

청년: 아바이, 돈 한 50원 없습둥? 우리 형님도 없는데 조카가 갑자기
       앓아서 병원에 가겠는데 아주머니 지금 돈이 없답니다.… 내 우
       리 집에 가서 드릴 게 먼저 좀 줍소!
학수: 50원? 그렇게는 없는데…

  * 학수 호주머니를 다 턴다.

학수: 모두 20원밖에 없소!
청년: 그거라도 먼저 줍소! 내 집에 가서 꼭 줍지!

  * 학수 돈 20원을 몽땅 청년에게 준다.

청년: 감사합꾸마! 내 인차 아주머니를 가져다주고 올 게 기다립소. 예?

  * 청년 다시 골목으로 사라진다.
  * 학수 기다리고 또 기다려도 청년은 다시 나타나지 않는다.

* 학수 청년이 사라진 골목어귀에 가본다.
* 골목은 안에 들어가 여기저기로 통하고 있다. 청년은 그림자도 없고…

학수: 야! 기차다! 약한 다리에 침질이라더니 내 돈을 떼먹는 놈들이
다 있니?

* 학수 머리를 흔들며 삼륜차에 오른다.

162. 학수네 집 뜰

* 영애 풍로를 한쪽으로 치워놓고 다시 순대그릇을 이고 밖으로 나간다.

163. 시골 강가

* 시골의 벌거숭이 조무래기들이 물장구를 치면서 목욕을 하고 있다. 그
속에 끼여 함께 노는 춘남.
* 좀 큰 애들이 강가에 나와서 몸에 진흙을 바르고 물에 뛰어들자 꼬맹
이들도 자기 몸에 진흙을 바르고 풍덩풍덩 뛰어든다.
* 춘남 강가에 나와 서서 보고만 있는데 심술궂은 몇몇 애들이 욱 달려
와 춘남이를 붙들고 등이며 가슴이며 얼굴에 진흙 칠을 해놓는다.
* 발버둥을 치다가 끝내 울음을 터치는 춘남
* 저 멀리서 이씨 달려온다.

이씨: 울 외손자를 울리는 게 어느 놈이냐? 거기 섰거라!

* 발가숭이들 우야 소리치며 옷을 주어들고 달아난다.
* 흙 범벅이 되여 울어대는 춘남.
* 이씨 뛰어가 춘남이를 안는다.

164. 학교 복도

* 이 선생님 '교장 사무실'이라고 쓴 문 앞에 와 노크를 한다.

165. 교장 사무실 안

  * 교장선생님 앞으로 다가가는 이 선생님.

이 선생: 교장선생님, 듣자니 시교육위원회에서 빈곤한 학생들께 보조
　　　　금을 준다는데 확실합니까?

교장: 네! 확실합니다. 인차 발급하겠습니다.

이 선생: 네! 어떤 학생들을 대상하는지는 잘 모르겠는데 우리 반급에
　　　　도 명액을 줄 수 없습니까?

교장: 누구를 주려고 그럽니까?

이 선생: 우리 반급에 농촌에서 온 문옥이란 학생이 있는데 그 학생
　　　　사정이 영 딱합니다.

166. 학수네 집 안(밤)

  * 김씨 화투장을 주무르며 한쪽에 돌아앉아 있고 학수와 영애 마주 앉
    아있다.

영애: 이 선생님이 사다준 약을 내일까지 먹이면 다 떨어지는데 어떻
　　　　게 하겠습니까?

학수: 더 사다 먹여야지 먹이다가 말겠소? 기말시험도 당금인데!

영애: 그런데 글쎄 돈이 아름차서…

학수: 돈이 없다 하니 오늘은 별난 사기꾼을 만나서 돈 20원을 부옇게
　　　　때웠소.

영애: 요즈음은 순대도 잘 팔리지 않습니다.

학수: 여보, 내 듣자니 식전에 택시 씻는 벌이가 괜찮다더구만! 하루
　　　　식전에 잘 벌면 이삼십 원씩 번다오. 우리 시험 삼아 내일 식전
　　　　에 한번 나가볼까?

영애: 글쎄 말입니다. 그런데 아침은 어쩌겠습니까?

학수: 어머니더러 좀 하라고 하지 어쩌겠소?

영애: 내 쌀이랑 다 일어놓고 가면 그저 불을 때 끓이기만 하면 되겠는데. 예?

> * 학수 화투장을 번지고 있는 김씨를 부른다.

학수: 어머니!

김씨: 양! 나를 부르오?

학수: 네! 어머니 밥을 할만 합니까?

김씨: 밥을? 하구말구! 평생 배운 게 그것뿐인데 밥도 못하겠소?

영애: 그럼 제가 쌀을 일어놓고 가면 어머니 좀 해주시오. 예?

김씨: 내 쌀을 일줄 모를까 봐? 돌밥을 안 먹게 할 테니 놔두고 가오!

167. 학수네 집 안(꼭두새벽)

> * 모두 자고 있는데 문철 탁상 등을 켜놓고 공부를 하고 있다.
> * 영애 눈을 부비며 일어난다.

영애: 문철아, 너 또 밤을 새웠구나!

문철: 어머닌 왜 벌써 일어납니까? 이제 네 시입니다.

영애: 너… 그 시계는 어디서?

문철: 전번에 전우네 집에 갔을 때 전우 아버지가 선물로 준겁니다.

영애: 전우 아버지?

문철: 네! 어머니를 잘 안답니다. 전우 아버지 우리 용골에 하향했을 때 어머니네 집에 들었었답니다.

영애: 전호가?

문철: 네! 전 경리라고 부릅니다.

영애: 너 그 시계를 도로 가져다줘라!

문철: 주인이 손님에게 주는 선물을 받지 않으면 예절이 안 된답니다. 그래서 그냥 사양하다가 할 수 없이 받은 건데 어머니 마음대로 하십시오!

　＊ 문철 시계를 벗어 영애에게 준다.
　＊ 학수도 깨여난다.

학수: 아야! 날이 밝는구만! 빨리 가기요!

　＊ 옷을 주어 입으며 일어나는 학수

168. 거리(새벽)

　＊ 차 닦기를 하는 사람들이 수건을 쳐들고 휘두르며 일감을 뺏는다.
　＊ 학수와 영애도 그들을 본 따서 수건을 휘둘러댄다.
　＊ 택시 한대 그들 앞에 와 멈춰서고 운전수 내린다.

운전수: 안까지 다 닦아주시오!

　＊ 운전수 어디론가 가버리고 학수와 영애 신이 나서 차를 닦는다.

169. 학수네 집 안

　＊ 김씨 밥상을 차려 덮어놓고 화투를 번지고 있다.

학수: 식전 수입이 이십오 원이면 괜찮구만!
영애: 우리 둘의 반나절 수입입니다. 예?
학수: 그러니 오늘은 세 사람이 버는 셈이지? 자, 제꺽 먹고 또 낮일을 나가기요!

　＊ 밥상에 마주앉는 학수와 영애

영애: 어머니, 식사합시다.

김씨: 난 먹었소! 옳지! 풍이야!

170. 학수네 집 밖

* 학수와 영애 막 일하러 떠나려는데 이 선생님 자전거를 타고 온다.

이 선생님: 문옥이 어머니, 저녁 다섯 시에 우리 학교까지 좀 와주
십시오!

영애: 우리 문옥이 또 무슨 일이라도 저질렀습니까?

이 선생님: 아니, 그런 일이 아닙니다. 꼭 와야 합니다.

영애: 네!

* 이 선생님 자전거를 타고 떠나간다.

171. 거리

* 영애 팥죽을 팔다가 아홉시가 되자 집으로 뛰어간다.

172. 학수네 집 뜰

* 영애 약을 달이며 짜들고 급히 밖으로 뛰어 나간다.

173. 학교 복도

* 영애 문옥에게 약을 준다.
* 약을 받아 마시고 문옥 교실로 들어간다.
* 빈 약병을 들고 돌아서는 영애

174. 골목길

* 승용차 한대가 비좁은 골목길을 빠져나오고 있다.
* 승용차 안에서 전호 종잇장에 그린 지도를 보면서 운전수를 지휘한다.

전호: 저기 저 막히는 길에서 오른쪽으로 꺾어드오!

　* 오른쪽으로 방향을 꺾는 승용차.

전호: 저기 저 공공변소 옆에 세우오!

　* 멈춰서는 승용차
　* 전호 차에서 내려 종이지도를 보며 앞으로 나간다.

175. 학수네 집 앞

전호: 벽에다 가대기를 걸어놓은 집이라고 했지? 필연코 이 집이구나!

　* 전호 학수네 집 문을 두드린다.

전호: 계십니까?
김씨(소리): 없소!

　* 전호 문을 열고 들어간다.

176. 학수네 집 안

　* 전호 들어가자 화투를 번지던 김씨 전호를 쳐다본다.

전호: 학수 어머니! 날 모르겠습니까? 내가 전홉니다.
김씨: 전호?
전호: 용골 집체호 전호를 왜 모릅니까? 집체호집을 짓기 전에 영애네 집에 들었지 않았습니까?
김씨: 아?! 그 전호! 그래 잘 사오! 애들도 잘 크고?
전호: 네! 그런데 영애는 어디 갔습니까?

김씨: 순대 팔러 갔소!

전호: 생활이 바쁘지요?

김씨: 안 바쁘면 순대장사를 다 하겠소?

 * 밖에서 운전수가 눌러대는 클랙슨 소리 다급하게 울린다.

전호: 어머니, 오늘 집을 찾았으니 금후 종종 놀러 오겠습니다.

김씨: 벌써 가겠소? 놀다 가지…

 * 전호 돈 500원을 꺼내놓는다.

전호: 어머니, 먼저 적은대로 애들 공부에 보태 쓰라고 하십시오! 그리
      고 어머니도 몸조심하면서 오래 앉으시오!

김씨: 송장 같은 게 오래 살아 뭘 하오?

전호: 편안히 계십시오!

 * 전호 밖으로 나간다.

177. 학교 복도

 * 이 선생님 영애를 안내하여 교장실로 간다.

178. 교장실 안

 * 몇몇 학부형들이 앉아있는데 교장선생님 연설을 하고 있다.
 * 영애 뒷자리에 가 앉는다.

교장: 오늘 여러분들을 모신 원인은 다른 것이 아니라 일전에 시교육
      위원회에서 우리 학교에 보조금 3천 원을 내려 보냈습니다. 그래
      서 우리 학교 학생들 중에서 가정생활이 비교적 곤란한 집들을

추려서 한집에 300원씩 보조금을 주기로 결정했습니다. 지금 여러분들께 보조금을 나누어드리겠습니다.

* 붉은 봉투를 받아드는 사람들마다 감격의 눈물을 흘린다.
* 교장선생님이 영애 앞에까지 온다.

교장: 반주임 선생님한테 문옥 학생의 가정형편을 상세히 들었습니다. 애들 둘을 공부시키느라고 고생이 많겠습니다. 학교를 대표하여 감사를 드립니다. 자! 받아주시오!

* 영애 손이 떨려 선뜻 받지 못한다.

영애: 정부와 학교에 감사를 드립니다. 내 피를 팔아서라도 우리 문옥이를 꼭 공부 잘 시키겠습니다.

* 끝내 감격의 눈물을 감추지 못해 흑흑 흐느끼는 영애

제6회

179. 거리

* 학수 삼륜차를 몰고 약방을 찾아간다.
* 삼륜차를 세워놓고 약방으로 들어가는 학수

180. 약방 안

* 학수 호주머니의 돈을 몽땅 털어 약 몇 봉지를 사들고 나온다.

181. 학수네 집 안(저녁)

* 김씨 화투를 번지고 있는데 영애 들어온다.

김씨: 왔소? 이 돈…
영애: 이건 무슨 돈입니까?
김씨: 전호 두고 갔소! 옛날 며느리네 윗방에 들어있던 그 전호!
영애: 이 돈을 왜 받았습니까?
김씨: 내 받았소? 전호 두고 가던데…

* 영애 돈을 잘 간수해둔다.

182. 영화네 집 안(밤)

* 춘나 공부를 하는데 웬 손님이 찾아와 자꾸 떠들어댄다.

손님: 이번에 내 것만은 꼭 먼저 해주시오! 이번 출국수속만 해 주면

내 그 은혜를 죽을 때까지 안 잊겠습니다. 당장 큰 아들 장가보 내야 되지 작은 아들 대학에 보내야 되겠는데 여기서야 아무리 노력해봤댔자 몇 푼 법니까? 외국에 가서 한 이삼 년만 벌면 될 걸 여기서는 십년 벌어도 법니까? 그러니 다른 사람들 건 좀 뒤 로 미루더라고 내 것만은 꼭 해주시오!

영화: 글쎄 봅시다. 난 돈을 먼저 낸 순서대로 하니깐 돈이나 빨리 구 해보시오!

* 손님 호주머니에서 돈 천 원을 꺼내 영화의 손에 억지로 쥐여준다.

손님: 먼저 술 소비나 하시오! 내 제일 첫 사람으로 돈을 갖춰 오겠습 니다.

영화: 손님은 이미 첫 번째가 아닙니다. 좀만 어물어물하다간 마지막도 바쁠 겁니다.

손님: 하기에 봐달라는 게 아닙니까?

영화: 너무 늦어지면 봐주고 싶어도 못 봐줍니다. 빨리 나가 공작해보 시오!

손님: 네! 믿겠습니다.

* 손님 굽실거리며 나간다.

춘나: 아버지, 이 집이 사무실입니까? 당장 시험을 치겠는데 매일 사람 들이 찾아와 떠들어대면 어떻게 공부를 합니까?

영화: 며칠만 참아라! 아버지 이제 한 백 평방짜리 스팀 집을 사놓고 네 공부하는 방을 전문 따로 한 칸 줄게!

* 향란 바람처럼 들어온다.

향란: 또 한 마리 걸렸습니다.

* 향란 달려가 문을 열고 손짓하자 웬 젊은 아낙이 웃음을 찍어 바르며
  들어온다.

여 손님: 주인님, 안녕하십니까? 영 기딱차게 시시각각 바쁘시겠습니
다. 내 제꺽 말하고 인차 가겠습니다.

* 여 손님은 말로는 제꺽 간다면서 신을 벗고 구들에 올라가 영화의 옆
  에 다가앉으며 지구전 잡도리를 한다.

여 손님: 여기서 돈도 적게 받고 출국수속을 실속 있게 딱딱 해 주는
거 진작 알았다면 진작 여기로 오는 건데… 출국수속을 하느라
고 벌써 4년째 얼마나 헤매고 다녔는지 모릅니다. 우리 농촌에서
때를 벗자면 묘방이 출국을 내놓고 뭐가 있습니까? 그래서 없는
돈을 꿔가지고 메여 내치며 출국수속을 하는데 어디 됩니까? 오
늘 면바로 이 아주머니를 만나서 여기로 찾아왔으니 어떻게 하
나 꼭 해 주시오. 네?

* 여 손님 공부를 하고 있는 춘나를 힐끗 쳐다보다가 돌파구나 찾은 듯
  들고 온 가방을 열어 헤친다.

여 손님: 집의 따님입니까? 영 곱게도 생겼습니다. 예? 공부도 영 잘하겠
습니다. 요 조그마한 방에서 이렇게 떠드는데도 끄덕 않고 공부를
하는걸 보면 원래 공부태도가 됐습니다. 대학은 문제없겠습니다.

* 여 손님 가방에서 사과를 꺼내 춘나 앞에 내민다.

여 손님: 학생 이름이 뭐지? 이 사과나 자시면서 하오. 고중이요? 몇
학년이요?

춘나: 초중 3학년입니다.

여 손님: 초중이라구? 그런 게 이렇게 성숙해보이오? 난 처녀라구? 에
구 곱기두…

* 여 손님 다시 영화에게 다가붙는다.

여 손님: 주인님, 꼭 해주시오. 네?

183. 시골마을 이씨네 집 안(밤)

* 배 영감과 이씨 춘남이를 데리고 화투치기를 한다.

배 영감: 이 손자를 일년만 시골에 파묻어두었다간 투전꾼을 만들어버
리겠소. 여긴 텔레비전도 없지 영화관도 없지 해만 꿀꺽 넘어가
면 화투와 붙어사니깐…

이씨: 괜한 소릴! 화투도 잘만 놀면 머리가 튼답니다. 애가 벌써 끗수
를 척척 세는 것만 보시유!

* 이씨 또 화투장을 나누어든다.
* 춘남이도 한몫 받아든다.
* 그런데 목단꽃이며 매조꽃 속에서 춘나가 나타나 웃고 있다.

이씨: 춘남아, 너 뭘 하니? 네 차례다!

* 춘남 화투를 도로 내려놓는다.

춘남: 우리 누나 날 보러 온다던 게 왜 한번도 안 옵니까?
이씨: 이제 시험이 끝나면 올 거다.
춘남: 시험이 언제 끝납니까?
이씨: 그건 나도 모르지…

춘남: 나는 누나 보고 싶은데…

* 춘남 일어나 창문께로 걸어가 밖을 내다본다.

184. 전호네 집 안(밤)

* 전우 텔레비전을 보고 있는데 전호 안방에서 나온다.

전호: 전우야, 그 문철이네 집 형편이 말이 아니더구나! 학교에 가면
　　　문철이를 잘 돌봐줘라!
전우: 문철이는 공부밖에 모르는 앱니다. 언제 우리와 함께 놀 사이 있
　　　는가 합니까?
전호: 문철이는 가정형편이 그처럼 간고한 속에서도 공부만 잘하는데
　　　넌 무슨 조건이 모자라서 공부를 못하니? 시험마다 20등, 30등…
　　　부끄럽지도 않니?
전우: 하느라 하는데도 안 되는걸 어쩌랍니까?
전호: 너 어디 하는 게 보이니? 전탕 놀러만 다니면서…

* 전화벨소리가 울린다.
* 전우 인차 뛰어가 받는다.

전우: 응! 내다. 응? 응! 인차 갈게!
전호: 또 어디 가니? 이 밤중에?
전우: 인차 갔다 옵니다. 내일 노무송출 가는 친구 있어서…
전호: 또 그 초중 때 동창이니? 놀아도 좀 똑똑한 애들과 놀아라!
전우: 이제 노무송출을 가버리면 놀라 해도 못 놀겠는데… 아버지! 돈
　　　주시오!
전호: 돈은 무슨 돈?
전우: 그래 송별식에 가는 게 빈손으로 가랍니까?

* 전호 백 원짜리 한 장을 꺼내준다.

전호: 빨리 갔다 오라!

* 전우 씽 나간다.

185. 학수네 집 안

* 문철이와 문옥 학교로 간다.

문철, 문옥: 어머니, 학교 갑니다. 예?

* 영애 설거지를 하다말고 따라 나간다.

186. 학수네 집 뜰

* 영애 자전거를 밀고나가는 문철이를 불러 세운다.

영애: 문철아, 내 문옥이 약 가져가는 시간을 지키게 그 시계를 좀 차자!
문철: 그러시오!

* 문철 시계를 벗어 영애에게 준다.

문철: 갑니다. 예?

* 시계를 들고 보다가 품에 넣고 집으로 들어가는 영애

187. 거리

* 영애 순대를 팔며 자주 시계를 꺼내본다.
* 시계가 9시를 가리키자 영애 집으로 뛰어간다.

188. 학교 복도

* 문옥이 약을 먹고 교실로 들어가자 영애 빈 병을 들고 총총히 걸어간다.

189. 여행사 앞

* 영애 여행사 간판을 쳐다보고 망설이다가 들어간다.

190. 경리실 밖

* 영애 가볍게 문을 두드린다.

안에서 소리: 들어오시오!

* 영애 들어가지 않고 또 노크를 한다.
* 신경질적으로 문이 열리고 전호 나온다.

전호: 누구요? 아니⋯ 영애? 들어오오! 어서 들어오오!

191. 경리실 안

전호: 앉소! 마음대로 앉소!

* 영애 한구석에 조용히 앉는다.
* 전호 물을 권한다.

전호: 어떻게 이렇게 찾아왔소?
영애: 못 찾아옵니까?
전호: 아니, 찾아오니 반갑단 말이요! 시간이 있으면 자주 오오! 환영
하오!
영애: 나 같은 게 자주 오면 좋은 일이 있습니까? 시끄럽기만 했지!
금후에 다시는 오지 않기 위해 오늘 떨어지지 않는 걸음을 겨우
떼서 찾아왔습니다.

전호: 지금 무슨 말을 하고 있소?

영애: 우리 둘의 관계는 이미 20년 전에 깨끗이 금을 긋지 않았습니까? 그런데 이제 와서 우리 후대들에게까지 영향을 끼치게 하겠습니까?

전호: 아니, 이건 점점… 도대체 무슨 말을 하고 있는 거요?

  * 영애 손목시계와 돈을 꺼내놓는다.

영애: 이런 선물은 삼가는 게 좋겠습니다. 난 남의 동정을 제일 싫어하는 여잡니다.

전호: 이건 순 동정만이 아니요!

영애: 애정의 여운까지 섞였다면 다구나 삼가길 바랍니다. 제가 불쌍해 보입니까? 지나간 사랑이 허황했다고 생각합니까?

전호: 아니요! 아니라니깐! 이건 내가 영애를 배반했다고 비는 그런 빚 갚음도 아니고 영애의 구차한 생활을 동정하는 그런 자선도 아니요!

영애: 그렇습니다. 나한테 사랑 때문에 빌 필요는 없습니다. 전 그때의 그 사랑을 지금도 아주 소중히 여깁니다. 누구에게나 있어서 첫사랑은 영원히 순결한 것이고 아름다운 것이 아닙니까? 때문에 난 여태껏 전호씨를 미워해본 적이 없습니다. 그리고 난 지금의 가난한 생활도 아주 행복하게 생각하고 있습니다. 때문에 저에겐 이러한 선물이 필요 없습니다.

전호: 말을 딱 반대로 하는구만! 바로 그렇기 때문에 이런 선물을 받아둬도 일없다는 거요. 똑 마치 집에 온 손님에게 물 한 컵 권했거나 생일 집에 갈 때 술 뒤 병 사가는 것과 똑같은 도리요. 문철이가 우리 집에 손님으로 왔기에 시계를 선물로 준거나 어머니 보러 갔다가 소비 돈 좀 드리고 온 게 무슨 문제가 되오? 이건 익숙하지

않은 사람 사이에도 매우 정상적인 일인데 황차 시골생활에서 서로 익숙해진 우리 사이에 무슨 문제가 되는가 말이요? 그래 내가 영애를 못산다고 업신여기거나 옛사랑의 미련이 남아서 그런다고 밖에 안 생각되오? 이왕 시내에 들어온바 하고 익숙히 아는 사람이 하나라도 더 많으면 좋은 일이 아니요? 그러니 앞으로도 허물없이 서로 다니기요! 어떻소?

* 영애 말없이 일어나 밖으로 나간다.

192. 영화네 새 아파트

* 영화 이삿짐을 지휘하느라고 올려 뛰고 내리 뛰고 한다.

영화: 세탁기는 저기… 그리고 텔레비전은 여기 이 객실에… 그리고 냉동기는 저기…

* 향란도 제법 안주인이 된 듯 영화와 함께 여기다 콩 놔라 저기다 팥놔라 하면서 분주를 떤다.
* 잠깐사이 다 정돈된 아파트.
* 영화와 향란 침대에 홀렁 자빠진다.

영화: 아, 나의 집!
향란: 아, 나의 집!

193. 학수네 집 안

* 학수네 식구 아침상에 마주 앉는다.
* 영애 문옥에게 단독으로 식기를 놓아준다.

영애: 자, 문옥이는 찰밥이다. 이 찰밥을 든든히 먹고 가서 시험을 잘 쳐야 한다.

문철: 신심만 있으면 된다. 맘대로 써넣어라.

영애: 어서 먹어라! 나도 오늘은 장사를 그만두고 네 시험치는 데 가
보겠다.

194. 학교 마당

* 학교마당에는 학부모들이 꾸역꾸역 모여서서 수군거리고 섰다.
* 학수와 영애도 그 속에 끼여 수군거린다.
* 이때 춘나 황급히 뛰어온다.
* 영애 뛰어오는 춘나를 발견하고 부른다.

영애: 춘나야, 너 왜 이제 오니? 아버지는 안 오니?

춘나: 모릅니다. 어디 갔는지도! 난 갑니다. 예?

영애: 오빤 참! 이런 때도 안 오니…

* 시험벨소리 울린다.
* 수군거림이 죽고 한순간 긴장이 흐른다.
* 잠간 후 다시 터지는 수군거림
* 애타게 흘러가는 시간
* 햇볕을 피해 그늘을 찾는 학부모들
* 드디어 시험을 끝낸 학생들이 한 둘씩 나온다.
* 학부모들 자기의 자식들을 끌고 가며 줄물음을 들이댄다.
* 이윽고 문옥이 나오자 학수와 영애 문옥에게로 달려간다.

영애: 어떻더니? 바쁘더니? 쉽더니? 잘 쳤니?

문옥: 쓰기는 다 썼는데 모르겠습니다.

영애: 다 썼으면 됐지 모르기는? 가자! 우리도 오늘은 식당에 가 먹자!

학수: 좀 기다리오! 춘나 나오거든 같이 데리고 가기요!

* 춘나 훌쩍거리며 나온다.
* 영애 달려가 춘나의 손을 잡아준다.

영애: 왜 우니? 잘못 쳤니?

춘나: 네! 잘못 쳤습니다.

영애: 울지 말라! 이제 한 과목 치고. 무슨! 내일부터 잘 치면 되지 않니? 우리 함께 식당에 가 점심이나 먹자!

　* 모두들 학교 마당을 떠나간다.

195. 학수네 집 안(새벽)

　* 학수와 영애 조용히 일어나 옷을 입는데 문옥 따라 일어난다.

영애: 넌 왜 깨나니?

문옥: 시험도 다 쳤는데 오늘부터 나도 일하러 다니겠습니다.

학수: 누가 너더러 일을 하라니? 이제부터 고중과목 예습이나 해라! 대학 갈 준비를 해야지!

문옥: 야, 정말! 그럼 식전 일만이라도 합시다. 낮에 공부하면 안됩니까?

영애: 그래라! 식전만 일하는 건 괜찮겠다!

196. 거리(새벽)

　* 세 식구 길가에 서서 수건을 휘두르며 차를 세운다.

　* 차 한대가 멈춰 서자 셋은 저마다 한 부분씩 밀고 씻는다.

　* 방금 한대를 씻어 보내자 또 한대가 그들 앞에 와 멈춰 선다.

　* 다시 차 씻기에 달라붙는 세 식구

197. 영화네 새 아파트(새벽)

　* 춘나 자기 방에서 나와 영화네 방으로 건너가 문을 뗀다.

　* 영화 향란이와 자고 있다.

　* 춘나 문을 닫아버린다.

198. 춘나네 주방(새벽)

* 춘나 쌀을 일어 안치고 요리를 볶는다.

춘나(방백): 누나 한 밥이 영 맛있습니다. 야, 맛있다! 냠, 냠, 냠…

* 채가 타는 줄도 모르고 멍해있는 춘나.

199. 영화네 침실 밖

* 춘나 침실 문을 두드린다.

영화(소리): 누구요?
춘나: 납니다. 춘나.

* 춘나 문을 차고 들어간다.

200. 영화네 침실 안

* 춘나 노한 눈길로 영화와 향란을 쏘아본다.

춘나: 아버지, 저 여자 우리 어머닙니까? 내 있을 때에는 꼴 보기 싫게
    놀지 마시오! 그리고 어느 여잔지 잠자리를 봐가며 눕는 게 좋겠
    습니다.
영화: 춘나야, 너…
춘나: 됐습니다. 돈 주시오! 춘남이 보러 가겠습니다.
영화: 응! 가라! 돈은 그 양복 호주머니에 있다.
춘나: 아버지 꺼내주시오! 내 어떻게 아버지 호주머니를 들춥니까?

* 영화 이불을 끌어당겨 덮는다.

영화: 일없다. 네 절로 꺼내라! 일없다.

　* 춘나 백 원짜리 한 장을 꺼낸다.

춘나: 잘 보시오! 한 장입니다.
영화: 응! 옳다! 한 장이다! 한 장 더 꺼내라!

　* 춘나 반응도 없이 문을 닫고 나간다.
　* 날숨을 뽑으며 마주보는 영화와 향란

201. 시골길

　* 버스 달려오다가 갈림길 어구에 와 멈춰 선다.
　* 버스에서 내리는 춘나

202. 고갯길 샘터

　* 춘나 샘물을 마시고 꽃잎을 뜯어 샘물에 띄운다.
　* 흘러가는 꽃잎
　* 춘나 노래를 부르며 고갯길을 내린다.

203. 마을 어귀

　* 얼음과자 장사꾼이 자전거를 밀고 가며 소리를 지른다.
　* 마을아이들 돈 한 닢씩 쥐고 뛰어나온다.
　* 돈이 없는 애들은 한입만 먹어보자고 얼음과자 사먹는 애들에게 구걸
　　한다.
　* 한 아이 부럽게 서있는 춘남이 앞에 가 얼음과자를 내민다.
　* 춘남이 한입 물까하면 그 아이 뒤로 물러서곤 한다.
　* 이런 장면을 목격하던 춘나 춘남이를 부르며 달려간다.

춘나: 춘남아

춘남: 누나

* 서로 달려가 부둥켜안는 오누이.

춘남: 누나 어째 이제야 옵니까? 난 누나 보고 싶어 죽을 뻔했습니다.
누나 보고 싶은 땐 밥도 안 먹고 자지도 않습니다.

춘나: 그래서 오늘 누나가 오지 않았니? 가자! 빨리 외할머니네 집으
로 가자!

204. 이씨네 집 뜰

* 춘남이 소리치며 달려간다.

춘남: 외할아버지, 외할머니! 우리 누나 왔습니다.

* 배 영감과 이씨 그 소리를 듣고 달려 나온다.

배 영감: 뭐? 누가 왔다구?

이씨: 춘나가 왔답니다. 춘나야!

* 배 영감과 이씨 끌신을 대수 끌고나와 춘나를 끌어안는다.

이씨: 춘나야, 어미도 없이 네가 고생하는구나! 혼자 밥 끓여먹고 학교
에 다닐나니 얼마나 고생이니?

배 영감: 금방 온 아이를 밖에 세워놓고 옛말을 하겠소? 빨리 집으로
들어가기요!

이씨: 춘나야, 빨리 집으로 들어가자!

* 모두들 집으로 들어간다.

205. 이씨네 집 안

  * 춘나 사온 술과 과자를 꺼내놓는다.

춘나: 이건 외할아버지 반가워하시는 술이고 이건 외할머니 즐기는 과
    줄입니다. 이건 춘남이 먹을 새우깡이다.

배 영감: 자식두! 돈도 못 버는 학생이 무슨 술을 다 사들고 다니니?
    졸업시험은 잘 쳤니?

춘나: 수수하게 쳤습니다.

이씨: 그래 아버진 뭘 하니?

춘나: 난 아버지 뭘 하는지 모릅니다.

이씨: 춘남이 보고 싶었지?

춘나: 네! 춘남이 보고 싶어 얼마나 울었는지 모릅니다. 어머니도 없지
    아버지는 그냥 나가 살지 적적할 때면 춘남이 생각이 나서 공부도
    안됩니다. 그럴 때면 춘남이 사진을 꺼내보고 한참씩 울어야 약간
    진정이 돼서 다시 공부를 하군 했습니다. 시험이 끝날 때를 기다
    리는 게 정말 하루가 백날 같았습니다.

  * 춘나 눈물이 쏟아져서 더 말을 못한다.

이씨: 왜 안 그렇겠니? 그 잘난 출국인지 돈벌인지 때문에 편편한 오
    누이를 생이별 시켜 놓은 게! 저 춘남이는 누나 언제 오는가하고
    하루에도 몇 번씩 캐묻는지 모른다.

춘나: 외할아버지, 외할머니! 이번에 춘남이를 데리고 가야 되겠습니다.
    춘남이도 인제는 학교에 붙어야 됩니다.

배 영감: 그런데 어미도 없이 네가 춘남이를 키울 만 하니?

춘나: 네! 내가 공부를 못하는 한이 있더라도 춘남이만은 꼭 다른 애들
    못지않게 공부를 잘 시킬 수 있습니다. 그렇게 하게 해주시오. 네?

배 영감: 그렇게 해라! 아무튼 제 나이에 학교는 붙어야지!

춘남: 누나, 나도 학교 갑니까? 야, 좋다! 그러면 누나와 한 집에서 살 지. 예?

춘나: 응! 같이 산다!

춘남: 누나!

* 춘남 춘나의 품에 안긴다.

206. 거리(새벽)

* 학수, 영애, 문옥 차 닦기를 끝내고 집으로 돌아간다.

학수: 오늘 아침 수입도 괜찮지?

영애: 네, 20원입니다.

학수: 문옥이까지 나오는 바람에 아주 수월히 벌었소!

영애: 문옥아! 너 오늘부터는 매일 한 번씩 학교에 가봐라! 요즈음 입 학통지서가 온다더라!

문옥: 네!

207. 시골 영길

* 춘나와 춘남 시골을 떠난다.
* 배 영감과 이씨 버스역까지 따라 나오려는 것을 춘나 억지로 말린다.

춘나: 그 먼데까지 나올 필요 있습니까? 빨리 들어가시오! 계속 나오 면 우리도 안 가겠습니다.

배 영감: 그래그래! 더 나가지 않을게. 빨리 가봐라.

이씨: 어린 동생을 데리고 어떻게 고생하겠니?

춘나: 나도 인젠 열여덟 살입니다. 처년데?

이씨: 그래! 우리 그때 같으면 시집가서 아이를 낳아서 업고 다닐 나이가 됐지! 그럼 잘 가라! 춘남아, 할머니 뽀뽀!

　* 춘남 이씨의 볼에 키스를 한다.

춘나: 외할머니, 안녕히 계십시오!
춘남: 외할아버지, 안녕히 계십시오!

　* 멀어져가는 춘나와 춘남
　* 그들을 바래며 서있는 배 영감과 이씨의 눈확에 이슬이 맺힌다.

208. 학교 사무실 안

　* 노크소리를 앞세우고 문옥이 들어선다.

문옥: 선생님, 입학통지서 아직 안 왔습니까?
이 선생님: 내일 온다더라! 내일 와봐라!
문옥: 네!

209. 소학교 신입생 등록실

　* 춘나 춘남이 손목을 쥐고 등록하러 온다.

춘나: 선생님, 학교 붙이러 왔습니다.
등기원: 왜 부모는 안 왔소?
춘나: 모두 출장가고 없습니다. 그래서…
등기원: 알만하오! 또 돈벌이 고아겠구만!
춘나: 네?

210. 학교 사무실 안

　* 문옥 들어서기 바쁘게 이 선생님 기뻐서 소리친다.

이 선생님: 문옥아, 중점고중이다.

문옥: 네? 정말입니까?

　* 통지서를 받아 보는 문옥의 눈에서 눈물이 굴러 떨어진다.
　* 문옥 이 선생님을 부르며 그 품에 쓰러진다.

문옥: 선생님! 감사합니다. 모두 선생님 덕분입니다.

　* 이 선생님 눈에도 눈물이 글썽

이 선생님: 아니다. 모두 너의 부모들 덕분이다. 빨리 가서 부모님께
　　　희소식을 전해라!

문옥: 네!

211. 거리

　* 춤추듯 뛰어가는 문옥

212. 학수네 집 마당

　* 멀리서부터 문옥이 달려오며 소리친다.

문옥: 아버지, 어머니! 중점고중에 붙었습니다.

　* 학수와 영애 달려 나온다.

영애: 뭐라구? 중점고중에?

　* 문옥 달려와 통지서를 내보인다.

학수: 여보! 정말이요? 우리 문옥이가 중점고중에 붙었소!

영애: 네! 우리 문옥이 중점고중에…

* 영애 눈물을 훔치며 돌아선다.
* 학수 벽에 걸어놓은 가대기를 어루만지며 눈물을 떨어뜨린다.

학수: 동네 여러분! 우리 문옥이가 오늘 중점고중에 붙었습니다.

제7회

213. 학수네 집 안(밤)

* 학수네 가정회의가 한창이다.

학수: 이번 학기부터는 우리 가정사업의 중점을 문옥이로부터 문철이
한테로 옮겨야겠다. 전번 학기까지는 문철이 고중 2학년이고 문
옥이가 초중 3학년이 돼서 중점을 문옥이의 졸업시험에 두었는
데 이번 학기에는 문옥이가 고중1학년이고 문철이가 고중3학년
이니 중점의 중점을 문철이의 대학 입학시험에다 둔다는 거다.
그러니 너희들도 이런 걸 명심하고 중점있게 돌파를 해야겠다.
알만하니?

문철, 문옥: 네!

214. 영화네 새 아파트

* 영화와 춘나 다투고 있다.

영화: 말해봐라! 어째서 학교에 안 다니겠다는가?

춘나: 학교 다닐 정황이 됐습니까? 이런 부모들이 세상에 어디 있습니
까? 어머니는 돈벌이를 하겠다고 우리 둘을 던지고 훌쩍 떠나간
게 지금까지 아무 소식도 없지, 아버지는 딸이 다니는 학교 문이
어디 붙었는지도 모르지, 거기다 공부를 할까하면 마작꾼들을 데
려다 떠들어대지, 장사꾼들을 묻혀다 복잡하게 굴지…

영화: 인제는 새 아파트에 들어 네 방을 따로 주지 않았니?

춘나: 새 아파트 타는 날부터 기분 상하게 별난 여자를 데려다 집에서 재우지… 공부할 환경이 됐습니까?

영화: 응! 네 말이 다 옳다. 그런데 내 그렇게 버둥거리는 게 다 누구를 위해서니? 농촌에서 시내에 올라와 이만큼 차려놓고 산다는 게 헐한가 하니? 너네 고모부를 봐라! 매일 삼륜차나 밀고 다녀서야 어느 천 년에 이런 집을 사고 산다더니?

춘나: 그래도 문옥이는 중점고중에 붙었습니다. 그 집에서 자식에 대해 얼마나 대단한지 압니까?

영화: 글쎄 내 지금부터는 네가 해달라는 대로 다 해줄 테니 학교만은 꼭 다녀라!

춘나: 일반고중에도 못 붙고 직업고중에 겨우 붙은 주제에 어떻게 낯을 들고 학교에 다닙니까?

　* 이때 영애 들어온다.

영화: 너는 어떻게 시간이 있어서 왔니?

영애: 내 오빠와 토론할 일이 있어서 왔소!

영화: 무슨 일?

영애: 춘나 일 때문에 말이요! 오빠, 우리 시내에 들어온 목적이 뭐요? 우리 어른들이 잘 먹고 잘 놀자고 들어왔소?

영화: 너 오빠를 훈계하러 왔니?

영애: 훈계하는 게 아니요. 저 춘나 원래 학습기초 얼마나 좋았소? 그런데 이번에 왜 고중에 못 붙었소? 여기 오빠문제도 크단 말이요!

영화: 내 방금 검토를 했다.

영애: 그랬소? 응당 그래야 하오! 졸업반 학생을 둔 아버지로서 그게 뭐요? 아침이면 춘나 혼자 아침밥을 끓여먹고 학교에 가게 하고 밤중이면 춘나야 굶던 말든 늦게 들어오고 학부형회의를 한번 갔소? 시험치는 날까지도 가보지 않는 그런 아버지 어디 있소?

영화: 그래서 내 지나간 일은 잘못됐다고 검토를 했다하지 않니? 이제
부터라도 잘해주겠다는데도 기어코 학교에 안 다니겠다고 떼를
쓴단 말이다.

영애: 춘나야, 그건 너도 틀린 인식이다. 딱 중점학교에 붙어야만 출세
를 하니? 직업중학교에 가서 기술을 잘 배우면 여전히 사회에
유익한 사람이 될 수 있는 거다. 그러니 결심을 내리고 학교에
다녀야 한다. 내 말이 옳지?

＊ 무겁게 머리를 끄덕이는 춘나

215. 거리

＊ 학수 삼륜차를 몰고 가다가 앞에서 걸어가는 영애를 발견하고 소리쳐
부른다.

학수: 여보! 빨리 올라앉소!

＊ 영애 삼륜차에 올라탄다.

영애: 오늘 수입이 어떻습니까?
학수: 수수하오! 춘나 일은 어떻게 됐소?
영애: 계속 다니게 했습니다.
학수: 아무렴, 다녀야 하구말구! 고중도 못 마치고 지금 세월에 뭘 하오?

216. 학수네 집 안

＊ 학수와 영애 집에 들어선다.
＊ 김씨 문턱에 쓰러져 허우적거리고 있다.

영애: 어머니, 왜 이럽니까?

학수: 어머니, 웬 일입니까?

* 학수와 영애 김씨를 일으키는데 김씨 자꾸 한쪽으로 쓰러진다.

영애: 어머니 풍이 오지 않습니까?
학수: 그런 것 같소!
영애: 빨리 병원에 가봅시다.

* 학수 김씨를 들춰 업고 나간다.

217. 거리

* 김씨를 앉히고 달리는 삼륜차

218. 병원 CT실 밖

* 영애 김씨를 부축하여 앉아있는데 학수 사진을 들고 온다.

영애: 옳답니까? 풍이?
학수: 양! 입원치료를 하라는구만!
영애: 그럼 입원해야지 어쩝니까?
학수: 그런데 돈이…
영애: 먼저 수속을 하시오! 내 인차 돈을 얻어오겠습니다.

219. 학수네 집 안

* 문옥 밥을 짓고 있다.
* 영애 뛰어 들어와 구들로 올라간다.

영애: 문옥이 왔구나! 너희들끼리 먼저 먹어라! 할머니 풍이 와서 입원
을 시켜야 하겠다.

문옥: 네? 할머니 풍이 왔습니까? 나도 가랍니까?

영애: 네 가서 뭘 하니? 밥 먹고 공부나 해라!

　＊ 영애 돈을 찾아들고 밖으로 나간다.

220. 병원 CT실 밖

　＊ 영애 뛰어와 학수에게 돈을 꺼내준다.

학수: 어디서 그래도?

영애: 빨리 수속부터 하시오!

　＊ 영애 학수를 떠밀어 보내고 김씨를 붙들고 앉는다.

221. 병원 복도

　＊ 학수와 영애 김씨를 부축하여 병실을 찾아간다.

222. 병실 안

　＊ 학수와 영애 김씨를 침대에 눕힌다.
　＊ 의사며 간호원들이 들락날락하며 분주를 편다.

223. 병실 복도

　＊ 학수와 영애 천천히 걷고 있다.

학수: 그래도 내가 밤을 지키는 게 아니요?

영애: 대소변을 받아내야 하기에 안됩니다. 빨리 가보시오! 그리고 문
　　　옥이 좀 일찍 일어나 밥이랑 하라고 하시오!

학수: 그럼…

영애: 괜찮다는데 그럽니까? 빨리 가보시오!

* 층계를 내려가는 학수

224. 병실 안(밤)

* 희미한 달빛이 병실에 비쳐든다.
* 영애 김씨의 침대 옆에 앉아 자는 둥 마는 둥

김씨: 며느리, 내 소변 좀…

* 영애 인차 깨여나서 변기를 들이댄다.

225. 병실 복도

* 위생실에서 나오는 영애 잠에 몰려 하품을 크게 한다.

226. 학수네 집 안

* 문옥 설거지를 하려는데 학수 빼앗아 한다.

학수: 빨리 학교나 가라! 뒷설거지는 내가 할게!

* 문철이와 문옥이 학교로 간다.
* 학수 설거지를 하고 마루를 닦고 구정물을 던지러 밖으로 간다.

227. 병실 안

* 영애 바닥청소를 깨끗이 해놓고 여러 환자들의 보온병을 모아들고 물 길러 나간다.
* 학수 도시락을 들고 들어온다.

학수: 어머니, 밤새 무사했습니까?
김씨: 양! 난 무사했는데 아이 어미는 못 무사했소! 내 자꾸 뒤를 보겠 다고 해서…

* 영애 물을 길어다 매 침대 상에 놓아준다.

학수: 당신도 식사를 하오!

영애: 네! 애들은 학교에 갔습니까?

학수: 양! 갔소! 빨리 여기 오오! 식기 전에 한술 드오!

영애: 네!

228. 병원 정원

* 학수와 영애 화단가에 걸터앉는다.

학수: 당신 낮에 집에 가서 좀 쉬오!

영애: 그럼 어머니는 누가 봅니까?

학수: 내 보지!

영애: 안됩니다. 아무리 아들이래도 며느리 있는데 어머니 대소변을 아들더러 받게 하겠습니까? 그것도 그렇지만 나는 집에 가 자고 당신은 여기서 어머니를 지키면 돈은 누가 법니까?

학수: 그건 그런데 당신 자지 못하는 일이 가슴에 걸려서 그러오.

영애: 내 근심은 마시오! 낮에 사람들이 많을 때 좀 자면 됩니다. 저녁에 좀 일찍 퇴근해서 내 대신 어머니를 봐주시오! 아무래도 어머니 치료비를 좀 얻어 와야 되겠습니다.

학수: 어디 가서?

영애: 오빠한테 가보겠습니다.

학수: 그러기요!

229. 전자 유희청

* 전우 한 친구와 전자유희를 놀고 있다.

230. 거리

  * 짐을 가득 싣고 땀을 흘리며 삼륜차를 밀고 가는 학수

231. 녹화청

  * 친구와 함께 녹화구경을 하는 전우

232. 병실 안

  * 김씨의 다리며 손을 안마해주는 영애
  * 학수 땀을 흘리며 들어온다.

영애: 잠깐만 지켜봐주시오! 네?

  * 영애 급히 밖으로 나간다.

233. 영화네 새 아파트 안

  * 영애 영화와 마주앉아있다.

영애: 오빠, 우리 호적은 했소?
영화: 글쎄 말이다. 인차 해주겠다던 게 영 소식이 없다.
영애: 잘됐소! 그럼 그 돈을 돌려 달라하오!
영화: 어째? 호적을 안하겠니?
영애: 더 급히 돈 쓸 일이 생겼소! 우리 시어머니 풍을 맞아서 지금 병원에 입원해 있는데 치료비 모자라오!
영화: 그거 안됐구나! 되게 맞았니?
영애: 양! 경하지 않소!
영화: 그럼 내 다른 돈을 먼저 줄게!
영애: 없으면 그러오! 후에 내 돈을 받아서 돌려줄게.

  * 영화 안방에 들어갔다가 돈을 들고 나온다.

영화: 옛다. 2천 원이다.

영애: 그럼 난 가겠소!

    ＊ 영애 밖으로 뛰어나간다.

234. 병실 안

    ＊ 영애 들어온다.

영애: 여보시오. 돈 얻었습니다.

학수: 있습데? 그래도…

영애: 우리 돈입니다. 호적을 하자던 돈을 달라고 했습니다.

학수: 그랬소?

235. 영화네 새 아파트 앞

    ＊ 한 사내 푸르뎅뎅해서 영화 앞에 뻗치고 서있다.

사내: 당신 출국수속은 어느 때 해주오? 이제 보니 당신도 사기꾼이구
    만! 내 돈 내놓소!

영화: 당신도 정말 답답한 사람이요! 그게 모슨 모래밭에서 무 뽑는 일이
    라고 그렇게 쉽게 되오? 이제 며칠 됐소? 정말… 이제 몇 달이오?

사내: 난 그런 선전을 안 듣소! 내 돈만 내놓소!

영화: 없소!

사내: 정말 없소?

    ＊ 사내 영화의 면상을 갈긴다.

사내: 당신 사흘내로 내 돈을 안 돌려보오. 네 각이 다 물러날 줄 아
    오.(문을 차고 나가는 사내.)

236. 여행사 경리실 안

    * 전화벨소리
    * 전화를 받는 전호

전호: 네! 제가 전우 아버집니다. 담임선생님? 네! 알았습니다.

237. 전우네 학교 교원실 밖

    * 전호 교원실 문을 노크한다.

안에서 소리: 네! 들어오시오!

238. 교원실 안

    * 전호 어줍게 들어와 선다.

박 선생님: 전우 부친이십니까? 앉으십시오! 전우 요즈음 어째서 학교
    에 안 옵니까?
전호: 뭐랍니까? 집에서 나갈 때는 그냥 학교에 간다면서 나갑니다.
박 선생님: 전우 지금 친구를 잘못 사귄 것 같습니다. 거기다 전우 부친
    이 돈까지 달라는 대로 다 주니깐 더구나 불리하게 됩니다.
전호: 알았습니다. 내 이제 전우를 닦아세우는 걸 보시오!
박 선생님: 그저 닦아세워서 될 일 같지 않습니다. 지금이라도 만약 전
    우를 돌려 세우겠으면 우리 집에 맡기시오. 내 우리 집에서 먹이
    고 재우면서 한 달만 붙잡고 있으면 능히 돌려 세울 수 있습니다.
전호: 그러면 글쎄 대단히 감사하겠지만 선생님께 너무 폐를 끼치게
    해서 어떻게…
박 선생님: 폐라는 게 있습니까? 만약 집에서만 동의한다면 그렇게 하
    기로 결정지읍시다.

전우: 네! 감사합니다.

239. 병실 안(밤)

* 영애 김씨를 지키고 앉아있다.

김씨: 아 어미, 내 좀 뒤를…

* 영애 인차 변기와 위생종이를 들이댄다.

김씨: 됐소!

* 영애 악취에 이마를 찡그리며 변기를 들고 나간다.

240. 복도

* 복도에 나온 영애 창문가에 서서 심호흡을 한다.

241. 병실 안

* 다시 자리에 와 앉던 영애 갑자기 가슴이 아파서 가슴을 싸쥐고 신음한다.
* 침대가에 쪼그리고 앉아 진통을 참아가는 영애

242. 병원 마당

* 환자들 나와 걷는 훈련을 하고 있다.
* 영애도 김씨를 붙잡고 연습을 하게 한다.
* 도시락을 들고 오던 학수 놀라운 눈길로 그런 광경을 바라본다.

학수: 어머니, 벌써 걸을 수 있습니까?
영애: 옆에서 부축하면 좀씩 걷습니다. 이러기 시작하면 빠르답니다.
　　　　어머니, 앉아 쉽시다.

* 김씨 화단에 걸터앉는다.

243. 박 선생님네 집 안(밤)

* 박 선생님 전우와 담화하고 있다.
* 이 선생님도 가담가담 담화에 끼어든다.

박 선생님: 요즈음 왜 학교에 안 왔니?

전우: 노무송출 가는 친구도 있고 또 전자유희청 꾸리는 친구도 있
고… 그래서 같이 노느라고…

박 선생님: 학생이 전문 사회청년들과 휩쓸려 다니면서 학교도 안 오
면 되니?

전우: 학교 다니기 재미없습니다.

박 선생님: 학교 다니기 재미없으면 뭘 하겠니?

이 선생님: 전우야! 너 초중 때는 최우등생, 3호학생이던 게 고중에 가
서는 왜 그러니? 요 몇 년째 너네 아버지 돈을 잘 버니깐 돈 쓰
는 재미에 잘못 번지는 게 아니니? 학생이라는 게 학교 다니기
재미없다는 게 무슨 말이니? 지금 사회에 고중도 못나오고 무슨
일을 하니?

박 선생님: 무슨 일을 하던 머리에 든 게 있어야지 골이 텅 비어가지
고 무슨 일을 하니? 어디 가 한마디를 해도 텅텅 빈 소리만 하
면 사람들한테 몰리며 살겠니?

이 선생님: 내 초중 때 뭐라고 했니? 지식이 힘이라고! 이 세상에 아
무리 큰 힘이라도 지식 앞에서는 다 무릎을 꿇는다 하지 않았
니? 지금 한창 배울 나이에 배우지 않고 큰 다음에 가슴을 치며
후회 할게 있니?

박 선생님: 내 너네 아버지와 토론해서 너를 우리 집에서 공부시키기로
했다. 네가 다시 공부에 취미를 붙이고 사회청년들과 거래를 끊을

때까지 너 우리 집에서 먹고 자면서 공부를 해야 한다.

전우: 내 집에서 다니면서 공부를 잘하면 안됩니까?

박 선생님: 안된다. 내가 말 한대로 하자!

244. 영화네 새 아파트 안

* 한 여인이 찾아와 영화보고 돈을 내라고 졸라댄다.

여인: 이제 사흘내로 내 돈을 돌려주지 않아보지! 내 친척집 남자들을
　　　몽땅 데리고 와서 각을 뜯어 놓을 줄 알아라! 어디다 대고? 내
　　　돈은 벼락 맞은 쇠채갑(소 천엽)인가? 흥!

* 여인 나가자 영화 소파에 쓰러진다.
* 향란이 황망히 뛰어 들어온다.

향란: 여보시오! 큰일 났습니다. 전번에 돈 받으러 왔다가 못 받고 간
　　　그 나그네 매꾼들을 사가지고 지금 여기로 온답니다. 빨리 피합
　　　시다. 그 사람들한테 걸리면 한 절반 죽습니다.

영화: 그런데 어디로 피한단 말이요?

향란: 먼데로 뛰어야지 무슨 방법이 있습니까? 빨리 역전에 가 아무
　　　차나 잡아타고 뜁시다. 빨리!

영화: 그런데 애들은 어쩌고 가오?

향란: 당장 맞아죽겠는데 언제 그런 것까지 다 생각할 새 있습니까?
　　　고모랑 있는 게 어쩌지 않으리라고 그럽니까? 빨리…

* 향란 영화를 끌고 나간다.

245. 학수네 집 뜰

* 학수와 영애 김씨를 삼륜차에 앉히고 돌아온다.
* 삼륜차 마당에 서고 학수와 영애 김씨를 부축하여 내린다.

영애: 어머니, 저의 손을 붙잡고 걸어서 들어가 보시오!

김씨: 손을 안 붙들어도 되오!

    * 김씨 절뚝거리며 혼자 집으로 들어간다.

학수: 됐소! 대소변 출입만 해도 한시름 놓을 수 있지 않소?

영애: 내일부턴 나도 빨리 나가서 장사를 해야 되겠습니다. 그새 돈이
      너무 딸려서…

학수: 며칠 좀 쉬고 나가오! 몸이 당해내겠소?

영애: 오늘 푹 쉬면 되지 않습니까?

학수: 당신 참…

246. 영화네 새 아파트

    * 춘남 하학하여 돌아와 문을 열려하나 문이 잠겨져있다.
    * 문에 기대여 쪼크리고 앉는 춘남

247. 거리

    * 자전거를 타고 오는 춘나

248. 영화네 새 아파트

    * 춘나 층계를 뛰어 올라온다.
    * 문에 기댄 채 잠이 든 춘남
    * 춘나 춘남이를 흔들어 깨운다.
    * 춘남 깨여나지 못하자 춘나 문을 열고 춘남이를 안고 집으로 들어간다.

249. 영화네 새 아파트 안

    * 춘나 춘남이를 침대에 눕히고 포대기를 덮어준다.
    * 춘남이 눈을 뜨며 깨여난다.

춘남: 누나!

  * 문을 쾅쾅 두드리는 소리 나더니 빚받이군이 매군 서넛과 함께 뛰어든다.

빚받이군: 너네 아버지 어디 갔니?
춘나: 모릅니다. 방금 학교에서 돌아오는 걸음입니다.
빚받이군: 모른체하지 말고 제대로 말해라! 어디 갔니?

  * 춘남 무서워 춘나한테 붙어 선다.

춘나: 모릅니다.

  * 빚받이군 춘남이를 얼린다.

빚받이군: 네 말해봐라! 아버지 어디 갔는지 너는 알지?
춘남: 모릅니다. 학교에서 오니깐 문이 잠겨져서 나는 바깥에서 잤습니
       다. 그런 걸 누나 안아 들여왔습니다.
빚받이군: 거짓말 말고 제대로 말해! 아버지 어디 갔니?

  * 춘남 무서워 훌쩍거린다.

춘나: 조고만 애와 무슨 큰소리를 칩니까? 내 말하지 않았습니까? 우
       리도 진짜 모릅니다.
빚받이군: 이제 아버지 오거든 똑똑히 말해줘라! 우리 돈을 돌려주지
       않는 날에는 죽여치우겠다 더라고!

  * 빚받이군과 매군들 으쓱해서 나간다.

춘남: 누나, 아버지 어디 갔습니까? 저 사람들이 아버지를 정말 죽

입니까?

춘나: 그래서 아버지 도망친 모양이다.

춘남: 그럼 우리는 인젠 아버지도 어머니도 다 없습니까?

춘나: 누나 있지 않니? 무섭니?

춘남: 아니!

* 춘남 춘나를 꼭 잡는다.
* 또 쾅쾅 소리가 나더니 빚받이군이 한 떼의 짐꾼을 데리고 들이닥친다.

빚받이군: 너네 아버지 우리 돈을 떼먹고 도망쳤다. 그래서 물건을 대신 가져가니 그런 줄 알아라!

* 빚받이군이 손을 휘젓자 짐꾼들 달려들어 텔레비전, 냉장고, 녹화기… 돈가는 물건들을 말끔히 들어간다.
* 잠깐사이 수라장이 된 집안

춘남: 누나, 우리는 어떻게 삽니까? 아무것도 없이?

춘나: 왜 못 살겠니? 누나가 있지 않니?

* 그러는 춘나의 눈에 눈물이 고인다.

250. 거리(새벽)

* 학수와 영애 차를 닦으라고 수건을 휘두른다.
* 그런데 서는 차가 한대도 없다.

영애: 지난밤에 비가 와서 그런 모양입니다. 갑시다!

* 맹랑하게 돌아서는 학수와 영애

251.다른 거리

* 학수와 영애 걸어가다가 영애 주춤 멈춰 선다.

영애: 오빠 며칠 새 소식이 없는 게 무슨 일이 생겼는지 모르겠습니다. 우리 피뜩 들려보고 가지 않겠습니까?

학수: 그러기요!

252. 영화네 새 아파트 안

* 춘나 자고 있는 춘남에게 포대기를 꽁꽁 덮어주고 주방으로 나가려는 데 학수와 영애 들어온다.

영애: 집이 왜 이렇니?

* 춘나 설음이 북받쳐 소리 내여 운다.

춘나: 다 들어갔습니다. 빚받이군이 와서 몽땅 다 들어갔습니다.

영애: 글쎄… 내 수상하다 했다. 너네 아버지 무슨 재간이 있어서 단통 벼락부자가 됐겠니? 그나저나 혼자 홀짝 달아나고 너네는 어쩐 다는 거니? 정말 답답하다.

* 이때 또 한패 덮쳐든다.

빚받이군: 면바로 사람이 있구만! 두 분은 집주인과 어떻게 되는 사입 니까?

영애: 집주인이 저의 오빱니다.

빚받이군: 그 집 오빠께서 우리 출국수속을 해주겠다고 매인당 5만 원 씩 거둬가지고 지금 행방불명이 됐습니다. 그래서 우리는 그 돈

을 받을 때까지 이 집을 차압하기로 했습니다. 그러니 저 애들을
데리고 지금 당장 나가주시오!

영애: 네?

제8회

253. 학수네 집 안

* 학수네 다섯 식구에 춘나와 춘남이까지 앉아있다.

학수: 오늘부턴 우리 일곱 사람이 한 식구다. 한 가마 밥을 먹고 한 집에서 자면서 재미있게 살아야 한다. 중점은 하나다! 학생들은 모든 정력을 학습에 몰 붓고 다른 잡생각을 절대 하지 말아야 한다. 알겠니?

춘나: 고모부! 난 인제는 공부를 안 하겠습니다. 춘남이만 시키면 됩니다. 나도 나가 벌면 춘남이와 내가 쓸 돈을 벌만합니다.

학수: 안된다! 공부를 하라고 우리 집에 데려온 거지 일 시키려고 데려온 건 줄 아니? 학생은 어디까지나 학생이다. 그러니 다른 잡생각을 버려라!

영애: 고모부 말이 옳다! 넌 아직 공부를 해야 된다. 알만하니?

춘나: 네!

254. 거리

* 영애 학수의 삼륜차에 앉아가고 있다.

영애: 이번 일이 정말 감사합니다.

학수: 감사? 뭐가?

영애: 우리 오빠네 애들을…

학수: 부실한 소리! 내 동생네 애들이 저런 처지 됐다면 당신은 그래 못 본 척 할만 하오?

영애: 아니… 그래도 좀 다르지 않습니까?

학수: 그따위 복잡한 생각은 하지 말고 자그마한 셋집이 우리 근처에
　　　있는가 알아보고 있으면 하나 더 세 맡기요! 비벼 자기만 하자면
　　　한집으로 되겠는데 애들이 공부를 해야지!

영애: 글쎄 말입니다. 기실은 자기만 하재도 비좁습니다.

학수: 오늘내로 하나 맡기요.

영애: 네!

255. 거리

　　* 영애 순대를 팔고 있다.
　　* 갑자기 또 가슴이 아파서 길옆에 피해 앉아 신음한다.
　　* 길 건너에 환히 보이는 녹십자 표식
　　* 영애 가슴을 부여잡고 길을 건너간다.

256. 병원 안

　　* 간호원 혈압을 재보고 깜짝 놀란다.

간호원: 원래 혈압이 이렇게 높습니까?

영애: 모릅니다. 언제 혈압이란 걸 재봤습니까?

간호원: 안되겠습니다. 입원치료를 바싹 해야 되겠습니다.

영애: 네! 알았습니다.

　　* 영애 병원을 나간다.

257. 거리

　　* 영애 터벅터벅 무거운 걸음을 옮겨놓고 있다.

영애(방백): 입원치료? 내가 들어 누우면 저 대식솔을 누가 돌본다고
　　　입원치료를 한단 말인가? 안 되지! 안 되구말구!

영애: 아차! 이 정신! 셋집을 맡는다는 게?

258. 새로 맡은 셋집 안

 * 영애 물걸레질을 해가며 집안을 깨끗이 거두고 있다.
 * 갑자기 또 가슴이 아파서 가슴을 안고 아픔에 모대 기는데 학수 들어온다.

학수: 집이 좋구만!

 * 영애 학수가 온 것을 보고 인차 웃으며 반긴다.

영애: 괜찮습니까? 집이?
학수: 그런데 당신 어디 아픈 게 아니요? 얼굴이 왜 그렇소?
영애: 어떤 때는 이렇습니다. 이러다가도 인차 일없습니다.
학수: 몸 주의하오! 당신이 쓰러지면 큰일 나오!
영애: 네! 내 몸을 내 모르겠습니까?

259. 학수네 윈 셋집 안(밤)

 * 일곱 식솔이 모두 모여 있다.

학수: 오늘 저 길 건너에다 새로 셋방 하나를 맡았는데 지금부터 누가
　　　가는가를 선포하겠다.
영애: 저쪽 방에는 춘나, 춘남이 그리고 문옥이 이렇게 셋이 건너가기
　　　로 했다. 먹는 건 누구나 다 여기 와 먹고 공부하고 자는 건 방
　　　금 선포한대로 나누어 한다. 알만하니?
모두들: 네!
영애: 그럼 저쪽 방에 가는 세 사람 지금 날 따라 가자!

 * 셋은 '야-' 하면서 일어선다.

260. 학교 사무실 안

* 박 선생님 전화를 걸고 있다.

박 선생님: 전 경리십니까? 네! 이젠 전우를 집에 데려가도 되겠습니다. 네! 기본상 원상태로 돌아가고 심리안정이 됐습니다. 네! 그렇게 합시다.

261. 경리실 안

* 전호 전화를 받고 있다.

전호: 박 선생님, 정말 고맙습니다. 내 오늘에야 한층 심각하게 느꼈습니다. 자식교양은 절대 돈만으로 되는 것이 아닙니다. 돈보다 더 귀중한 심혈이 수요 되는 거지요! 박 선생님, 감사합니다.

262. 거리

* 영애 순대를 팔고 있다.
* 갑자기 가슴을 움켜쥐던 영애 길가에 쓰러진다.
* 나뒹구는 순대그릇

263. 다른 거리

* 달려오는 승용차
* 승용차 차창으로 쓰러지는 영애의 모습을 발견하고 놀라는 전호

전호: 아니, 영애가?

264. 거리

* 전호 영애한테로 달려가 영애를 흔든다.

전호: 영애! 왜 이러오? 영애!

　* 인사불성이 된 영애

전호: 운전수! 빨리…

　* 전호 운전수와 함께 영애를 들어 승용차에 싣는다.

265. 거리

　* 병원을 향해 고속으로 달려가는 승용차

266. 구급실 안

　* 긴장한 구급.
　* 의사 전호를 돌아본다.

의사: 가족입니까?
전호: 아닙니다.
의사: 빨리 가족에게 알리시오! 안 되겠습니다.
전호: 안됩니다. 선생님! 돈이 얼마나 들던지 기어코 이 여자를 살려주
　　　시오! 이 여자는 지금 죽으면 안됩니다. 죽을 수 없습니다.
의사: 빨리 가족에게 통지하시오!
전호: 네? 네!

　* 전호 정신없이 밖으로 뛰어나간다.

267. 거리

　* 전호 승용차를 타고 삼륜차가 집중된 곳을 다니며 학수를 찾는다.
　* 마침내 학수를 찾아낸 전호 다짜고짜 학수를 차에 태우고 병원으로 달
　　려간다.

268. 구급실 안

* 정신없이 뛰어드는 학수
* 영애의 얼굴에 이미 흰 천이 씌어있다.
* 떨리는 손으로 흰 천을 젖히고 보던 학수 황소영각을 하며 영애의 시체에 쓰러진다.

학수: 영애, 이게 무슨 생벼락이요? 영애야! 눈을 떠라! 내가 왔다. 학수가 왔다. 영애야!

269. 용골 산소

* 화장함을 묻은 자그마한 봉분 하나
* 그 앞에 꿇앉은 학수
* 뒤를 둘러싼 동네사람들
* 문철, 문옥, 춘나 무덤에 엎드려 소리 내어 울고 있다.

270. 영삼이네 집 안

* 문철, 문옥, 춘나, 춘남 정지간에 앉아있고 학수 윗방에서 술상을 놓고 영삼이와 마주앉아있다.

영삼: 학수야, 죽은 사람은 죽었지 어쩌겠니? 이제는 저 밥알들을 봐서라도 굳세야 된다. 저것들이 인젠 몽땅 네 얼굴만 쳐다볼게 아니니? 자, 술이나 들고 마음을 추겨라!

학수: 내 시내에 들어간 후 술 담배를 딱 끊었었다. 술 담배 돈은 적게 드니? 그러나 오늘만은 내 이 술을 마시겠다. 저 머저리 같은 안깐을 위해서 내 취해보겠다.

* 학수 연속 몇 잔 강술을 마신다.
* 술기 오른 학수의 눈확이 점점 붉어진다.

학수: 저 안깐이 얼마나 부실한가 봐라! 병 치료 하는 돈이 얼마 든다
    고 그 돈을 아끼다가 저렇게 껌벅 죽니? 죽으면 그 돈이 남니?
    오히려 내 더 고생이지! 저 안깐이 글쎄 왜 이런 간단한 도리도
    모르는가 말이다.

  * 학수 또 술을 부어 꿀꺽 마신다.

학수: 하긴 저 안깐이 불쌍하지! 그 돈 몇 푼 때문에 그 아픈 동통을
    참고 순대 팔러 다닐 라니 집일을 돌볼라니 거기다 또 우리 어
    머니 대소변까지 받아낼라니 병 없이 펀펀한 사람이면 삐쳐 살
    겠니? 그저 저 아새끼들을 출세시키겠다고 남들이 다 사 입는
    치마 한 벌도 못 사 입어보고 갔다. 내 같은 이런 머저리 남편을
    만나서 말이다. 으흐흑…

  * 학수 자기 가슴을 치며 통곡을 한다.
  * 정지에 앉았던 문철, 문옥, 춘나 올라와 학수를 흔들며 따라 운다.

문철: 아버지, 이러지 마시오!
문옥: 아버지, 진정하시오!

  * 모두들 한 덩어리가 되어 서로 안고 운다.

271. 학수네 집 안

  * 학교 갈 시간이 됐는데도 아이들 몽땅 앉아 있다.

학수: 왜 학교 갈 궁리는 안하고 앉아만 있니?
문철: 오늘부터 학교 그만두겠습니다.
문옥: 우리도 아버지와 함께 벌겠습니다.

춘나: 나도 벌만합니다.

    * 학수의 눈에서 독이 번쩍인다.

학수: 한번씩 더 말해봐라. 방금 한 말을 한 번 더 말해봐라! 반반 다 때려죽이겠다. 공부를 안 하고 뭘 하니? 돈을 벌어 어디다 쓰니? 말해라! 돈을 벌어 어디다 쓰겠는가? 목표도 없는 돈을 무더기로 번들 뭘 하니? 문철아, 네 말해봐라! 네 번 돈을 어디다 쓰겠니? 문옥이도 말해봐라! 너네 번 돈을 어디다 쓰겠는가? 아버지 왜 악을 쓰고 돈을 버니? 너네 어머니는 왜 죽으면서까지 돈을 벌어? 다 너희들을 공부시키고 남들보다 공부를 더 잘해서 나라에 유용한 인재가 되라고 번거지? 그러나 너네 돈을 벌어 뭘 하니? 이 애비를 좀 덜 고생시키겠다는 그 작은 목표밖에 없지? 그래 아버지가 생각하는 목표와 너네 생각하는 목표, 어느 게 더 중요하니? 이럴 때일수록 똑똑한 애들은 너희들처럼 공부를 그만두고 돈을 벌겠다고 하는 게 아니라 어떡하나 공부를 더 잘해서 중점대학 일류대학에 붙는 것으로 아버지를 위로한다는 게다. 알만하니? 모두 일어나 학교로 가라!

    * 모두들 조용히 말이 없다.
    * 학수도 너무 했던지 어조를 유순하게 바꾼다.

학수: 죽은 너네 어미나 살아있는 이 애비나 이제 더 바랄게 뭐 있니? 그저 너네 어떻게 하나 공부를 잘해서 사람이 되는 그 하나만을 보며 살아가는데 그 희망마저 깨지면 우리 같은 건 무슨 멋에 사니? 너네 지금 돈을 한 차량씩 벌어 와도 기쁠 게 없다. 대신 너네 '대학에 붙었소!' '박사가 됐소!' 하는 소리를 들으면 그보다 더 큰 기쁨 그보다 더 큰 행복이 없다. 그러니 이를 악물고서라

도 꼭 공부를 잘해야 한다. 알만하지?

모두들: 네!

272. 거리

* 삼륜차를 몰고 가는 학수

273. 거리

* 무거운 짐을 싣고 힘겹게 삼륜차를 밀고 가는 학수

274. 층집

* 짐을 지고 층계를 뚫아 오르는 학수

275. 학수네 집 안

* 앞치마를 두르고 주부질을 하는 학수

276. 학수네 집 안

* 밥상에 둘러앉아 맛나게 밥을 먹는 여섯 식구
* 맛나게 먹고 있는 애들을 둘러보며 벙그레 웃고 있는 학수

277. 학수네 새 셋집(밤)

* 열심히 공부하는 애들 속에 끼여 흡족해하는 학수

278. 거 리

* 학수 빈 삼륜차를 몰고 가는데 백화점 앞에서 웬 아낙이 소리쳐 부른다.

아낙: 어이, 삼륜차!

* 학수 삼륜차를 아낙네 앞에 가져다 세운다.

아낙: 저… 냉동기를 샀는데 실어다 주겠습니까?
학수: 네!

* 상점으로 들어가는 학수와 아낙

279. 상점 밖

* 학수 냉동기를 삼륜차에 동여맨다.

학수: 집이 어딥니까?
아낙네: 곰골!
학수: 뭐랍니까? 그래 이 무거운 냉동기를 곰골까지 실어다 달란 말입니까?
아 낙: 네! 어쩌겠습둥? 실어다줍소! 실었다가 또 부리우겠습둥? 내 운비를 푼푼히 드립지!
학수: 얼마나 주겠습니까?
아 낙: 한… 40원 드립지!
학수: 40원? 그 곰골 올리막만 해도 시오리 잘되지 여기서 곰골까지 40리 푼하겠는데 40원? 다른 사람을 찾으시오! 난 아직 점심도 못 먹어서 못 가겠습니다.
아낙: 이 아주버님 어째 이럼둥? 40원을 드린다는데도 그럼둥? 1리에 1원씩 40리에 40원이면 적은 돈은 아니꾸마! 이 시내에 온 하루 서있어도 40원을 벌둥? 가겝소! 네?

* 한참 궁리하던 학수 결단을 내린다.

학수: 갑시다!

* 무겁게 자국을 떼는 삼륜차바퀴

280. 곰골 영길

* 무릎을 꺾고 삼륜차를 올려 끄는 학수
* 뒤에서 미는척하던 아낙네 숨이 차서 할딱거리다가 빈 몸으로 따라온다.
* 불비처럼 내리쪼이는 햇볕
* 학수의 목이며 얼굴에서 땀이 샘솟듯 흐른다.
* 끝끝내 고봉에 톺아 오르는 학수
* 시원하게 불어오는 산바람

281. 곰골 마을

아낙: 에구, 다 왔소꼬마! 바로 저 집이꼬마!

* 아낙네 먼저 달려가 문을 연다.

아낙: 면바로 잘됐구나! 너네 나와 저 냉동기를 좀 들어 달라!

* 트럼프를 놀던 중인지 어떤 애들은 트럼프 장을 쥔 채로 나온다.

아낙: 아들 패거리들이 면바로 있어서… 옜소꼬마! 40원이꼬마! 들어가
젭소! 식사나 하고 천천히 떠납소!
학수: 집에서 애들이 기다려서 안됩니다.

* 빈 삼륜차를 끌고 돌아서는 학수

282. 곰골 고갯길

* 갑자기 번개 치며 하늘이 새까맣게 변하더니 대줄 같은 소낙비가 억수
로 쏟아진다.

* 학수 비에 흠뻑 젖어 삼륜차를 올려 끄는데 점점 초기가 나며 발이 옮겨지지 않는다. 게다가 길까지 미끄러워 학수 몇 번이나 넘어졌다 일어나고 일어났다 또 넘어진다.
* 학수 부득불 길가의 나무에 기대다가 쓰러진다.
* 번개 치고 우레 운다.

학수(방백): 요렇게 딱 초기가 들 줄 알았으면 냉수라도 달라고 해서 한바가지 마시고 떠났을 것을…

* 학수 얼굴로 흘러내리는 빗물을 감빨아 들인다.

학수(방백): 안된다. 일어나야 한다. 집에 애들밖에 없는데 눕더라도 집에 가 누워야 한다.

* 학수 이를 악물고 일어나 다시 삼륜차를 올리 민다.
* 넘어졌다 일어나고 일어났다 또 넘어지고… 학수 끝내 고갯마루에 올라선다.
* 갑자기 이름 못할 설움이 북받쳐 오른다.
* 학수 가슴을 치며 황소울음을 터뜨린다.

283. 학수네 집 안

* 학수 감기에 걸려 기침을 모질게 해댄다.
* 문철 학수 옆에 앉아 젖은 수건을 바꾸어대며 간호를 한다.

문철: 아버지, 어떻습니까? 병원에 안가도 되겠습니까?
학수: 병원이란 게 내 가는 데야? 기침만 멎으면 일없다. 너도 빨리 학교에 가라! 빨리!

* 마지못해 일어나는 문철.

284. 학교 교문

* 문철 교문에 들어서는데 전우 문철이를 부르며 뛰어온다.
* 전우 축구 관람권 한 장을 문철에게 준다.

전우: 옜다. 축구관람권이다. 50원짜리다.

문철: 난 싫다. 네나 봐라!

전우: 나한테 또 있다. 갈 때 같이 가자!

* 전우 달려간다.
* 50원짜리 관람권을 무겁게 들고 보는 문철.

285. 거리 축구관람권 매표구

* 문철 관람권을 판다.

문철: 누가 표를 사겠습니까?

* 한 청년 인차 문철의 손에서 관람권을 빼앗아내고 돈 50원짜리를 꺼내 준다.
* 돈을 소중히 접어 호주머니에 넣는 문철.

286. 얼음과자 도매상점 앞(새벽)

* 얼음과자장사들이 장사진을 이루었다.
* 종이함을 들고 그 뒤에 줄을 서는 문철.

287. 학수네 새 셋집(새벽)

* 춘나 먼저 일어나 문옥이를 깨운다.

춘나: 문옥아, 일어나라!

* 문옥 눈을 뜨며 일어난다.

춘나: 고모부 감기 걸려서 앓는데 우리 지금 차 닦으러 안가겠니? 던을 벌면 약이래도 사오자!

문옥: 그러다가 아버지 또 성 내면 어쩌니?

춘나: 오늘 일요일인데 일 있니? 가자!

* 문옥 일어나 춘나와 함께 나간다.

288. 거리

* 문옥이와 춘나 차를 닦으라고 수건을 내흔든다.
* 그들 앞에 와 멈춰서는 택시

289. 얼음과자 도매상점 앞

* 문철 얼음과자를 사서 자전거 짐받이에 달아매고 웃으며 떠나간다.

290. 인민체육장 입구

* 들어가는 사람들이 뜸해진 사이 문철 얼음과자 함을 들고 들어간다.
* 문지기가 막아서자 문철 학생증을 내보이며 사정한다.

문철: 저는 농촌에서 시내에 와 학교를 다니는데 아버지 혼자 벌어서 우리 뒤를 댑니다. 그런데 아버지 병 걸려 누워서 아버지 약을 사드리려고 그러는데 좀 사정을 봐주시오! 내 이 얼음과자만 팔고 축구구경도 안하고 나오겠습니다. 못 믿겠으면 이 학생증을 여기다 보관하십시오!

문지기1: 어쩌겠습니까?

문지기2: 부모들 부담을 더느라고 자기 절로 벌어서 공부를 하겠다는 그 마음이 얼마나 기특합니까? 들여보냅시다.

문지기1: 들어가라!
문철: 감사합니다. 감사합니다.

291. 인민체육장 안

 * 문철 부지런히 얼음과자를 판다.

292. 인민체육장 입구

 * 문철 문지기에게 감사를 드린다.

문철: 감사합니다. 덕분에 인차 다 팔았습니다.
문지기: 아직 경기를 시작도 안했는데 기다렸다가 보고 가라!
문철: 안됩니다. 인차 가봐야 합니다. 안녕히 계십시오!

 * 문철 부랴부랴 떠나간다.

문지기: 지금 학생들은 다 저래야 되는데!

293. 학수네 집 안

 * 학수 기침을 하며 이불을 걷어차고 일어나 앉는다.

학수: 이 눔아들이 다 어디를 갔는가?
김씨: 일요일이니깐 어디 놀러 갔겠지?
학수: 놀러 가면 아침도 안 먹고 갑니까?

 * 이때 문철, 문옥, 춘나 들어온다.

학수: 모두 어디 갔었니? 여기 와 서라! 어디 갔었니? 왜 대답이 없
니? 문철아! 너부터 말해봐라! 어디 갔었니?

* 문철 죄 지은 사람처럼 머리를 떨어뜨린다.

문철: 체육장에 갔댔습니다.
학수: 축구 구경?
문철: 아닙니다.
학수: 그럼 체육장에 뭘 하러 가니?

* 문철 얼음과자를 판돈을 꺼내놓는다.

문철: 어제 전우 50원짜리 관람권을 줍다. 그래서 그 표를 팔아 얼음
과자를 몽땅 도매해서 체육장에 가지고 가 팔았습니다.

* 학수의 가슴이 쓰려난다.
* 자연 높였던 목소리도 유해진다.

학수: 문옥아! 너는?
문옥: 난 춘나와 함께 나가 차 닦기를 했습니다.

* 문옥 약과 남은 돈을 내놓는다.

문옥: 아버지 감기에 걸려서 너무 괴로워하는걸 보고… 다시는 안 그
러겠습니다. 한 번만 용서해주시오!

* 학수의 눈확에 눈물이 고인다.

학수: 됐다. 나가봐라!

* 애들이 나갈 때까지 겨우 참아낸 학수 이불로 얼굴을 가리고 어깨를
들먹이며 운다.

294. 대학 시험장 밖

* 학수, 문옥, 춘나, 춘남 초조히 문철이 나오기를 기다리고 있다.
* 드디어 문철 나온다.
* 모두들 문철이를 둘러싸고 이것저것 묻는다.

295. 학수네 집 안

학수: 문철아, 인젠 통지서 나올 때까지 머리를 푹 쉬여라! 그리고 며
   칠 나와 함께 용골에 가보고 오자!

문철: 네!

* 이때 느닷없이 러시아에 갔던 설매 뛰어든다.

설매: 우리 춘남이 어디 있소? 춘나는?

학수: 아주머니, 언제 오셨습니까?

설매: 생원, 우리 애들은?

학수: 네! 저쪽 집에 있습니다. 날 따라 갑시다.

296. 학수네 새 셋집 안

* 설매 뛰어 들어온다.

설매: 춘남아, 춘나야!

* 춘나 까딱없이 앉아있고 춘남이 춘나 뒤에 가 숨어 선다.

설매: 춘나! 내다, 내! 너네 어머니다!

춘나: 우리는 어머니 없습니다.

설매: 뭐라구? 어머니 없다구? 그럼 난 누구야? 내 러시아에 갔다가
   왔는데…

춘나: 왜 왔습니까? 이제 와 뭘 합니까? 그래도 어머니라고 찾아올 면
목이 있습니까? 아버지는 도망가고 어머니는 출국하고 우리는
누굴 믿고 살라는 겁니까? 고모네가 아니었다면 우린 진작 유랑
아로 됐을 겁니다. 고모는 그 바쁜데 우리 둘까지 돌보느라고 지
쳐서 사망… 고모부 혼자서 우리를 공부시키느라고 아파도 병원
에도 못 갑니다. 어머니 말해보시오! 돈이 뭡니까? 돈으로 이런
걸 살 수 있습니까? 가시오! 그 돈을 가지고 가서 잘 사시오!

설매: 춘나야! 내 늦게나마 그런 도리를 알아서 이렇게 찾아왔지 않
니? 처음엔 덩덩해서 모르겠던 게 날이 갈수록 너네 생각이 나
서 못 살겠더라! 밥이나 제대로 먹는지 공부나 제대로 하는지…
눈만 감으면 너네 둘의 얼굴이 자꾸 떠올라서 하루살기가 바쁘
더란 말이다. 인차 오고 싶어도 어디 오기는 헐하더니? 이번에도
벌금을 하면서 겨우 건너왔다. 그런데 너네는 어머니란 말 한마
디 없이 개 쫓듯 내쫓는단 말이니? 그럼 난 어떻게 살라는 거
니? 내 차라리 너네 앞에서 죽어버릴게.

　＊ 설매 구들에 머리를 마구 쫓으며 실성한다.

춘나: 어머니!
설매: 어머니? 춘나야, 춘남아…

　＊ 설매 한 팔에 하나씩 춘나와 춘남이를 끌어안는다.

설매: 내 다시는 아무데도 안 갈게! 너희들 곁을 한시도 떠나지 않
을게!
춘남: 어머니, 정말 가지 마시오, 네?
설매: 그래! 정말!

　＊ 울음판

297. 용골

* 문철 땀을 뻘뻘 흘리며 콩 기음을 맨다.
* 영삼 찾아온다.

영삼: 학수! 너 너무하지 않니? 당장 대학생이 될 애를 소처럼 부려서 뭘 하니?

학수: 대학생이 되던 간부가 되던 농민을 알아서 낭패 없을게다.

영삼: 그런데 글쎄 벌써 며칠이니? 하루 이틀에 노동관을 넘겠니? 우리도 며칠 쉬다가 하면 바쁜데!

학수: 그것도 그렇다. 문철아! 그만해라!

* 허리를 두드리며 일어나던 문철 밭머리에 나가 훌렁 눕는다.

학수: 일어나라! 이 아래 가서 샘물이나 마시자!

298. 샘터

* 퐁퐁 솟아나는 샘
* 문철 황소처럼 물을 들이켠다.

학수: 물맛이 어떻니?

문철: 대단히 시원합니다.

학수: 시내 수돗물보다 낫지?

문철: 네!

학수: 됐다. 통지서도 인차 내려오겠는데 인제는 돌아가자!

299. 학교 마당

* 학수와 문철, 문옥, 춘나, 춘남, 설매 학교마당에 들어선다.

학수: 우리는 여기 서있을게 빨리 들어가 봐라!
문철: 나는 긴장해서… 아버지 들어가 보시오.

300. 교원실 안

* 학수 들어서자 박 선생님 너무 기뻐 소리친다.

박 선생님: 문철 아버지! 문철이 북경대학에 붙었습니다.

* 통지서를 받아 쥐고 굳어지는 학수
* 학수의 머리에 아글타글 애쓰던 영애의 모습이 필름처럼 스쳐간다.

301. 학교 마당

* 학수 학교에서 뛰어나오며 소리친다.

학수: 문철아, 북경대학이다…
문철: 아버지…

* 마구 달려가는 문철
* 학수와 문철 부둥켜안고 왕왕 운다.
* 따라 달려온 춘나, 춘남, 문옥, 설매도…

302. 학수네 집 밖

* 학수 가대기를 어루만진다.

학수: 동네 여러분! 우리 아들 문철이가 북경대학에 붙었습니다.

303. 플랫폼

* 문철이를 전송하러 나온 여러 사람들.
* 서서히 떠나가는 열차.

문철: 아버지! 여러분! 안녕히 계십시오.…

＊ 점점 멀어지는 열차.

304. 영길

＊ 학수 삼륜차에 김씨와 가대기를 싣고 영길을 넘어간다.
＊ 여기에 자막이 새겨진다.
＊ 아버지의 사랑과 기대를 한 몸에 지니고 문철이는 북경으로 떠나갔다.
  2년이 지난 후 학수는 딸 문옥이를 복단대학에 보냈다. 그리고 처마 밑
  에 매두었던 가대기를 삼륜차에 싣고 용골마을로 소리 없이 떠나갔다.

　　　　[노래]

　　　부모님 사랑
　　　자식들의 덕을 보려고 마음 태울까
　　　고생 끝의 낙을 바라고 몸을 바칠까
　　　끝이 없는 고생 속에 때 이르게 머리 희여도
　　　자식들의 앞날을 보며 웃음 짓고 살아가네
　　　아~위대한 부모님 사랑
　　　부모님의 그 사랑을 대로 전하자

· 저자 ·

리광수

· 약 력 ·

1949년 3월 17일 안도현 영경향 유수촌 출생
연변대학 중문계조문학부 학습
안도현문화관 문학보도원, 연변군중예술관 《해란강》잡지 편집원
연변문예창작평론실 전직 창작원
연변문예창작실 주임, 연길시문화국 국장
연변연극단 대리단장
연변문련 부주석, 연변희곡가협회 주석, 연변문학예술계연합회 부주임 겸임

· 주요 작품 ·

소설집 『새로운 길』, 장막극 『도시+농민=?』, 『사랑3부작』, 『희곡창작』 등
다수

연변아가씨

· 초판 인쇄	2006년 9월 30일
· 초판 발행	2006년 9월 30일
· 지 은 이	리광수
· 펴 낸 이	채종준
· 펴 낸 곳	한국학술정보㈜
	경기도 파주시 교하읍 문발리 526-2
	파주출판문화정보산업단지
	전화 031) 908-3181(대표) · 팩스 031) 908-3189
	홈페이지 http://www.kstudy.com
	e-mail(출판사업부) publish@kstudy.com
· 등 록	제일산-115호(2000. 6. 19)
· 가 격	25,000원

ISBN   89-534-5730-0 93810 (Paper Book)
        89-534-5731-9 98810 (e-Book)